GAEA

GAEA

II 黑海岸女王

Robert E. Howard

勞勃・霍華

戚建邦 —— 譯 譚光磊 —— 企劃

蠻王科南 II — 黑海岸女王

目次

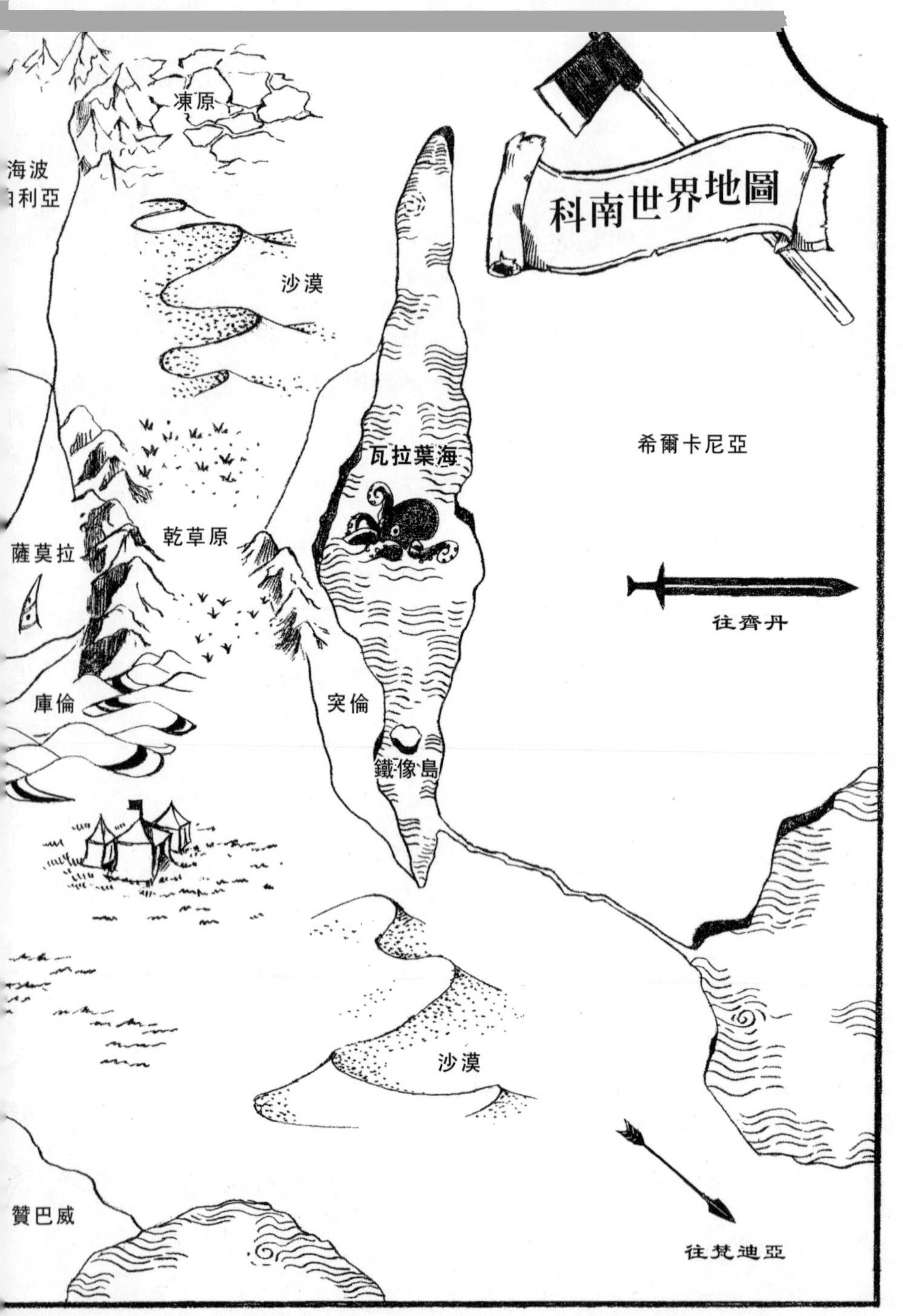
科南世界地圖
凍原
海波
利亞
沙漠
瓦拉葉海
希爾卡尼亞
乾草原
薩莫拉
往齊丹
庫倫
突倫
鐵像島
沙漠
贊巴威
往梵迪亞

華納海姆
阿斯嘉德
辛梅利亞
邊界國
不列
桑尼
西海
皮克特荒野
波松尼亞邊界
阿奎洛尼亞
納米迪亞
科林西亞
波坦
俄斐
科斯
辛加拉
科拉加
阿果斯
閃姆
N
斯堤及亞
庫許
達法
凱山
龐
黑國

地圖繪製／布克　　◆ 城邦

月下魅影

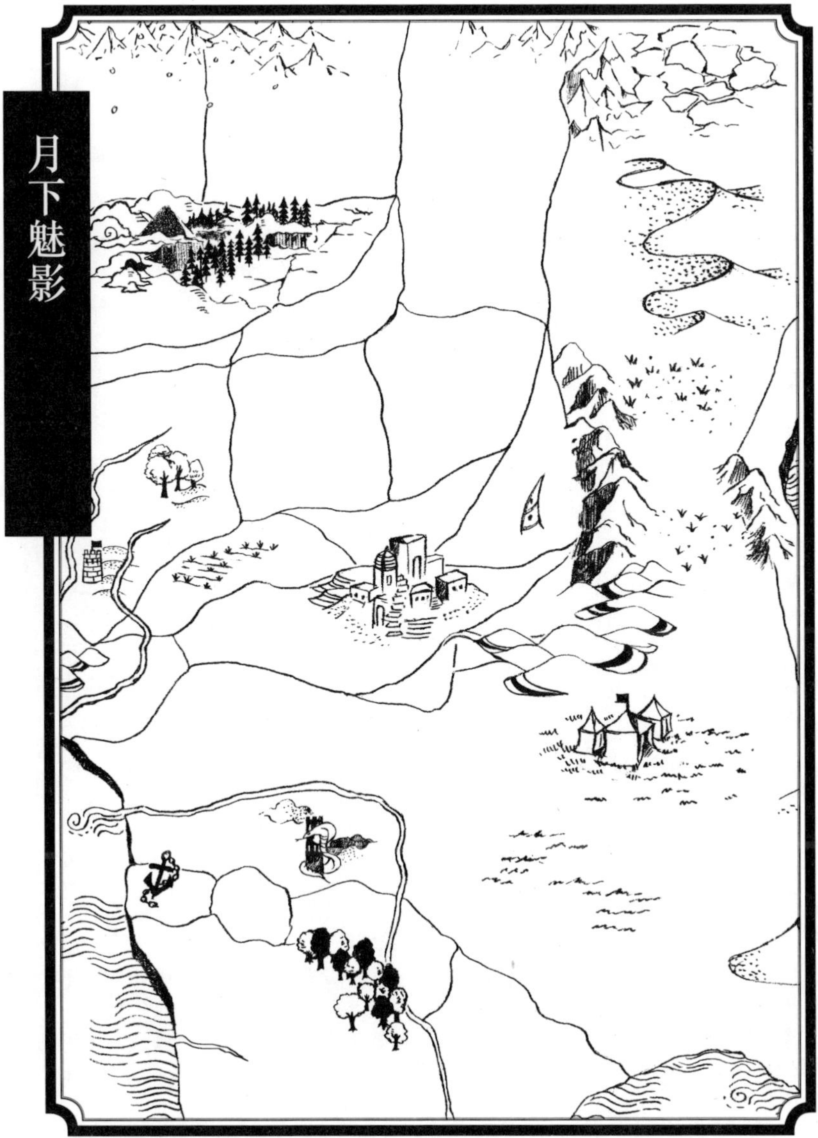

首次刊登在一九三四年四月號《怪譚》雜誌。霍華取的原名是〈月下鐵影〉(Iron Shadows in the Moon），從寫作時間而論，這是中期科南故事最早完成的一篇。小說中的科南是「自由軍團」傭兵團的倖存者，逃亡途中拯救了女奴奧莉薇雅，兩人在瓦拉葉海（海伯里亞紀元的裡海）中航行來到一座荒島，展開探索遺跡、遇見海盜和恐怖生物的標準冒險。

——編者

01

高蘆葦叢中傳出馬匹飛奔撞擊聲；重物墜地，絕望呼喊。騎師自垂死的馬旁掙扎起身，一名身材修長的女子，身穿涼鞋和束腰短衫。漆黑秀髮垂落在白皙的肩膀上，目光宛如受困的動物。她沒去看這塊小空地邊緣的蘆葦叢林，也不看身後拍打河岸的藍色河水。她瞪大雙眼，全神貫注在騎馬步出灌木林，於她面前翻身下馬的騎士身上。

他身材高瘦，但肌肉硬如堅鋼。他從頭到腳都包在銀色的輕鎖網甲中，宛如手套般貼合他的身形。圓頂金邊頭盔下的棕眼目光嘲弄地打量她。

「退後！」她的嗓音透露恐懼。「不准碰我，夏・阿穆拉斯，不然我就跳河自盡！」

他大笑，笑聲好似長劍滑出絲鞘的摩擦聲。

「不，妳死不了，奧莉薇雅，困惑之女，因為河邊的水太淺了，妳還沒到水深處就會被我抓到。諸神為證，追妳眞不容易，我的手下都被遠遠甩開。但瓦拉葉海以西沒有任何馬跑得贏艾騰。」他朝身後那匹高大長腿的沙漠種馬點頭。

「讓我走！」女孩哀求，滿臉都是絕望的淚水。「我受的苦還不夠嗎？你還有什麼凌辱、折磨、丟臉的事沒有加諸在我身上的嗎？我究竟還要受苦多久？」

「只要我還能在妳的哭泣、哀求、淚水、和扭動中得到快感，」他以會讓陌生人感到親切的笑容回應。「妳有一股獨特的陽剛氣質，奧莉薇雅。我懷疑我會不會有厭倦妳的一天，就像所有從前的女人那樣。不管我怎麼對妳，妳始終純眞不染。跟妳在一起的每一天都不無聊。」

「但來吧——我們回阿奇弗，城裡的人還在爲淒慘的科薩克人的征服者大肆慶祝，而該征服者卻忙著追捕不幸的逃犯，一個可笑、美麗、愚蠢的逃家女！」

「不！」她畏縮，轉向層層打在蘆葦岸邊的藍水。

「要！」他突如其來的怒氣宛如燧石濺出的火花。他以她柔軟的肢體無法比擬的速度抓住她的手腕，毫不憐香惜玉地使勁扭轉，直到她慘叫跪倒。

「蕩婦！我應該把妳綁在馬後拖回阿奇弗，但我決定大發慈悲，讓妳趴在鞍弓上，妳該爲此謙卑感恩，而——」

他在驚叫聲中放開她，唰地拔出馬刀，面對在口齒不清的憤恨吼叫中衝出蘆葦叢林的恐怖惡靈。

奧莉薇雅在地上抬頭，只見一個可能是野蠻人也可能是瘋子的傢伙神色凶狠地衝向夏・阿穆拉斯。他身材高大，赤身裸體，只穿條有腰帶的纏腰布，其上沾滿血跡和爛泥。他的黑髮上也有泥巴和血塊；他的胸口和四肢有一條條乾血痕，右手長劍也有乾血。雜亂髮絡下，充血的雙眼宛如噴出藍焰火碳。

「希爾卡尼亞狗！」惡靈以野蠻人的口音吼道。「復仇的魔鬼把你帶來此地！」

「科薩克！」夏・阿穆拉斯畏縮大叫。「我不知道還有科薩克狗走脫！我以爲你們全都死在伊巴斯河旁的草原上。」

「除了我，可惡的東西！」對方吼道。「喔，我幻想這一刻已經很久了，當我趴在地上爬過刺藤、躺在岩石上讓螞蟻咬、伏在深到嘴巴的泥沼裡時——我幻想，但從未想過眞能等到這一天。喔，地獄諸神呀，我有多渴望這一刻啊！」

陌生人歡愉嗜血的神情看來十分恐怖。他的下頷抽搐般咬合，漆黑嘴唇中冒出白沫。

「退開！」夏・阿穆拉斯命令，瞇著眼睛瞪視他。

「哈！」對方的笑聲宛如灰狼。「夏・阿穆拉斯，偉大的阿奇弗城主！喔，可惡的東西，我眞高興見到你，拿我的夥伴餵禿鷹、五馬分屍、刺瞎、折磨、截肢的傢伙，你這條髒狗！」他音量提高到發狂怒吼，當即衝上。

儘管外表狂野駭人，奧莉薇雅還是以爲他會在第一輪交鋒就倒地。不管是瘋子還是野蠻人，赤身裸體的他又怎麼可能打得過身穿鎖甲的阿奇弗城主？

有一瞬間，兩把武器劃出火花，似乎只有輕輕點到對方，隨即分開；接著闊劍掠過馬刀，迅速沉入夏・阿穆拉斯的肩膀。奧莉薇雅放聲驚呼。除了鎖甲扯裂的聲響外，她還清楚聽見肩骨折斷聲。希爾卡尼亞人後退，突然臉色發白，鎖子甲的鏈釦之中噴出鮮血；麻痺的手指放脫馬刀。

「饒命！」他喘道。

「饒命？」陌生人氣到聲音顫抖。「就像你饒過我們那樣，你這隻豬！」

奧莉薇雅閉上雙眼。這已經不再是打鬥了，而是屠殺，狂暴、血腥、受到憤怒和憎恨的歇斯底里驅使，讓戰鬥、殺戮、折磨、恐懼支配、嗜血瘋狂、死命逃竄的苦難達到最高潮。儘管奧莉薇雅深知夏・阿穆拉斯不值得任何活人同情和寬恕，她還是閉上雙眼，伸手掩耳，隔絕滴血的劍舉起落下的畫面、屠刀砍肉的聲響，及逐漸變小，終於消失的掙扎聲。

她睜開眼睛，看見陌生人自一團血肉模糊、不成人形的東西前轉身。男人胸口起伏，不知是出於疲憊或興奮；他滿頭大汗；右手濺滿鮮血。

他沒有對她說話，連看都不看她一眼。她眼看他大步穿越河岸旁的蘆葦，彎下腰去，拉扯某樣東西。一艘藏在蘆葦莖之間的小船漂了出來。接著她猜測他的意圖，隨即展開行動。

「喔，等等！」她喊道，搖晃起身，朝他奔去。「別丟下我！帶我走！」

他轉身凝視她。他的氣勢跟之前不同。他血紅的雙眼恢復理性。彷彿剛剛砍出的鮮血澆熄了他的怒火。

「妳是誰？」他問。

「我叫奧莉薇雅。我是他的俘虜。我逃跑。他追過來。那就是他來此的原因。喔，不要把我留在這裡！他的戰士就在附近。他們會發現他的屍體——他們會在附近找到我——喔！」她害怕得不住嗚咽，搓揉白皙的雙手。

他神色茫然地凝視她。

「妳跟我走會比較好嗎？」他問。「我是野蠻人，而我從妳的表情看出妳怕我。」

「對，我怕你。」她回答，心慌意亂到毫不掩飾。「你的外表令我毛骨悚然。但我更怕希爾卡尼亞人。喔，讓我跟你走！如果他們在城主屍體附近抓到我，我一定會飽受折磨的。」

「那就來。」他讓向一旁，她立刻上船，盡量遠離他。她坐在船頭，然後他上船，拿船槳推離河岸，開始划船，在高高的蘆葦叢間使勁地划，直到他們進入開闊水域。接著他用兩隻船槳划船，力道強健、動作流暢、節奏分明，手臂、肩膀、和背部的粗壯肌肉隨著出力產生漣漪般的波動。

他們安靜了好一陣子，女孩伏在船頭，男人則不停划槳。她提心吊膽地看著他。他顯然不是希爾卡尼亞人，但又沒有海伯里亞人的特徵。他散發出一股野蠻人特有的狼性。他的五官，儘管因爲使力而緊繃，加上躲在沼澤地中的污垢，反映出同樣未開化的野性，但並不給人邪惡或墮落的感覺。

「你是誰？」她問。「夏・阿穆拉斯說你是科薩克人；你是那夥人嗎？」

「我叫科南，辛梅利亞人。」他喃喃說道。「我本來跟科薩克人在一起，正如希爾卡尼亞人說的一樣。」

她依稀知道他說的那塊土地位於遙遠的西北方，海伯里亞人建立的眾多國度邊境之外。

「我是俄斐國王的女兒，」她說。「我父親把我賣給一個閃姆酋長，因爲我不願意嫁給科斯王子。」

辛梅利亞人驚訝地哼了一聲。

她的嘴唇扭曲成苦笑的嘴形。「對，有時候，文明人會把小孩當成奴隸賣給蠻族。他們還說你們野蠻，辛梅利亞的科南。」

「我們不賣小孩。」他吼道，揚起下巴爭辯。

「好吧——我就被賣了。但沙漠人並沒有虧待我。他打算利用我購買夏・阿穆拉斯的善意，而我就被混在他帶去紫花園阿奇弗的禮物之中。然後——」她渾身顫抖，把臉埋在掌心裡。

「我早該羞愧到沒有感覺了，」她片刻後說。「但每段記憶都像奴隸販子的鞭子般刺痛我。我住在夏・阿穆拉斯的宮殿裡，幾週前，他率領軍隊趕去對付騷擾突倫邊境的入侵者。他昨天凱旋回歸，人民舉行盛大的宴會幫他慶祝。我趁著大家酒酣耳熱、興高采烈之際偷了匹馬，逃出城外。我本來以爲逃亡成功了——但他追出來，約莫正午時分趕上了我。我甩開他的手下，但卻擺脫不了他。然後你就出現了。」

「我躺在蘆葦中躲藏，」野蠻人嘟噥道。「我就是那些肆無忌憚的暴徒之一，自由軍團，在邊境燒殺搜刮。我們有五千人，由二十個民族和部落組成。我們本來是東方科伯一個叛變親王雇用的傭兵團，大部分，而當他跟他那個天殺的主子和談後，我們就失業了；於是我們開始掠奪科斯、薩莫拉和突倫的邊境領土。一週前，夏・阿穆拉斯率領一萬五千人把我們困在伊巴斯河岸。密特拉呀！天空都讓禿鷹遮蔽了。對戰一整天後，戰線終於崩潰，有些人試圖朝北突圍，有些人朝西。我懷疑有任何人逃走。草原上到處都是騎兵在追捕逃犯。我往東走，終於抵達瓦拉葉海邊境沼澤。」

「接著我就一直藏身在沼澤濕地裡。騎兵一直到前天才停止拍打蘆葦叢，不再搜捕我這種漏網之魚。我像蛇一樣扭曲鑽洞躲藏，抓麝鼠來生吃，因爲沒辦法生火烤食。今天黎明，我發現這艘船藏在蘆葦叢裡。我本來打算等天黑再出海，但既然殺了夏・阿穆拉斯，他那些穿鎖甲的狗肯定就在附近。」

「接下來呢？」

「我們肯定會被追捕。我有盡量掩飾船的痕跡，就算他們沒發現有船，在沼澤裡遍尋不著我們後，他們也會推測我們往瓦拉葉海去了。至少我們先走一步，而我會一路划槳到抵達安全的地方爲止。」

「哪裡有安全的地方？」她無助地問。「瓦拉葉海是希爾卡尼亞人的領域。」

「有些人不這麼想。」科南冷笑道；「特別是從船上逃脫，變成海盜的奴隸。」

「那你有什麼計畫？」

「西南數百里的海岸線都在希爾卡尼亞人控制下。我們還有很長的路要走才能穿越他們北方邊境。我打算一路向北，直到脫離他們勢力範圍。然後轉而向西，在人跡罕至的大草原上岸。」

「萬一遇上海盜或風暴呢？」她問。「我們在草原上會餓死。」

「這個嘛，」他提醒她，「我可沒要妳跟來。」

「對不起。」她低頭垂下亮麗的秀髮。「海盜，風暴、飢餓——那一切——全都比突倫人來得仁慈。」

「對。」他黝黑的臉神情嚴峻。「我跟他們還沒算完。放輕鬆，女人。這個季節，瓦拉葉海很少會有風暴。如果抵達草原，我們不會挨餓。我是在貧瘠土地上長大的。我受不了的是那些天殺的沼澤，充滿惡臭和討厭的蚊蟲。我在高地就像回到家鄉一樣。至於海盜——」他神祕地笑了笑，繼續划槳。

太陽宛如微亮的銅球般沉入火湖。藍色的海水與藍天融為一體，雙雙化為深色天鵝絨，布滿星星和星星的倒影。奧莉薇雅倚靠在微微搖晃的船頭，宛如置身虛幻夢境。她彷彿漂在半空，上方和下方都是星星。她默不吭聲的夥伴就像是刻在黑暗中的模糊身影。他持續划槳，沒有休息，也不曾打亂節奏；他簡直就是個幽靈槳手，帶她穿越死亡黑河。但她的恐懼沒有之前那麼強烈，而在單調乏味的動作影響下，她靜靜陷入沉睡。

她於黎明時分醒來，感到飢腸轆轆。她是因為小船晃動的感覺變了而醒來的；科南抵著船槳，凝視她身後。她發現他一整個晚上都沒休息，對其鐵般的耐力深感佩服。她轉身順著他的目光看去，發現海平線上有一面以樹木及灌木形成的綠牆，綿延一道長長的弧形，包圍一座小海灣，裡面的海水宛如藍玻璃般靜止不動。

「這是這片內海上諸多小島之一。」科南說。「照理說無人居住。我聽說希爾卡尼亞人很少會跑去島上。再說，他們一般都是待在離岸不遠的大帆船上，而我們已經深入內海。日落前，我們就可以脫離大陸的視線範圍。」

他又划了幾下，來到岸邊，把船頭的繩索綁在一棵樹弓起於水面的樹根上。踏上岸後，他伸手去拉奧莉薇雅。她握住他的手掌，對其上的血跡微微皺眉，感受到潛伏在野蠻人肌肉下的強大活力。

藍海灣四周的樹林籠罩在一股夢幻般的寂靜中。接著樹林深處傳來鳥兒的清晨歌唱。一陣清風吹過，樹葉婆娑作響。奧莉薇雅發現自己期待聽到某種聲音，但又不知道是什麼。這片無名樹林中潛伏了什麼東西？

正當她神色畏縮地偷看林間陰影，有東西振翅飛入陽光下：一支大鸚鵡落在樹葉茂密的樹枝上，紅綠相間的身影搖搖晃晃地待在那裡。牠側過冠毛腦袋，瞪大明亮的綠眼打量入侵者。

「克羅姆啊！」辛梅利亞人喃喃說道。「這是全世界所有鸚鵡的老祖父。他肯定有一千歲了！看看他眼中那股邪惡的智慧。你在守護什麼祕密，睿智的惡魔？」

鸚鵡突然展開火焰般的翅膀，離開棲身處，叫聲刺耳：「亞格庫蘭幽克沙，庫沙拉！」接著在一陣類似人類笑聲的恐怖尖叫中急速穿越樹林，消失在乳白色的陰影裡。

奧莉薇雅盯著牠消失的位置看，感覺有隻充滿不祥預兆的冰冷手掌觸摸她柔軟的背脊。

「他說什麼？」她低聲問。

「是人話，我發誓，」科南回答；「但聽不出來是什麼語言。」

「我也聽不出。」女孩回應。「但他肯定是跟人學的。人，或——」她看向枝葉茂密的樹堡，毫無由來一陣顫抖。

「克羅姆啊，我好餓！」辛梅利亞人嘟噥道。「我可以吃掉一整頭野牛。我們要去找點水果；不過首先我要洗掉身上的泥巴和血塊。躲在沼澤裡可不好受。」

話一說完，他放下他的劍，走到深及肩膀的藍水裡，開始清洗身體。上岸之後，乾乾淨淨的手腳散發古銅色的光澤，亮麗的黑髮不再雜亂。他的藍眼睛，儘管有股難以掩飾的氣焰，至少不再充血或給人陰沉的感覺。但他如同猛虎般柔軟靈活的肢體和危險氣息並無絲毫變化。

再度掛起劍後，他指示女孩跟他走，兩人離開海岸，穿越枝葉茂密的大樹枝拱道。他們腳踏短草，步伐輕盈。透過樹幹間隙，他們瞥見仙境般的景象。

沒多久，科南一聲歡呼，看著垂在樹葉之間的金色和褐色圓球。他指示女孩坐在一棵倒地的樹幹上，摘了一堆異國水果放上她的大腿，隨即津津有味地吃了起來。

「伊絲塔呀！」他滿嘴水果說道。「伊巴斯河之役後，我就只有吃過老鼠和從爛泥中挖出來的樹根。這水果甜美，但沒有飽足感。儘管如此，只要吃得夠多還是會飽的。」

奧莉薇雅沒空回話。辛梅利亞人飽暖思淫慾，開始以全新的眼光打量美麗的夥伴，注意到她烏黑亮麗的秀髮、吹彈可破的粉嫩肌膚，及緊綳的絲衫完美凸顯的豐滿身材。

飽餐一頓後，他打量的目標抬頭，看見他色迷迷的眼神，當即臉色大變，手中的水果滑落指間。

他二話不說，以手勢表示要繼續探索，隨即站起身來，她跟著他走出樹林，來到一片林間空地，空地對面又是一片密林。當他們踏入空地時，密林中傳來一下撞擊聲，科南立刻拉著女孩撲到旁邊，險險避開某樣掠過他們身邊，勢道猛烈地撞上樹幹的東西。

科南拔劍出鞘，衝過空地，闖入樹林。林中一片寂靜，奧莉薇雅驚慌失措趴在草地上。科南片刻後回歸，眉頭深鎖，神情困惑。

「樹林裡什麼都沒有。」他大聲道。「但剛剛有東西——」

他檢視剛剛差點擊中他們的東西，接著語氣懷疑地嘟噥一聲，彷彿無法相信自己的眼睛。草地上躺了一大塊綠色的石頭，剛剛撞上的樹幹化爲碎片。

「無人島上很少有這種石頭。」科南大聲道。

奧莉薇雅難以置信地瞪大美麗的眼睛。那棵石頭對稱均勻，顯然經過人手切割雕磨。而且大得誇張。辛梅利亞人兩隻手抱著它，雙腳跨開，手臂肌肉隆起，背部肌肉緊繃，將石頭舉到頭上，奮力投擲，幾乎使盡吃奶的力氣。巨石落在他身前數尺之外。科南咒罵一聲。

「沒人能把那塊巨石丟過整片空地。攻城器具才辦得到。但是我沒看到投石器或弩砲。」

「或許是那種東西從很遠的地方丟過來的。」她說。

他搖頭。「巨石不是從上方來的。是那邊的樹林。看到那些斷枝嗎？是從人類的高度像丟小石頭一樣丟過來的。但是誰？是什麼東西？來！」

她微微遲疑地跟著他深入樹林。穿越外圍茂密的樹叢後，林下植物變得稀疏。四周一片死寂。潮濕的草地上沒有足跡。但那塊致命的巨石確實是從這片神祕樹林中飛出來的。科南彎下腰去，發現草地上有些壓扁的痕跡。他氣憤搖頭。即使在他銳利的目光下，還是無法判斷究竟是什麼站過或走過這裡。他目光飄向頭上的林頂，濃密的樹葉和交錯縱橫的拱起樹枝組成彷彿實心的天花板。他突然僵住。

接著他起身，舉劍，開始後退，把奧莉薇雅推到身後。

「出去，快！」

「怎麼了？你看到什麼？」

「什麼都沒有。」他神情謹慎地回答，小心翼翼地後退。

「那到底是怎麼回事？樹林裡有什麼？」

「死亡！」他回答，目光依然專注在遮蔽天空的陰森翠綠林頂上。

離開樹林後，他牽她的手，領著她迅速穿越稀疏的樹林，來到一片雜草叢生的坡地，樹木稀疏，通往一座不太高的高地，上面的草比較長，樹也不多，相隔甚遠。高地中央有一座破破爛爛的綠石頭建造的寬敞建築。

他們神色訝異地看著。瓦拉葉海沒有任何傳說提到過這種建築。他們謹慎接近，只見石頭上爬滿青苔和地衣，屋頂崩塌，直透天空。四周有很多碎石塊，在隨風搖曳的草叢中若隱若現，給人一種從前有很多建築的印象，搞不好有整座城鎮。但如今只剩下那座長方形廳堂建築屹立不倒，牆壁在攀爬的藤蔓中東倒西歪。

守護這座建築的門早已腐爛殆盡。科南和夥伴站在寬敞的入口，凝望屋內。陽光從牆壁和屋頂的縫隙灑落，屋內光影交織，明暗不定。科南緊握長劍，踏入屋內，宛如慵懶的獵豹，腦袋低垂，無聲無息。奧莉薇雅躡手躡腳跟上。

進屋之後，科南驚訝地哼了一聲，奧莉薇雅則差點忍不住尖叫。

「看啊！喔，看啊！」

「我看到了，」他回應。「不用怕。都是雕像。」

「但是栩栩如生——氣息邪惡！」她低聲道，湊到他身邊。

他們站在一座大廳裡，光滑石板地，到處都是天花板上墜落的灰塵和碎石。石縫中爬出藤蔓，遮蔽牆上的孔洞。屋頂高聳，拱頂崩壞，透過側牆旁兩排粗柱支撐。每兩根柱子之間都有一座奇特雕像。

那些顯然都是鐵雕像，黑黑的、亮亮的，彷彿持續有人擦拭。它們都是真人大小，壯健高瘦的男人，神情冷酷，貌似老鷹。它們赤身裸體，所有關節和肌肉的輪廓線條都極度真實。但最栩栩如生的部分在於他們高傲冷酷的面孔。它們的五官不是一個模子澆鑄出來的。每張臉都有自己的特徵，不過整體看得出是同一個人種。這不是單調乏味的裝飾藝術，至少它們的臉不是。

「它們彷彿在聆聽——在等待！」女人不安小聲道。

科南用劍柄敲打其中一座雕像。

「鐵的。」他判斷。「但克羅姆啊！它們是用什麼模具澆鑄的？」

他搖頭聳肩，神情困惑。

奧莉薇雅畏懼地環顧寂靜的大廳。觸目所及盡是爬滿藤蔓的石塊、卷鬚蔓生的石柱和站在石柱間的陰森雕像。她不安地改變站姿，希望離開這裡，但她夥伴對那些雕像深深著迷。他仔細打量雕像，依照野蠻人的作法嘗試砍斷它們的肢體。但雕像的材質撐住他各式努力。他沒辦法損毀任何一座雕像，也不能讓它們離開壁龕。他終於打消了這種念頭，神色讚歎地罵句髒話。

「這些雕像雕得是哪個人種？」他的問題包含全世界所有人種。「這些雕像是黑的，但五官看來不像黑人。我沒見過這種人。」

「我們回到陽光下吧，」奧莉薇雅催促他，他點頭，跟著又困惑地看了牆邊整排陰森雕像一眼。

於是他們走過塵封的大廳，回到夏日的艷陽下。太陽的位置令她驚訝；他們在廢墟中耗費的時間比想像中長。

「我們回船上去吧。」她提議。「這裡令我害怕。這是個詭異邪惡的地方。我們不知道剛剛丟石頭的傢伙什麼時候還會突襲我們。」

「我想只要我們不待在樹下就不會有事。」他回答。「來。」

那片高地的東、西、南坡都朝樹林海岸向下傾斜，只有北側是往上通往一座崎嶇岩壁，島上的最高峰。科南往北走，配合夥伴的腳步調整步伐。他三不五時就會偷偷看她，而她有發現他在看。

他們抵達高地最北側，抬頭凝視峭壁。高地東西兩側都有濃密的樹林，一路接到峭壁上。科南懷疑地看向那些樹，但還是開始往上走，幫他的夥伴一起爬。斜坡不算太陡，三不五時會遇到岩架和巨石擋路。辛梅利亞人出生丘陵國度，能像貓一樣跑上去，但奧莉薇雅就爬得有點吃力了。她一次一次感覺被人抬起來翻越讓她力不從心的阻礙，而她不禁愈來愈佩服這個男人的力量。她不再對他碰自己反感。他的存在保障了她的安全。

他們終於站上岩壁頂端，頭髮隨著海風飄揚。他們腳下的峭壁足足有三、四百呎高，通往海灘外緣一道狹長的樹林。轉而向南，他們看見整座島就像面橢圓形的鏡子，圓滑邊緣往下傾向翠綠的外圈，除了突然拔高的峭壁這一側。觸目所及，四面八方都是藍色的大海，寧靜、溫和、消失在遠方如夢似幻的霧氣中。

「海面風平浪靜，」奧莉薇雅嘆道。「我們爲什麼不繼續旅程？」

科南看來就像聳立在懸崖上的銅像，指向北方。奧莉薇雅瞇起雙眼，看見有個白點彷彿停駐在朦朧的霧氣中。

「什麼東西？」

「船帆。」

「希爾卡尼亞人？」

「這麼遠，誰知道？」

「他們會靠岸——在島上搜捕我們！」她驚慌叫道。

「我懷疑。他們是從北方來的，所以不可能是在找我們。他們有可能有其他理由靠岸，那我們就盡可能躲好。但我相信要嘛就是海盜，不然就是從北方掠奪歸來的希爾卡尼亞大帆船。若是後者，他們就不太可能靠岸。但我們得等到他們離開視線範圍才能出航，因為他們來自我們要走的方向。他們肯定今晚就會路過這座島，我們明天早上就可以出發。」

「我們要在這裡過夜？」她發抖。

「這樣最安全。」

「那我們就在這裡睡，懸崖上。」她要求。

他搖頭，看向矮小的樹木，還有下方的樹林，彷彿觸鬚般順著山壁側面向上延伸。

「這裡樹太多了。我們去廢墟過夜。」

她大聲抗議。

「那裡沒東西會傷害妳。」他安撫她。「朝我們丟石頭的傢伙沒有跟我們離開樹林。廢墟裡也沒有野生動物的巢穴。再說，妳細皮嫩肉，習慣有遮風避雨又舒適的地方。我赤身裸體睡在雪地裡都無所謂，但如果露宿野外，露水會讓妳抽筋。」

奧莉薇雅無奈答應，他們下懸崖，穿越高地，再度回到年久失修的陰森廢墟。這一次，太陽已經沉到高地邊緣之下。他們在懸崖附近的樹上摘了點水果，充當晚餐的食物和飲水。

南方的黑夜迅速降臨，在深藍色的夜空上增添繁星，科南拉著不情不願的奧莉薇雅，進入黑影重重的廢墟。她一看到牆上壁龕中的黑影就發抖。在星光微微照射的黑暗裡，她看不清楚雕像的輪廓；她只能感應到它們在靜靜等候——就像之前數百年的歲月那般等候。

科南抱了一大把樹葉茂密的軟樹枝進來。他幫她鋪了張床，當她躺上去時，心裡浮現一股在蛇窩裡躺下睡覺的奇異感覺。

不管她有多強烈的不祥預感，科南都毫無所覺。辛梅利亞人在她身旁坐下，背靠石柱，長劍橫放膝蓋上。他雙眼炯炯有神，宛如暮色中的獵豹。

「睡吧，女孩，」他說。「我睡覺像狼一樣淺眠。任何東西進屋都會把我驚醒。」

奧莉薇雅沒有回應。她躺在樹葉床上，看著一動不動，在黑暗中朦朧不清的科南。太奇怪了，跟野蠻人同行，接受這個小時候關於該族的故事令她害怕的人照顧和保護！他的族人嗜血陰沉又殘暴。他的一舉一動都透露顯而易見的野性；他的目光彷彿悶燒的火焰。但他沒有傷害她，而一直在迫害她的卻是世人口中的文明人。一股美好的倦意掠過鬆弛的四肢，她迅速沉入睡眠的浪花中，最後一個清醒的想法是科南強而有力的手指觸碰她柔嫩肌膚的畫面。

02

奧莉薇雅作夢了，潛伏的邪惡透過她的夢境浮現，宛如黑蛇蜿蜒游過花園而來。她的夢片段瑣碎、多采多姿、彷彿某幅未知圖案的奇特碎片，直到碎片結晶成恐怖又瘋狂的畫面，烙印在由巨石和巨柱組成的背景上。

她看見一座大廳，對稱的石柱沿著兩側巨牆撐起高聳廳頂。石柱之間有紅綠相間的大鸚鵡振翅飛舞，廳裡站滿黑皮膚的鷹臉戰士。他們不是黑人。他們的外表、服裝、武器都跟作夢者熟悉的世界大異其趣。

他們聚集在一個被鎖於石柱的人附近：白皮膚的年輕瘦子，金色鬈髮垂在白皙額頭四周。他的美貌並不全然世俗——彷彿出自神的夢境，以活生生的大理石雕刻而成。

黑戰士嘲笑他，以陌生語言奚落挑釁他。柔弱男子在他們殘酷的手掌下扭動。鮮血沿著白皙大腿流下，濺灑在光滑的地板上。受害者的慘叫聲在大廳中迴蕩；接著他抬起頭來，看向屋頂及其後的天空，以恐怖的嗓音吼出一個名字。黑手握持的匕首割斷了他的叫聲，金髮腦袋低垂在白皙的胸前。

彷彿在回應對方垂死前的慘叫般，一陣宛如天界戰車車輪轉動的奔雷巨響過後，一條身影平空出現，站在屠殺他的人面前。來者是個男人，但凡人絕不可能擁有這種不可思議的美貌。

他跟死氣沉沉癱在鎖鏈中的年輕人長相十分相似，但卻缺乏削減年輕人神性中那些人性弱點，美到令人無法逼視，心生恐懼。

黑人在他面前退縮，眼睛宛如冒火的裂縫。他揚起一手，開口說話，低沉渾厚的嗓音在寂靜大廳中迴蕩開來。黑戰士神色恍惚，緩緩後退，最後以一定的間距在牆前排成一列。接著陌生人宛如雕鑿出來的嘴唇吐出恐怖的咒語和命令：「亞格庫蘭幽克沙，庫沙拉！」

駭人的吼叫聲中，黑人身體僵硬，動彈不得。他們的四肢出現奇妙變化，一種不自然的石化現象。陌生人接觸年輕人軟癱的身軀，鎖鏈當場脫落。他兩手抱起屍體；轉身離開前，寧靜的目光再度掃視默不吭聲的黑人，接著他指向窗外的皎潔明月。而他們了解他的意思，那些僵硬、默默等候、曾經是人類的雕像……

奧莉薇雅當場驚醒，在樹枝床上坐起身來，皮膚上滿是冷汗。她的心跳在寂靜中聽來無比響亮。她連忙左顧右盼。科南靠著石柱睡覺，腦袋垂在厚實的胸膛上。銀色的月光自屋頂裂口灑落，在塵封的地板上投射長長的白線條。她隱約看見那些雕像，漆黑、緊繃——等待。她壓抑愈來愈甚的歇斯底里，看著月光輕輕灑在石柱和其間的雕像上。

什麼東西？月光之間的黑影隱隱碎動。隨恐懼而來的癱瘓虜獲了她，因爲理應無可動彈的死物，如今開始移動：緩緩抽動，黑色的肢體伸展扭動——

她終於掙脫了令她無法出聲、動彈不得的束縛，張嘴發出駭人的尖叫聲。科南聽到叫聲，立刻彈起，舉起長劍，張牙舞爪。

「雕像！雕像！——喔天呀，雕像活過來了！」

叫完之後，她衝向牆上的一條裂縫，瘋狂地掙脫擋路的藤蔓，然後跑、跑、盲目地跑、尖叫、毫無理智——直到一隻手掌抓住她的手臂逼她停步，而她大叫掙扎，接著熟悉的嗓音突破了恐懼的濃霧，她看見科南的臉，在月光下深感困惑。

「看在克羅姆的份上，女人？妳作惡夢了嗎？」他的聲音十分奇怪，彷彿發自遠方。她哽咽一聲，雙臂勾住他的粗脖子，緊抱著他不斷發抖，一邊喘氣一邊哭泣。

「他們是什麼？有跟來嗎？」

「沒人跟來。」他回答。

她坐起，依然摟著他，神色恐懼地張望。盲目逃竄的旅程帶她來到高地南側。下坡就在旁邊，坡底隱沒在樹林濃密的陰影中。廢墟聳立在他們身後，高掛天際的月亮下。

「你沒看到他們嗎？——雕像，在動，舉起他們的手，眼睛在黑暗中發光？」

「我沒看到。」野蠻人不安回應。「我睡得比平常沉，因爲我已經很久沒能安睡一整夜；但我不認爲有東西可以在不吵醒我的情況下進入那座大廳。」

「沒有東西進去。」她歇斯底里笑出聲來。「已經在裡面了。啊，密特拉呀，我們在他們中間躺下睡覺，就像羊在屠宰場裡鋪床一樣！」

「妳到底在說什麼？」他喝問。「我是被妳的叫聲驚醒的，但我還沒機會多看前，妳就已經鑽出牆壁上的裂縫。我追過來，怕妳出事。我以爲妳作惡夢了。」

「我也是這麼以爲！」她發抖。「但現實比夢境可怕。聽著！」她把剛剛的夢境和自以爲看見的景象都說了出來。

科南聚精會神聽著。他不像文明人那樣生性多疑。食屍鬼、哥布林和死靈法師都存在於他的神話中。她說完後，他一聲不吭地坐著，心不在焉地把玩他的劍。

「他們折磨的年輕人長得很像後來的高個子？」他終於問。

「看起來像父子。」她回答，隨即語氣遲疑：「如果你能接受神和人交合產生子嗣，那個年輕人就是那種感覺。古代諸神有時候會跟凡人女子交歡，我們的神話是這麼說的。」

「什麼神？」他喃喃問道。

「遭世人遺忘的無名諸神。誰知道？他們已然回歸平靜的湖面之中、寂靜的山丘之心、群星的深淵之外。諸神跟人一樣變化無常。」

「但如果那些雕像都是人，是被神或魔鬼變成鐵像的話，他們又怎麼能活過來？」

「月亮裡蘊含魔法。」她發抖。「他指向月亮；當月光照射他們時，他們就會活過來。我相信是這樣。」

「但他們沒追上來，」科南喃喃低語，看向陰暗的廢墟。「有可能是妳夢到他們會動。我想回去看看。」

「不、不要！」她叫，死命抓住他。「或許他們中的魔法把他們困在大廳裡。不要回去！他們會把你碎屍萬段！喔，科南，我們回船上去，逃離這座可怕的島！希爾卡尼亞船肯定已經通過了！我們走！」

她苦苦哀求到令科南心軟。他對雕像的好奇心都讓迷信抵消掉了。他不怕血肉之軀的敵人，不管勝算多低也一樣，但只要沾上一點超自然的氣息，就會激發野蠻人深深壓抑的恐懼本能。

他牽起女孩的手，往下坡走，進入稠密的樹林，聽著樹葉輕聲細語，還有無名夜行鳥昏昏欲睡的叫聲。樹下的陰影十分濃密，科南左彎右拐避開太黑的部分。他雙眼持續左右轉動，常常還會飄向上方的樹枝。他快速前進，不過小心謹慎，手臂使勁摟著女孩的腰身，讓她覺得自己像被抱著跑，而不是領著走。兩人都沒說話。唯一的聲音就是女孩急促的喘息和她的小腳拖過草地聲。他們穿越樹林，來到水邊，水面在月光下宛如熔銀般閃閃發光。

「我們該帶點水果當食物，」科南喃喃道；「但我們肯定會遇上其他島嶼。現在走跟待會兒走差不多；離天亮還有幾個小時──」

他越說越小聲。船繩依然綁在盤根錯節的樹根上。但繩索另一端的小船卻變成了木塊碎片，一半沉入淺水之中。

奧莉薇雅悶叫一聲。科南轉身面對濃密的黑影，壓低身形，氣勢駭人。夜行鳥的叫聲突然消失。樹林中瀰漫一股陰森的死寂。沒有風在吹拂樹枝，但樹葉依然隱隱晃動。

科南宛如大貓般身手矯健地抓起奧莉薇雅拔腿就跑。他宛如幽魂迅速穿越黑影，身後上方的樹葉間傳來奇特的呼嘯聲，愈來愈近，勢不可擋。接著月光照亮他們臉龐，他們加速衝上通往高地的山坡。

抵達坡頂時，科南放下奧莉薇雅，轉身凝視他們剛剛逃離的樹林黑影。樹葉在突來的微風中晃動；就這樣了。他怒吼一聲，搖頭甩髮。奧莉薇雅像個害怕的小孩般縮在他腳邊。她抬頭看他，雙眼如同恐懼的黑井。

「我們要怎麼辦，科南？」她低聲問。

他看向廢墟，又看向底下的樹林。

「我們去懸崖。」他說著扶她起身。「明天我會做一艘木筏，然後再度出海賭運氣。」

「不是——不是它們摧毀我們的船吧？」她半問半猜。

他神色陰沉地搖了搖頭。

□

月光作祟的高地上，奧莉薇雅每踏出一步都會冒出恐懼的汗水，但陰森的廢墟中並沒有人影晃動，終於，他們抵達宏偉陰森的峭壁底端。科南停步，神色不定，接著挑了個有岩架遮蔽，附近都沒有樹的位置。

「躺下，可以的話就睡一會兒，奧莉薇雅。」他說。「我站崗。」

但奧莉薇雅毫無睡意，她躺在地上，看著遠方的廢墟和樹緣，直到星光黯淡，東方泛白，黎明升起，玫瑰金色的陽光將草葉上的露水照耀得宛如火珠。

她僵硬起身，再度回想昨晚發生的事。晨曦中，昨晚的恐懼有點像是出於緊張過度的想像。科南大步來到她面前，而他的話令她震驚。

「黎明前我聽見木頭擠壓還有繩索和船槳的聲音。有艘船在不遠外的海灘靠岸下錨——可能是我們昨天看到船帆的那艘。我們上懸崖去看看。」

他們爬上懸崖，趴在岩石之間，看見一根有上漆的船桅凸起於西方樹林之後。

「從船索形式來看是希爾卡尼亞船，」科南喃喃說道。「不知道船員——」

他們聽見遠方人聲喧嘩，於是爬往懸崖南側，看見有一群奇裝異服的傢伙走出高地西側的樹林，停下腳步相互爭論。他們揮拳甩劍，大聲爭吵。接著所有人開始穿越高地，迎向廢墟，路線會通過懸崖腳下。

「海盜！」科南低聲道，薄唇揚起冷酷的笑容。「他們搶來了一艘希爾卡尼亞單甲板大帆船。來——躲在這些岩石裡。」

「我沒叫妳，不要現身。」他讓她在懸崖上一堆巨岩間藏好，然後下達指示。「我要去見那些狗。如果計畫成功，一切都會沒事，我們可以跟他們一起離開。如果沒成功——好吧，躲在岩石中間，直到他們離開，因爲這座島上的魔鬼都不及這些海狼殘暴。」

他掙脫她不願鬆開的手，迅速盪下懸崖。

奧莉薇雅居高臨下，神色驚恐地看著海盜接近懸崖腳下。她眼睜睜地看著科南步出巨石，面對他們，手持長劍。他們在威嚇和驚訝的叫聲中後退；接著神色不定地停下來打量突然從岩石間冒出來的傢伙。海盜約莫七十人，來自許多不同的國度：科斯人、薩莫拉人、不列桑尼亞人、科林西亞人、閃姆人。他們的外表反應出狂野天性。很多人身上都有鞭笞和烙鐵的傷痕。有些人耳朵剪短、鼻子缺口、眼眶中沒有眼珠、雙手齊腕而斷——行刑的痕跡和戰場的傷疤。大部分都半身赤裸，不過穿的都是上好衣料；金邊外套、綢緞腰帶、絲質馬褲，有些破爛，沾染焦油和血跡，外加一些鑲銀護具。鼻環、耳環及匕首柄上的寶石閃閃發光。

高大的辛梅利亞人站在這群奇形怪狀的暴徒面前，古銅色的壯健肌肉和鮮明爽朗的五官跟海盜形成強烈對比。

「你是誰？」他們吼道。

「辛梅利亞人科南！」他嗓音宛如雄獅沉聲挑釁。「自由軍團的人。我打算加入紅色兄弟會碰碰運氣。你們船長是誰？」

「以伊絲塔之名，是我！」一名大漢昂首闊步上前，以其蠻牛般的嗓音吼叫：巨人，上身赤膊，一條寬腰帶綁在大肚子上，撐住寬大的絲褲。他剃光頭，只留了一條頭皮髮絡，捕鼠器般的嘴上留著一撮小鬍子。綠閃姆拖鞋，翹翹的腳趾，手持長劍。

科南凝視他，神色不善。

「看在克羅姆的份上，你是克羅夏的瑟吉爾斯！」

「對，以伊絲塔之名！」巨人轟然說道，他的小黑眼綻放仇恨之光。「你以爲我忘了？

哈!瑟吉爾斯從不忘記敵人。現在我要把你倒掛起來，活活剝皮。動手，兄弟們!」

「是呀，派你的走狗來殺我，大肚子。」科南語氣輕蔑，嗤之以鼻，「你向來都是儒夫，科斯狗。」

「儒夫!說我?」那張大臉激動發黑。「來呀!你這條北地狗!我要挖出你的心!」

轉眼之間，海盜在兩個宿敵旁圍成一圈，目光炙烈，透過齒縫吸氣，陷入嗜血的快感。奧莉薇雅在上方的岩石間觀看，指甲掐入手掌，痛楚中隱隱感到興奮。

兩人二話不說，當場開打，儘管身軀龐大，瑟吉爾斯依然像隻大貓般疾衝而上。他咬牙切齒，滿口髒話，強健威猛地揮劍格擋。科南默不吭聲，雙眼冒出淡藍色的火焰。

科斯人人停止罵髒話，調節呼吸。現場就只剩下迅速掠過草地的腳步聲、海盜的喘息聲、金鐵交擊聲。長劍在晨光中化身白焰，旋轉繞圈。它們彷彿在彼此接觸下彈開，緊接著又再度衝向對方。瑟吉爾斯節節敗退;憑藉絕頂劍技對抗辛梅利亞人快如閃電的猛攻。一下響亮的劍擊聲、刺耳的摩擦聲、悶吼聲及四周海盜的驚呼聲劃破清晨的寧靜，科南的劍貫穿船長龐大的身軀。劍尖在瑟吉爾斯肩膀之間抖動瞬間，宛如陽光下一掌寬的白焰;接著辛梅利亞人抽回他的劍，海盜船長重重倒地，顏面朝下，躺在逐漸擴大的血泊中，大手掌抽搐片刻。

科南轉身面對目瞪口呆的海盜。

「好了，你們這些狗!」他吼道。「我送你們船長下地獄去了。紅色兄弟會的法規怎麼說?」

在任何人回答前，人群後方一個獐頭鼠面的不列桑尼亞人飛快甩動致命的投石器。那塊石頭宛如弓箭筆直飛向目標，科南就像樵夫砍斷的大樹般翻身倒地。懸崖上的奧莉薇雅扶巨石站穩身形。眼前的景象模糊不清；她只看見辛梅利亞人軟癱在草地上，頭上滲出鮮血。

獐頭鼠目的傢伙發出勝利的歡呼，衝過去要刺死躺在地上的男人，但有個瘦科林西亞人把他推回去。

「怎樣，阿拉特斯，你要違反兄弟會的法規嗎，你這條狗？」

「沒有違背法規。」不列桑尼亞人吼道。

「沒有違背？你剛剛打倒的男人按規矩是我們的船長！」

「才不是！」阿拉特斯大叫。「他又不是我們的人，是外人。他又沒有加入兄弟會。殺死瑟吉爾斯並不代表他就是船長，只有兄弟會的人殺了他才算。」

「但他想加入我們。」科林西亞人說。「他有說。」

眾海盜開始爭吵，有些人贊成阿拉特斯，有些人認同科林西亞人，他們叫他「伊瓦諾斯」。髒話滿天飛，大家互相挑釁，不少人手按劍柄。

最後有個閃姆人蓋過喧譁聲道：「你們爲什麼爲個死人吵架？」

「他還沒死。」科林西亞人從躺在地上的辛梅利亞人旁邊起身道。「石頭擦過而已；他只是昏了。」

海盜再度譁然，阿拉特斯想要擠到昏迷的男人身前，伊瓦諾斯終於提劍阻擋他，挑釁所有人。奧莉薇雅認爲科林西亞人做到這樣不光是在捍衛科南，也是在對抗阿拉特斯。顯然這兩個傢伙都是瑟吉爾斯的副手，而他們彼此看不順眼。又吵一陣子後，他們決定綁起科南，一起帶走，晚點再投票決定他的命運。

慢慢恢復意識的辛梅利亞人被人用皮帶綁住，然後四個海盜抬起他，一邊抱怨一邊罵髒話，跟其他海盜一起前進，再度開始橫跨高地。瑟吉爾斯的屍體就給留在原地；扭曲醜陋地躺在陽光普照的草地上。

懸崖上岩石間，奧莉薇雅驚訝莫名地趴在地上。她無法言語，也動彈不得，只能趴在那裡，瞪大恐懼的雙眼，眼睜睜地看著海盜帶走她的守護者。

她不知道在那裡待了多久。她看見海盜穿越高地，抵達廢墟，帶著俘虜進去。她看著他們從門和牆縫進進出出，拿東西在碎石堆中亂戳，還在牆上亂爬。一段時間後，二十個海盜再度穿越高地，拖起瑟吉爾斯的屍體，消失在西緣的樹林中，大概是要把他丟到海裡。廢墟附近的人開始砍樹升火。奧莉薇雅聽見他們的喊叫聲，不過距離太遠聽不清楚，接著她也聽見跑進樹林裡那群人的聲音，在樹木之間迴蕩。他們沒多久又回到高地，抬著酒桶和裝食物的皮袋。他們走向廢墟，大聲咒罵身上的重物。

奧莉薇雅只有隱約意識到眼前發生的一切。她緊張過度的腦袋隨時可能崩潰。獨自一人，毫不設防，她這才發現辛梅利亞人的保護對她而言代表多大意義。她隱約對命運的瘋狂惡作劇感到驚奇，竟然會讓一個國王的女兒跟滿手血腥的野蠻人爲伍。這個想法令她對自己的族人感到噁心。她父親、夏・阿穆拉斯，他們都是文明人。但他們只有爲她帶來苦難。她從未遇上任何對她好的文明人不是別有用心。科南保護她，庇佑她，而——目前爲止——沒有要求回報。她把頭埋在手裡，開始哭泣，直到遠方粗鄙的喧譁聲讓她意識到自己身處險境。

她看向陰暗的廢墟，四周有許多遠看顯得古怪的小人影，朝向翠綠樹林深處搖搖晃晃地迂迴前進。即使昨天晚上廢墟中的怪事只是她在作夢，潛伏在下方樹林裡的威脅可不是來自惡夢中的幻覺。如果科南死了，或一直是俘虜，她就只能在自願跟那群海狼一起走和獨自留在魔鬼作祟的小島上做選擇。

終於了解自己的處境有多糟時，她向前癱倒，昏了過去。

03

奧莉薇雅恢復意識時，夜幕已經低垂。一陣微風在她耳邊帶來遠方的叫喊和斷斷續續的淫歌。她小心翼翼起身，遙望高地上的景象。她看見海盜聚集在廢墟外的大火堆旁，隨即心跳加速，看著一群人從室內拖著某個肯定是科南的傢伙出來。他們把他靠在牆上，顯然綁得很緊，然後討論了很長一段時間，不少人拿武器來揮。最後他們又把他拖入廢墟，再度開始飲酒作樂。奧莉薇雅鬆口氣；至少她知道辛梅利亞人還活著。她下定決心，鼓起勇氣。天黑之後，她就要偷偷溜入陰森的廢墟，釋放他，或自己也被海盜俘虜。而她知道這個決定不光是出於一己私心。

打定主意後，她就躡手躡腳離開藏身處，在附近稀疏的樹上找堅果吃。她已經一整天沒吃東西了。忙著吃東西時，她突然有股遭人監視的感覺。她緊張兮兮地掃視岩石，接著，在微微顫抖的疑慮中，趴到懸崖北緣，凝視下方宛如波浪起伏般的綠地，在暮色裡顯得昏暗。她什麼都沒看見；只要不探頭出懸崖，潛伏在樹林裡的東西絕不可能發現她。但她清楚感覺到有看不見的眼睛在看她，感覺到某樣有感知的生命察覺了她的存在和藏身地點。

她偷偷回到岩石間的藏身處，趴下觀察遠方的廢墟，直到夜色遮蔽它們，只能靠火堆照亮飲酒作樂的黑影來確認位置。

接著她起身。動手的時候到了。但首先她溜回懸崖北側，看著下方海灘旁的樹林。她在昏暗的星光下瞇眼細看，登時感到毛骨悚然。

底下有東西在動。那感覺像是有塊黑影脫離了下方樹林的陰影。黑影緩緩沿著峭壁上升——陰暗星光下一大塊模糊不清，難以辨識形體的黑暗。奧莉薇雅驚慌失措，努力壓抑卡在喉嚨中的尖叫。她轉過身去，跑下南側的陡坡。

衝下陰暗的懸崖是段惡夢般的旅程，她連滑帶摔，撞上邊緣銳利的冰冷岩石。她在科南輕鬆抱著她跑過的粗糙巨石上劃破白皙的皮膚、撞瘀柔軟的肢體，再度發現自己有多依賴那個鋼鐵肌肉野蠻人。但那只是恐懼混亂之中掠過腦海的想法。

下坡似乎永無止盡，但她的腳終於碰到草地，接著她以最快的速度衝向宛如黑夜紅心般的火堆。奔跑途中，她聽見身後傳來大量石頭滾落陡坡的聲響，而那些聲音讓她腳跟長出翅膀。她完全不敢想像是什麼可怕的東西撞下那些石頭。

劇烈的肢體動作稍微驅散她盲目的恐懼，在她抵達廢墟前，她的心思沉浸下來，理性開始浮出水面，雖然四肢都因爲狂奔而顫抖。

她趴上草地，匍匐前進，來到一棵逃過海盜利斧的小樹後，默默偷看她的敵人。他們已經吃完晚餐，但還在喝酒，拿大白鑞杯和珠寶酒杯舀酒筒裡的酒。有些人躺在地上呼呼大睡，其它人則跌跌撞撞走入廢墟。她沒看到科南。她趴在那裡，四周的雜草和頭上的樹葉上開始凝結露水，火旁的海盜則在罵髒話、賭博和爭吵。火堆旁只剩下少數人；大部分都已經進廢墟睡覺了。

她趴著監視他們，等到神經緊繃，想到有東西也在監視她——有東西可能會偷襲她，肩膀之間的皮膚就爬滿雞皮疙瘩。時間一分一秒過去。飲酒作樂的海盜一個接著一個倒地，直到所有人都醉倒在垂死的火堆旁。

奧莉薇雅遲疑片刻——接著讓樹林間透露出的微光嚇了一跳。月亮要出來了！

她倒抽一口涼氣，爬起身來，奔向廢墟。她躡手躡腳走過廢墟門口附近的醉漢，渾身爬滿雞皮疙瘩。門內還躺了更多；他們在睡夢中翻身，含糊不清說著夢話，但沒人在她路過時醒來。看到科南時，她歡喜到哽咽一聲。辛梅利亞人神智清醒，站著綁在石柱上，雙眼隱隱反射門外黯淡的火光。

她在睡覺的人之間左彎右拐，來到他面前。儘管她步伐輕盈，他還是聽見她了；她才一進門就被他看見了。他堅定的嘴唇微微揚起笑意。

她伸出雙手，擁抱他片刻。他透過胸口感覺到她急促的心跳。牆上一道大裂縫灑落月光，空氣中立刻瀰漫著難以言喻的緊張氣息。科南感覺到了，身體僵硬。奧莉薇雅感覺到了，倒抽涼氣。在睡覺的人繼續打鼾。她迅速彎腰，從毫無知覺的海盜腰帶上拔出匕首，開始割綑綁科南的繩子。那些是帆索，又粗又沉重，還是專業海盜綁的。她拚命使勁，月光則緩緩爬過地板，朝向石柱之間的黑雕像腳下前進。

她開始喘氣；科南的的手腕自由了，但手肘和雙腳依然綁得很緊。她匆匆看了牆邊的雕像一眼——默默等候、默默等候。他們彷彿以不死怪物的恐怖耐性凝視著她。腳下的醉漢開始亂動，在睡夢中呻吟。月光沿著大廳前進，接觸到黑腳掌。繩索自科南手臂上落下，他立刻接過她手中的匕首，一刀砍斷腳上的束縛。他離開石柱，伸展四肢，默默承受血液恢復循環的痛楚。奧莉薇雅伏在他身旁，好似樹葉般發抖。她是不是看錯了，月光眞的像是火焰般點燃黑雕像的眼睛，讓它們在黑暗中綻放紅光嗎？

科南以叢林貓的速度展開行動。他從附近的武器堆裡挑出他的劍，輕輕抬起奧莉薇雅，從爬滿藤蔓的牆壁縫隙擠出去。

兩人沒有交談。他把她抱在手中，迅速穿越沐浴在月光下的草地。俄斐女人閉上雙眼，雙臂摟著他的鐵頸，漆黑的鬈髮縮在他厚實的肩膀間。她渾身充滿一股美味的安全感。

儘管抱著個人，辛梅利亞人還是迅速穿越高地，奧莉薇雅睜開雙眼，發現他們正通過懸崖下的陰影。

「有東西爬上懸崖，」她低聲道。「我下來時聽見它跟我下來。」

「我們必須冒險。」他嘟噥道。

「我不害怕——現在不怕了。」她嘆道。

「妳來救我的時候也不害怕。」他回道。「克羅姆呀，眞是難忘的一天！我從未聽人那樣激烈爭吵過。我差點都要聾了。阿拉特斯想挖出我的心臟，伊瓦諾斯拒絕，只爲了刁難他討厭的阿拉特斯。他們相互爭吵整整一天，船員很快就醉到根本無法投票——」

他突然停步，化爲月光下的銅像。他迅速反應，把女孩輕輕丟到身後一側。她在柔軟的草地上跪起，看到眼前的景象忍不住驚叫。

懸崖的陰影下有個搖搖晃晃的巨大身影——貌似人形的恐怖怪物，奇形怪狀的扭曲生命。它的輪廓並不能說不像人。但它的臉，在明亮的月光下，看來像野獸，耳朵很近，鼻孔開闔，柔軟的大嘴唇中凸起獠牙般的利齒。它身上布滿雜亂的灰毛，在月光下微顯銀光，畸形的大爪子垂在地面附近。它身軀龐大；靠著彎曲的短腿站立，它的圓頭還是比身前的男人高；它厚實的胸膛和巨大的肩膀令人屏息；粗壯的手臂彷彿長滿樹結的大樹。

在奧莉薇雅的眼中，月光下的景象彷彿天旋地轉。這裡就是道路的盡頭——什麼人能對抗這座由肌肉和蠻力組成的毛山？但當她神色震驚地看著面對怪物的棕色身影時，她發現這兩個對手間驚人的相似之處。這不太像是人類和怪物的衝突，比較像是兩頭同等殘暴冷酷的狂野生物在對抗。怪物獠牙一閃，當場撲上。

怪物攤開粗壯的胳臂猛衝，一點也不像那種體型和短腿能夠達到的速度。科南的動作宛如殘影，奧莉薇雅的眼睛都跟不上。她只看到他避開致命一爪，而他的劍化爲白電閃光，劃過一條粗壯手臂的肩膀和手肘中間。斷肢落地，劇烈抽動，一大灘血灑在草上，但就在長劍掠過的同時，另一隻畸形手掌抓住了科南的黑髮。

辛梅利亞人靠著頸部鐵般的肌肉逃過脖子當場折斷的命運。他左手竄出，扣住怪物的粗喉嚨，左膝狠狠頂上對方的毛肚子。接著兩者展開激烈的近身肉搏，儘管只持續數秒，但在嚇呆了的女孩眼中彷彿過了好幾年。

人猿怪一直抓著科南的頭髮，把他扯向月光下閃閃發光的獠牙。辛梅利亞人拚命抗拒，左手硬得像鐵，右手則將長劍握得像屠刀，一劍一劍插入對方股間、胸口和肚子。怪物一聲不吭地承受傷害，顯然可怕的傷口噴出的鮮血完全沒有削弱它的力量。人猿恐怖的力量迅速壓倒支撐施力的手臂和膝蓋。科南的手臂撐不住了，在壓力下彎曲；他愈來愈接近即將取他性命的血盆大口。野蠻人炙烈的目光對上猩猩怪充血的雙眼。但就在科南徒勞無功地拉扯深陷長毛身軀中的長劍時，噴濺白沫的下頷突然難以克制地咬合，距辛梅利亞人的臉只剩一吋，接著怪物在垂死抽搐中把他丟到草地上。

差點嚇昏的奧莉薇雅眼看人猿怪喘息、抽搐、扭動，像人一樣抓住插在身上的劍柄。經歷令人作嘔的片刻後，龐大的身軀突然狂抖，然後就再也不動了。

科南爬起身來，一拐一拐走向屍體。辛梅利亞人呼吸凝重，走路的模樣就像肌肉和關節都被扭扯到能承受的極限。他摸摸血淋淋的頭頂，在看見握在怪物毛茸茸手中的染血黑髮時咒罵了一聲。

「克羅姆呀！」他喘道。「我覺得像被嚴刑拷打過！我寧願對手是十二個男人。再撐一下，他就會把我的頭給咬斷。去他的，他把我一團頭髮給扯掉了。」

他雙手緊握劍柄，用力拔出長劍。奧莉薇雅湊上前來，握住他手臂，瞪大雙眼凝視地上的怪物。

「它——到底是什麼？」她低聲問。

「灰人猿，」他嘟噥道。「很笨，會吃人。他們住在這片海域東岸邊界的山丘裡。我不知道這傢伙是怎麼跑到這座島上的。或許他在大陸遇上風暴，抓著浮木漂過來。」

「那塊巨石就是他丟的？」

「對；我站在樹林裡看見上方的樹枝下彎時就起疑了。這些傢伙總是躲在樹林最深處，很少現身。我不知道是什麼把他引到空曠地來的，但這算我們走運；如果在樹林裡，我絕對打不過他。」

「它跟蹤我。」她發抖。「我看到它爬上懸崖。」

「它依據本能，躲在懸崖的陰影中，沒有跟著妳穿越高地。他們是黑暗和寂靜的動物，討厭太陽和月亮。」

「你想還有別隻嗎？」

「沒，不然海盜穿越樹林時就會遭受攻擊。儘管力量強大，灰人猿生性謹慎，這點從他沒有在樹林裡攻擊我們就可以看出來。他肯定很想對妳出手，才會導致它在空曠地上攻擊我們。怎麼——」

他回身轉往來時的方向。恐怖的慘叫聲劃破黑夜。叫聲是從廢墟傳來的。

緊接著而來的就是許多瘋狂的吶喊、尖叫，還有在劇痛下破口大罵。儘管叫聲伴隨著金鐵交擊的聲響，聽起來還是比較像屠殺，而非對戰。

科南僵在原地，女孩怕得緊抱著他。騷動聲愈來愈響，幾近瘋狂，接著辛梅利亞人轉身迅速衝向高地邊緣，月光勾勒出樹林的輪廓。奧莉薇雅雙腳抖得厲害，難以行走；於是他抱起她，她劇烈的心跳就隨著縮身在他懷裡而平靜下來。

他們經過陰暗的樹林，但黑影中不再隱藏威脅，銀光縫隙間沒有恐怖的身影。夜行鳥催眠般地輕叫。屠殺的吶喊聲在他們身後漸行漸遠，變成一種混亂迷惘的雜音。某處傳來鸚鵡的叫聲，彷彿詭異的回音：「亞格庫蘭幽克沙，庫沙拉！」他們來到樹林和大海交會處，看見下錨停駐的大帆船，船帆在月光下反射白光。繁星已經黯淡，黎明即將到來。

04

在黎明陰森的白光中，幾名衣衫破爛，渾身鮮血的海盜跌跌撞撞走出樹林，來到狹長的海灘上。一共有四十四個人，擔心受怕，士氣低落。他們迫不及待地衝入海裡，開始涉水上船，接著有個威嚴的嗓音令他們停下腳步。

他們在微白的天空下看見辛梅利亞人科南站在船頭，手持長劍，黑髮於晨風中飄動。

「站住！」他命令道。「別再前進了。你們這些狗打算怎麼做？」

「讓我們上船！」一個摀著血淋淋斷耳傷口的長毛惡棍嘶聲道。「我們要離開這魔鬼島。」

「誰敢爬上船，我就打破誰的腦袋。」科南威脅道。

四十四比一，但主導權在他手上。他們已經毫無鬥志。

「讓我們上船，好科南。」一個繫紅腰帶的薩莫拉人說，神色驚恐地看向後方死寂的樹林。「我們慘遭毆打、咬噬、亂抓、撕裂，且戰且走，疲憊不堪，連劍都舉不起來了。」

「阿拉特斯那條狗呢？」科南喝問。

「死了，跟其他人一起死了！攻擊我們的是魔鬼！我們的人還沒醒來就被他們分屍了——十幾個好海盜就這麼死在睡夢中。廢墟裡擠滿了火眼黑影，牙尖爪利。」

「對！」另一個海盜插嘴。「他們是這座島的惡魔，化身為鑄鐵雕像愚弄我們。伊絲塔呀！我們躺在他們中間睡覺。我們不是懦夫。我們奮勇作戰，就像任何在對抗黑暗勢力的凡人一樣。接著我們跑了，任由他們像豺狼般撕裂屍體。但他們肯定會追殺我們。」

「對，讓我們上船！」一個閃姆瘦子大聲道。「讓我們安安穩穩的上船，不然我們就得拔劍相向，雖然我們疲憊不堪，肯定會有很多人死在你手上，但你不可能打贏我們這麼多人。」

「那我就在船上打洞弄沉她。」科南冷冷說道。海盜高聲抗議，科南獅吼一聲，讓他們安靜下來。

「你們這些狗！難道要我幫助敵人嗎？我應該讓你們上船，挖出我的心臟嗎？」

「不，不！」他們立刻叫道。「朋友——是朋友，科南。我們是你的夥伴！我們一起當強大的惡棍。我們恨突倫王，不恨彼此。」

他們全都盯著他眉頭深鎖的的棕臉看。

「如果我是兄弟會的一員，」他嘟噥道，「我就適用貿易法規；既然我在公平決鬥下殺了你們船長，我就是你們的船長！」

沒有異議。海盜膽顫心驚，鬥志全失，一心只想逃離這座恐懼之島。科南在人群中找出渾身是血的科林西亞人。

「怎麼樣，伊瓦諾斯！」他語帶挑釁。「你曾經支持我。你會再度支持我當船長嗎？」

「會，以密特拉之名！」海盜看出大家的意願，立刻開始討好辛梅利亞人。「他說得對，各位；他是我們名正言順的船長！」

人群中掀起認同的聲浪，或許有點欠缺熱情，不過可能藏在身後那片死寂樹林中的紅眼利爪黑惡魔還是促使他們誠心接受這個船長。

「對劍柄起誓！」科南下令。

四十四把劍柄舉向他，四十四個嗓音齊聲高呼海盜宣示效忠的誓言。

科南微笑，收起他的劍。「上船，英勇的冒險者，操槳。」

他轉身提起矮身躲在舷緣後的奧莉薇雅。

「那我呢，先生？」她問。

「妳想怎樣？」他反問，瞇起雙眼看她。

「我想跟你走，隨你到天涯海角！」她大聲說，白皙的手臂摟上他棕色的脖子。

爬上船欄的海盜神色訝異地喘氣看著他們。

「航向充滿血腥和屠殺的道路？」他質疑。「這艘船所到之處，藍色海浪都會被染紅。」

「對，跟你一起，航行在藍海或紅海上。」她興奮地回答。「你是野蠻人，我是遭到族人放逐之人。我們都被世人遺棄，是大地的流浪者。喔，帶我一起走！」

科南哈哈大笑，把她提到熱情的嘴唇前。

「我會讓妳成爲藍海女王！解纜，狗！以克羅姆之名，我們去放火燒掉易迪斯王的褲子！」

〈月下魅影〉完

黑海岸女王

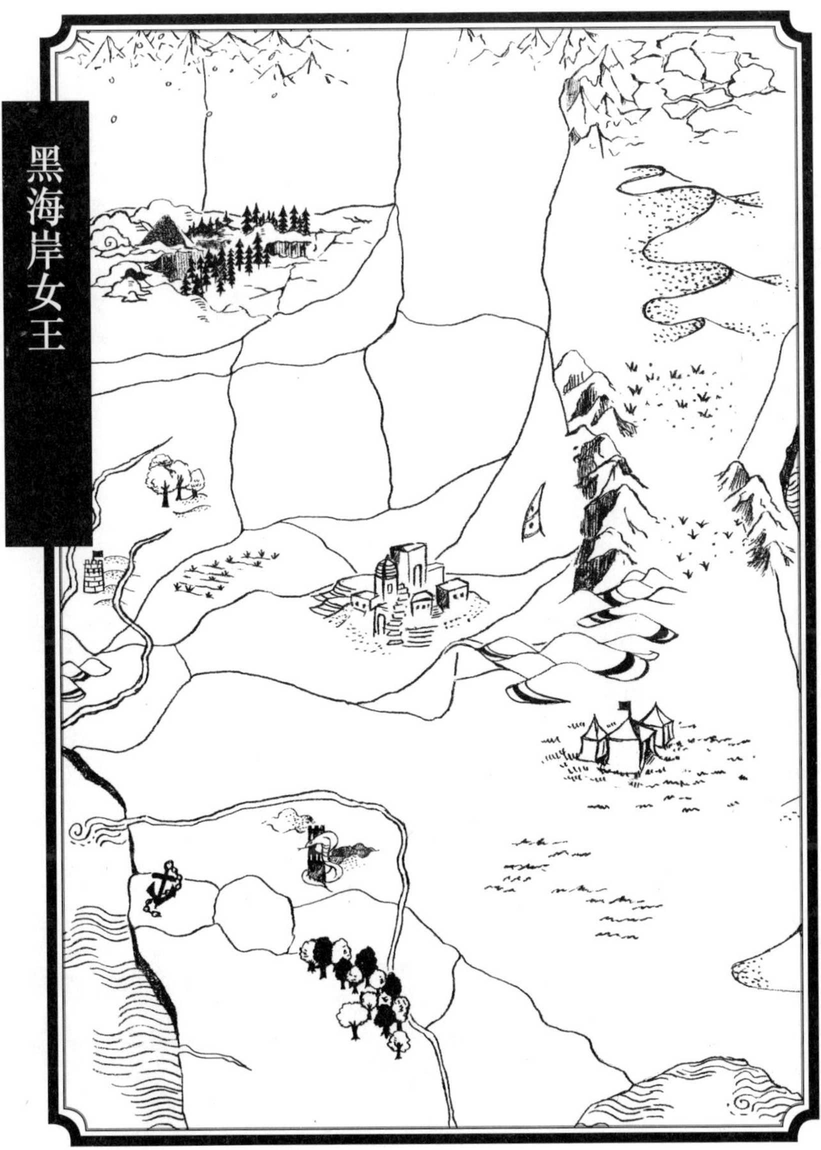

刊登於一九三四年五月號《怪譚》雜誌，但其實早在一九三二年就已完稿，就寫作順序而言緊接著〈血色城堡〉。爲何拖了這麼久才刊登？也許因爲〈黑海岸女王〉是一個非典型的科南故事：他竟然談戀愛了！而且在這段關係中強勢的還不是科南，是女海盜船長貝莉特。如果說〈爬行的黑影〉和〈黑神之池〉代表科南負面的刻板印象，那麼〈黑海岸女王〉則是霍華寫作功力的明證，也是閱讀科南很好的起點。小說最後的「顯靈」和〈劍上的鳳凰〉有異曲同工之妙，看似是「機器神」式的橋段，可是運用得當，反而讓人惆悵不已，後來也被用進了一九八二年版的電影《王者之劍》。

——編者

01—科南加入海盜

相信綠芽
甦醒於春季，
秋天以黯淡火光
爲樹葉上色；
相信我的心始終
未遭玷污
只對我渴望的男子
全意傾注。

——《貝莉特之歌》

□

通往碼頭的斜道上傳來響亮的馬蹄聲。驚叫走避的路人只匆匆瞥見一名鎖甲騎士駕著黑馬，寬大的紅斗篷隨風飄揚。街道另一頭傳來追兵的吶喊，但騎士並沒回頭。他衝到碼頭上，在堤岸邊即時拉停黑馬。水手們站在高艏寬舯槳帆船的長櫓和條紋船帆間，目瞪口呆地瞪著他。蓄著黑鬍子的壯碩船長站在船頭，正用船竿把船推離碼頭上的木樁。他怒氣沖沖地對著跳下馬鞍，奮力躍上舯部上甲板上的騎士大吼大叫。

「誰讓你上船的？」

「快開船！」入侵者揮手喊道，甩落闊劍上的血滴。

「我們的目的地是庫許海岸！」船長勸告道。

「那我就去庫許！開船，我說！」那人看了街道一眼，一整隊追兵騎馬趕來；他們後方還有一隊肩上掛著弩的弓箭手。

「你有錢付船資嗎？」船長問。

「我用劍付錢！」身穿鎧甲的男子揮舞著在陽光下反射出藍光的巨劍喊道。「以克羅姆之名，老兄，你再不開船，我就讓這艘船染上船員的鮮血！」

船長很會看人。他看了一眼劍士臉上的傷疤，以及對方盛怒下顯得冷酷的神情，立刻大聲下令，抵住木樁使勁推竿。大帆船駛入寬闊的海域，船槳開始發出有節奏的碰撞聲；接著一陣風將閃爍微光的船帆吹得鼓脹，使這艘輕載船隨風傾斜，像隻天鵝般朝前方海面飛掠而去。

追兵在碼頭上揮劍大罵，命令帆船返航，並催促弓箭手加快腳步，趕在船離開弩弓射程前放箭。

「讓他們叫。」劍士冷冷一笑。「繼續前進，船長。」

船長走下船頭中間的小甲板，穿越兩旁的槳手，登上舯部上甲板。陌生人備妥長劍，神色警覺地背靠著桅杆。船長冷冷地打量這個人，雙手刻意不接近對方腰帶上的長匕首。他眼前是個高大強壯，身穿黑鱗鎖甲、光亮脛甲和鑲有光滑牛角的藍鋼頭盔的男人。他護肩下垂著的紅斗篷隨海風飄動，手中闊劍的劍鞘上繫著飾有金釦環的粗革寬帶，角盔下的齊長黑髮和隱隱發光的藍眼睛形成對比。

「如果我們要一起出海，」船長說，「我們最好和平共處。我叫提托，阿果斯眾海港認證的船長。我要去庫許，用珠飾、絲綢、糖和銅柄劍跟黑國王交換象牙、椰乾、銅礦、奴隸和珍珠。」

劍士回頭看著愈來愈遠的碼頭，只見那些人還在無可奈何地比手畫腳，顯然無法找到能追上這艘輕快帆船的船隻。

「我叫科南，是辛梅利亞人，」他回答。「我來阿果斯找雇主，但目前沒有戰爭，所以找不到工作。」

「那些衛兵追你幹嘛？」提托問。「不關我的事，不過我想或許——」

「我沒什麼好隱瞞的，」辛梅利亞人回答。「以克羅姆之名，儘管常跟你們文明人混，我還是很難了解你們的習俗。」

「好了，昨晚在酒館裡，有個國王衛隊隊長羞辱一個年輕士兵的女人，那個士兵當然把他砍了。但這裡似乎有條天殺的法律禁止殺害衛士，所以男孩跟他的女人就逃了。有人謠傳我跟他們是一夥的，所以今天我就被人拖去法庭，法官問我那小夥子跑哪去了。我回答說他是我朋友，我絕不背叛他。然後法庭上的人愈來愈激動，法官說了一堆什麼我要對國家和社會盡到義務，還有一些聽不懂的東西，然後命令我說出朋友的下落。這下我也生氣了，因爲我已經表達過我的立場。」

「但我壓抑怒意，隱忍不發，法官大罵我藐視法庭，要把我關進監獄，爛在裡面，直到我願意出賣朋友爲止。於是，眼看他們都生氣了，我就拔出我的劍，劈開法官的腦袋；然後我殺出法庭，看到警衛隊長的馬綁在附近，就騎馬趕往碼頭，想說找艘船到別的國家避風頭。」

「好吧，」提托面不改色地說，「法院幫有錢人剝削過我太多次，我對他們沒有好感。下次停靠那個港口，我得回答一些問題，但我可以證明我是遭人脅迫才開船的。你可以把劍收起來了。我們是愛好和平的水手，跟你無怨無仇。再說，船上有你這種戰士也是好事。來艉艛甲板上喝杯麥酒。」

「聽來不錯。」辛梅利亞人收劍入鞘，欣然回應。

阿格斯號是艘堅固的小船，是往來辛加拉、阿果斯海港和南方海岸間的典型貿易船，沿著海岸線航行，鮮少深入遠洋。這艘船的船艉和弧狀船艄很高；寬闊的船舯以優美的弧度向艄艉傾斜。船由艉艛上的長櫓操縱方向，推進力主要來自寬大的絲質條紋風帆，並以艄三角帆來輔助。船槳只有在離港及風平浪靜時才會用到。小小的舯部上甲板兩側各有十支槳，五前五後。最珍貴的貨物都被牢牢繫在這個甲板和前甲板下。水手們睡在甲板或槳手長凳上，天氣不好時會拉上遮篷。二十名水手划槳，三名搖櫓，加上船長，船員就齊全了。

阿格斯號穩定向南航行，一路上天氣都很好。火熱的陽光日復一日照耀，遮篷都拉起收好——這條紋絲布和閃亮的船帆，以及船頭與船緣上的華麗金飾十分相襯。

他們看見閃姆海岸——綿延起伏的牧地，遠遠可見城市中的白色塔頂，有著藍黑鬍鬚和鷹勾鼻的騎士讓馬匹坐在岸邊，表情懷疑地打量槳帆船。船隻沒有靠岸；跟閃姆之子交易沒多少利潤可圖。

提托船長也沒駛進寬闊的海灣，那裡是斯堤克斯水量豐沛的出海口，還隱約可見雄偉的凱米黑堡聳立於藍海上。沒有船隻會在未受邀請下停靠這座港口，因爲這裡有許多皮膚黑黝的巫師在黑暗中施展恐怖的咒術，慘叫的裸女躺在不斷冒出獻祭煙霧的染血祭壇上，而相傳塞特，古蛇，海伯里亞人信仰中的狡黠惡魔，斯堤及亞人的神，就蜿蜒盤繞在祂的信徒之中。

提托船長遠離那片有如玻璃般的夢幻海域，即使城牆後駛出一艘蛇頭小船，船上頭戴大朵紅花的深膚裸女站著高聲呼喊他的船員，還擺出各式性感撩人的姿勢也一樣。

陸地上如今已看不到高塔。他們已經通過斯堤及亞南境，沿著庫許海岸航行。大海及海上航道一直以來都是科南心中的謎團，因爲他的家鄉位於北方的高聳丘陵。這些壯健的水手對這個流浪者也深感興趣，他們沒幾個人見過他的族人。

他們是典型的阿果斯水手，矮壯結實。科南比他們高很多，也比他們任兩個人加起來更壯。他們刻苦耐勞又身強體壯，但他擁有狼般的耐力和活力，以及在世界荒原的艱苦生活中磨礪鍛鍊的肌肉和意志。他很喜歡笑，生氣時卻非常恐怖。他是英勇的饕客，烈酒對他而言既是嗜好又是弱點。就許多方面而言都像小孩般天眞，不熟悉文明世界的人情世故，他天性聰穎、看重自己的權益，如餓虎般危險。年輕但久經征戰與漂泊，從穿著打扮就能看出他曾到過許多地方。他的角盔來自諾德海姆的金髮亞薩人；他的護甲和脛甲都是科斯頂級工藝；保護手腳的鎖甲來自納米迪亞；腰帶上掛的是阿奎洛尼亞闊劍；而他華麗的紅斗篷只可能出自俄斐。

於是他們向南航行，提托船長開始尋找黑人的高牆村莊。但他們在海灣沿岸只找到一座有許多黑膚裸屍的冒煙廢墟。提托咒罵。

「我之前跟他們交易賺了不少錢。這是海盜幹的。」

「如果我們遇上海盜呢？」科南拔出劍鞘中的劍。

「我們的船不是戰艦。我們逃跑，而不是作戰。但如果非戰不可，我們曾趕跑過海盜，或許還能再來一次；除非遇到貝莉特的雌虎號。」

「貝莉特是誰？」

「還沒被絞死的狂野女魔頭。除非我認錯手法，摧毀那座村莊的肯定是她手下的屠夫。但願我有朝一日能看到她掛在橫桁上搖晃！她綽號黑海岸女王，是閃姆人，率領黑掠奪者。他們騷擾貨船，把很多好商人送入海底。」

提托從艉艛甲板下拿出有襯墊的無袖短衣、鋼帽和弓箭。

「要是被海盜擊沉也沒多大用處，」他嘟噥道。「但是束手待斃對靈魂有害。」

□

日出時分，瞭望員發出警告。船頭右舷前方的小島後繞出一艘外形駭人，挑高的甲板由船頭延伸到船尾的蛇形單甲板帆船。兩側各四十支船槳，高速穿越海面，低矮船欄後擠滿高喊戰呼，以長矛敲打橢圓盾牌的裸體黑人。桅頂上飄著一面紅色長旗。

「貝莉特！」提托臉色發白地喊道。「快！轉向！進入河口！只要能在我們被撞沉前讓他們擱淺，我們就有機會逃出生天！」

於是，阿格斯號急速轉向，朝棕櫚樹海岸的浪花線前進，提托來回踱步，鼓勵氣喘吁吁的槳手努力划槳。船長的黑鬍鬚根根豎起，目光銳利。

「給我一把弓，」科南要求。「我認爲弓是沒有男子氣概的武器，但我跟希爾卡尼亞人學過射箭，要是不能攻擊對面甲板的敵人會很麻煩。」

他站在艉艛上，眼看蛇形船飛快破浪而來，儘管他是住在陸地上的人，依然能看出阿格斯號絕對贏不了這場競賽。此刻海盜船上射出的箭已唰唰落在距他們船尾不到二十步的海裡。

「我們最好開始作戰，」辛梅利亞人說；「不然我們會在毫無反擊的情況下被後方來箭射死。」

「用力划，你們這些狗！」提托揮著硬拳頭激動大叫。大鬍子槳手咕噥著，肌肉緊繃虯結，渾身冒汗地奮力划槳。結實小帆船的木頭嘎嘎作響，在水手努力下破浪而行。風停了；船帆軟垂。勢不可擋的掠奪者逐漸逼近，一名操櫓手喉嚨中箭，倒在船櫓上拚命吸氣，而他們距離浪花還有一哩遠。提托衝過去替補他，科南則在艉艛上站穩腳步，舉起他的弓。如今他可以看清楚海盜船了。船側豎起盾牌保護槳手，不過窄甲板上奔走的戰士都在視線範圍裡。他們身上塗漆，佩戴羽飾，基本上赤身裸體，揮舞長矛和髒兮兮的盾牌。

船頭上的架高平台站著一條纖細的身影，白皙皮膚跟四周膚質光滑的黑人形成鮮明的對比。貝莉特，毫無疑問。科南將弓尾拉到耳際——接著在突如其來的念頭或遲疑中停止動作，轉而射穿她身旁一名戴高羽飾的長矛兵。

海盜船輕鬆追趕輕裝帆船。箭如雨下，落在阿格斯號四周，水手放聲呼喊。所有操櫓手都倒下了，身上插滿羽箭，提托單靠一己之力操縱巨大的船櫓，一邊喘氣一邊罵髒話，雙腿肌肉緊繃。接著他嗚咽一聲，摔倒在地，長箭柄插在他結實的心臟上搖晃。阿格斯號失去方向，隨波漂動。水手困惑大叫，科南以其獨特的方式接手指揮。

「起來，各位！」他邊吼邊放箭。「拿起武器，在那些狗割斷我們喉嚨前拉幾個墊背！繼續划槳已經沒用了；再划不到五十步，他們就要登船了！」

水手情急之下，拋下船槳，拿起武器。看起來很英勇，但其實沒什麼用。他們才放了一輪箭，海盜已經趕上。由於沒人在操櫓，阿格斯號船身打橫，而海盜船的鋼頂船頭撞上船體中央。抓鉤陷入船身。黑海盜從架高的舷緣朝下放一輪箭，射穿在劫難逃的水手身上的襯墊外套，然後插落長矛，了結對手。海盜船的甲板上躺了六具屍體，都是死於科南箭下。

阿格斯號上的戰鬥短暫而血腥。矮壯的水手不是高大的蠻族對手，很快就死到剩下一人。但其他地方的戰況卻出人意表。位於艉艛的科南跟海盜船的甲板同高。當鋼鐵船頭撞上阿格斯號時，他站穩腳步，沒被震倒，拋下他的弓。一名高大的海盜，跳過船欄，在半空中遇上科南的闊劍，被當胸砍成兩半，身體跟腳分往不同的方向掉落。接著，一陣狂暴攻擊在舷緣留下一堆血肉模糊的屍體，科南跳過船欄，來到雌虎號的甲板上。

轉眼之間，他就陷入長矛和棍棒的風暴中心。但他於鋼鐵之中化爲殘影。長矛在他的護甲上折彎，或劃過空氣，而他的劍高唱死亡之歌。他進入族人特有的狂亂狀態，熾烈的雙眼前浮現毫無理性的憤怒紅霧，他劈裂頭顱、打碎胸口、砍斷手腳、拔出內臟，在甲板上灑滿駭人的腦漿和鮮血。

在護甲的保護下，他背靠桅桿，於腳邊堆積屍體，直到他的敵人退開，在憤怒和恐懼下氣喘吁吁。正當他們舉起矛，準備拋擲，他則蓄勢待發，打算撲過去死在他們中間時，一下刺耳的叫聲阻止了海盜。他們像雕像般站著，一群保持擲矛姿勢的黑巨人，一個手持滴血闊劍的鎖甲劍士。

貝莉特跳到黑人面前，壓低他們的長矛。她轉向科南，胸口起伏，雙眼發光。他的心彷彿被強力的驚嘆手指握住。她很瘦，但外表有如女神：肢體柔韌性感。她唯一的衣物是條寬絲腰帶。她象牙般的皓臂和白皙的乳房令辛梅利亞人心頭狂跳，即使已經打到氣喘吁吁了也一樣。

她漆黑的秀髮，宛如斯堤及亞黑夜般漆黑，好似漣漪垂落在她柔軟的背後。她的黑眼目光火熱地看著辛梅利亞人。

她就像沙漠之風充滿野性，宛如母豹般輕盈危險。她來到他面前，完全不把染滿海盜鮮血的巨劍放在眼裡。她站在高大戰士身前，近到柔軟的大腿掠過劍刃。她凝望他充滿威脅的嚴峻目光，張開紅唇。

「你是誰？」她問。「以伊絲塔之名，我從未見過你這種人，而我的足跡踏遍辛加拉海域到終極南疆之火。你是哪裡來的？」

「阿果斯。」他簡短回答，擔心有詐。只要她纖細的手掌接近腰帶上的珠寶匕首，他就會一掌將她打昏。但內心深處，他並不害怕；他一雙鐵臂抱過無數女子，不管是文明人還是野蠻人，而他絕不會認錯眼前這個女人渴望的目光。

「你不是懦弱的海伯里亞人！」她大聲道。「你像灰狼一樣勇猛善戰。城市的燈火從未遮蔽過你那雙眼睛；大理石城牆內的安逸生活不曾軟化你的肌肉。」

「我是科南，辛梅利亞人。」他回答。

對生長在氣候怡人地區的人而言，北地乃是神祕的國度，居住著生性凶殘的藍眼巨人，偶爾會帶著火把和劍離開冰凍的堡壘南下。他們的掠奪部隊從未到過閃姆以南的地區，而這個閃姆之女無法分辨亞薩人、華納人和辛梅利亞人。透過女性原始精確的本能，她知道自己找到愛人了，而他的種族毫無意義，除了賦予他來自遠方的魅力。

「我是貝莉特，」她大聲道，語氣就像是在說：「我是女王。」

「看看我，科南！」她攤開雙臂。「我是貝莉特，黑海岸女王。喔，北地之虎啊，你就跟你出生的雪山一樣冰冷。占有我，用你強大的愛碾壓我！隨我前往大地盡頭，大海盡頭！我是火焰、鋼鐵及屠殺的女王——當我的王吧！」

他目光掃向染血的海盜，尋找憤怒或嫉妒的神色。完全沒有。那些黑臉上的怒意徹底消失。他發現對這些男人而言，貝莉特不只是女人；她是不會有人質疑的女神。他看向阿格斯號，在染紅的海水中打轉，船身傾斜，海水沖刷甲板，全靠抓鉤支撐。他看向藍海外的海岸，看向更遠的綠霧，眼前的美人；野蠻的靈魂在體內蠢蠢欲動。跟這個皮膚白皙的年輕虎貓在閃亮的藍色國度上冒險——一起愛、歡笑、遊蕩、掠奪——

「我跟妳走。」他嘟噥道，甩開劍上的血滴。

「喂，尼亞加！」她的嗓音宛如弓弦。「拿藥草來幫你的主人療傷！剩下的人去搬運戰利品，然後解開抓鉤。」

科南背靠艉艛欄杆坐下，老薩滿處理他手掌和手臂上的割傷，而運氣不好的阿格斯號上的貨物很快都被搬上雌虎號，放進下層甲板的小艙房。船員和海盜的屍體都被推入海中餵鯊魚，受傷的黑人則躺在船腰等著包紮傷口。接著他們解開抓鉤，阿格斯號無聲無息地沉入染血的海底，雌虎號在規律的划槳聲中往南方前進。

當他們航向清澈的藍色大海時，貝莉特來到艉樓。她像是黑暗中的母豹般雙眼發光，脫下身上的飾品，她的鞋和絲腰帶，丟在他的腳邊。她踮起腳尖，雙臂上揚，化爲一條微微顫抖的赤裸白線，對神情渴望的海盜叫道：「藍海之狼啊，欣賞這場舞蹈——阿斯卡隆眾王之女貝莉特的交配之舞！」

她開始跳舞，宛如沙漠龍捲風般旋轉，好似難以平息的火焰飛竄，彷彿創造的衝動與死亡的慾望。她的白腳踐踏染血的甲板，看得垂死之人目瞪口呆，將死亡拋到腦後。接著，白星穿透藍絨天幕，讓她旋轉不休的嬌軀化爲象牙火焰的殘影，一聲狂吼下，她撲倒在科南腳邊，而辛梅利亞人的慾望宛如洪水氾濫，掃空一切，把嬌喘不已的她拉來緊貼自己黑色的胸甲。

02 — 黑蓮花

在那座斷垣殘壁的
死亡堡壘中。
她雙眼爲那
邪惡光澤虜獲，
奇特的瘋狂
緊扣我的喉嚨，
當情敵擠入
我兩之間。

——《貝莉特之歌》

□

雌虎號遨遊大海，黑村莊聞風喪膽。夜間響起手鼓聲，述說海上女魔頭找到配偶的故事，一名擁有受傷雄獅般怒火的鋼鐵男子。斯堤及亞遇難船上的倖存者詛咒貝莉特，還說有個目露凶光的藍眼白人戰士與她同行；於是斯堤及亞眾親王對此人懷恨在心，而他們的記憶是棵苦澀大樹，在接下來的日子裡滋長血紅果實。

雌虎號宛如漂浮不定的狂風，毫不在意地沿著南方海岸四下遊蕩，直到她停靠在一條寬敞寧靜的河口，河岸叢林密布，宛如神祕高牆。

「這是薩卡巴河，意爲死亡。」貝莉特說。「河水有毒。看到水色又黑又濁嗎？只有劇毒爬蟲類住在河裡。黑人會避開此河。曾有一艘逃避我追殺的斯堤及亞單甲板帆船逃入這條河，然後就消失了。我在這個位置下錨，等到幾天後，那艘船順著黑水漂出來，甲板血跡斑斑，空空蕩蕩。船上只有一個男人，而他陷入瘋狂，在胡言亂語中死去。貨物都在船上，但船員卻消失到死寂和謎團裡。

「我的愛人，我相信這條河上游有座城市。我聽說冒險沿河而上的水手遠遠見過塔樓和城牆。我們無所畏懼：科南，我們去掠奪那座城吧。」

科南同意。他通常都會同意她的計畫。她是他們掠奪行動的首腦，他則是動手執行計畫的人。他不在乎航向何處，跟誰作戰，只要他們有在航行，有在作戰。他喜歡這樣的生活。

戰鬥和掠奪減少了船員的數量；如今只剩下八十名長矛兵，剛好足以維持這艘長船運作。但貝莉特不願浪費時間南下島嶼國度補充人員。她迫不及待想要展開這段全新的冒險；於是雌虎號駛入河口，槳手奮力搖槳，長船逆流而上。

他們轉過海上視線不及的神祕彎道，在黃昏慵懶的河面緩緩前進，避開可能有奇怪爬蟲類生物盤據的沙洲。他們連一條鱷魚都沒看到，也沒有四腳獸或鳥類跑來河邊喝水。他們在月亮升起前的黑暗中航行，兩岸宛如實體黑暗化身的岩壁，傳出神祕的窸窣聲和細微的腳步聲，還有閃亮陰森的眼睛。他們聽見一個非人的嗓音出聲嘲弄——貝莉特說是猩猩的叫聲，還說邪惡之人的靈魂會被這些類人生物囚禁，爲從前的罪孽付出代價。但科南懷疑，因爲他曾在一座希爾卡尼亞城市的金欄囚籠裡見過一隻神色憂傷的野獸，旁人說是猩猩，而他完全無法將此刻在黑暗叢林中迴蕩，充滿惡意的邪惡笑聲跟那隻猩猩聯想在一起。

接著月亮升起，宛如濺灑鮮血，驅退黑暗，叢林當場甦醒，以駭人的喧囂迎接月亮。吼叫、嚎叫、嗚叫嚇得黑戰士微微顫抖，但科南發現這些聲響全都來自叢林深處，彷彿野獸也跟人類一樣盡可能遠離薩卡巴河的黑水。

月亮升起到漆黑的樹林及飄動的蕨類植物上方，將河水映成銀色，船後拖曳閃耀磷光泡泡組成的漣漪，宛如炸裂的珠寶般朝外擴散。船槳沉入明亮的河面，浮起時又化爲銀霜。戰士頭上的羽飾在風中垂擺，劍柄和繫帶上的珠寶閃射寒光。

貝莉特在甲板的豹皮上伸展柔軟的身軀，冰冷光線彷彿於其濃密黑髮上的珠寶間點燃冰火。她以手肘撐地，下巴抵在纖細的雙手上，揚眉凝望躺在她身旁的科南，黑髮於微風中輕晃。貝莉特宛如黑寶石的雙眼在月光下燃燒。

「我們身邊充滿未知與恐懼，科南，而我們即將踏入驚駭與死亡的國度，」她說。「你怕嗎？」

他唯一的反應就是聳聳肩膀上的護甲。

「我也不怕。」她若有所思地說。「我從來沒怕過。我太常直視死亡的利齒了。科南，你畏懼神嗎？」

「我不會去招惹他們。」野蠻人語氣保守。「有些神擅長傷人，有些擅長助人；至少他們的祭司是這麼說的。海伯里亞人的密特拉肯定是很強大的神，因爲他的子民在全世界建造城市。但就連海伯里亞人也怕塞特。貝爾，盜賊之王，是個好神。我在薩莫拉當賊的時候接觸過他的信仰。」

「你自己的神呢？我從未聽你向他們祈禱。」

「他們的主神是克羅姆。他住在一座大山裡。向他祈禱有什麼用？他不在乎人類的生死。最好默不吭聲，沒事別招惹他；他會降下末日，不是財富！他性情乖戾，冷酷無情，但他會在人出生時賜給我們生存和屠殺的力量。凡人對神還有什麼好要求的？」

「但是死者之河以外的世界呢？」她繼續問。

「對我的族人而言，此生與死後都沒有希望。」科南回答。「在這個世界，人努力求生，無端受苦，只能在戰鬥的瘋狂中尋求歡愉；死後，他們的靈魂會進入灰霧和寒風的國度，悲慘淒涼，永無止盡地遊蕩下去。」

貝莉特顫抖。「生活儘管艱困，還是好過那樣的命運。你相信什麼，科南？」

他聳肩。「我聽說過很多神。完全不信神的人就跟太過迷信的人一樣盲目。我不在乎死後的事。死後有可能是納米迪亞描述的漆黑，也可能是克羅姆的冰霧國度，又或許是諾德海姆英靈殿的雪原和拱頂殿堂。我不知道，也不在乎。讓我活著的時候好好活著；讓我吞嚥濕潤的紅肉、暢飲刺喉的紅酒、感覺皓臂的擁抱、在藍劍噴火染血中享受戰鬥的瘋狂快感，那樣我就滿足了。讓教師、祭師和哲學家去思考現實和虛幻的問題。我只知道這個：如果生活是場幻象，我也就不過是個幻象，但在這種情況下，幻象對我來說就是眞實。我活著，我燃燒生命，我愛，我駐足，我心滿意足。」

「但諸神眞實存在。」她說，追隨自己的思緒。「而位於諸神之上的就是閃姆的神——伊絲塔、阿斯塔蒂、德凱托和阿多尼斯。貝爾也是閃姆的神，因爲他很久很久以前出生於古舒米爾，之後帶著卷鬍鬚和淘氣又睿智的眼睛笑嘻嘻地偷竊古代帝王的珠寶。」

「人死之後還會繼續存在，我知道，而我也知道，辛梅利亞人科南——」她體態動人地跪起身來，像獵豹般擁抱他——「我的愛比死亡強大！我曾躺在你懷裡，爲我們強烈的愛而喘息；你擁抱、碾壓、占有我，激情熱吻把我的靈魂吸入你嘴裡。我的心臟跟你的融爲一體，我的靈魂是你靈魂的一部分！如果我死了，而你還在爲生存而戰，我會從深淵趕來幫助你——對，不管我的靈魂是隨著天堂水晶海的紫帆漂浮，還是在地獄中的烈焰中扭動！我是你的，不管是諸神還是永恆都不能分開我們！」

船頭瞭望哨傳來尖叫。科南推開貝莉特，彈身而起，長劍在月光下反射銀光，眼前的景象令他寒毛豎起。黑戰士垂在甲板上方，掛在一個看起來像是拱越船欄的柔軟樹幹上。接著他發現那是一條巨蛇，在船頭側邊扭動光滑身軀，咬住那個不幸的戰士。潮濕的鱗片反射月光，細長的身軀立起於甲板上方，而遇襲之人則像蟒蛇嘴中的老鼠般慘叫掙扎。科南衝向船頭，揮動巨劍，差點砍斷比男人身體還粗的蛇軀。船欄灑滿鮮血，垂死的怪物向外癱落，嘴裡依然咬著受害者，沉入河裡，層層盤繞，河面上濺起大量血泡，人類和爬蟲類一同消失。

接下來科南親自警戒，但混濁的河面沒再冒出其他怪物，隨著黎明照亮叢林，他看見漆黑的塔頂凸起於樹林之中。他呼喚裹紅斗篷睡在甲板上的貝莉特；她立刻來到他身邊，目光熾烈。她張嘴下令手下拿起弓和矛，接著瞪大美麗的雙眼。

他們越過濃密的叢林，轉向彎道河岸，發現那只是一座城市的鬼魂。斷橋石墩和古老街道、寬敞廣場、開闊庭院的破碎石板間長滿雜草和水草。除了面河的那一側，四面八方都是叢林，有毒植物遮蔽斷折的巨柱和殘破土堆。清晨天空下聳立許多歪斜的高塔，坍塌牆壁之間凸起不少斷柱。城市中央有座圓柱頂的大理石金字塔，柱頂上坐著或蹲著一個科南原先以爲是雕像，但隨即發現有生命的東西。

「那是隻大鳥。」一個站在船頭的戰士說。

「是巨型蝙蝠。」另一個戰士堅稱。

「是猩猩。」貝莉特說。

正當此時，那怪物展開寬翅，飛入叢林。

「有翅膀的猩猩。」老尼亞加語氣不安。「我們就算自己割喉也好過跑來這裡。這是詛咒之地。」

貝莉特嘲笑他迷信，下令帆船靠岸，在廢棄碼頭上綁纜繩。她第一個跳上岸，緊接著是科南，然後是一眾黑皮膚海盜，羽飾在晨風中搖擺，手握長矛，眼珠轉動，留意四周的叢林。

四周寂靜無聲，宛如毒蛇沉睡般令人不安。貝莉特在廢墟裡好似畫中人，嬌柔的身軀散發出的強大活力，跟四周荒蕪腐敗的景象呈現奇特對比。太陽不情願地緩緩高掛叢林之上，在那些塔樓上灑落黯淡的金光，於搖搖欲墜的牆壁間留下許多陰影。貝莉特指向一座底座坍壞的圓塔。一道充滿裂縫，長滿雜草的石板通往該塔，兩側都是倒地的石柱，塔前有座大祭壇。貝莉特沿著古老地板走去，站在祭壇前。

「這是古人的神廟，」她說。「看——祭壇側面有血溝，上萬年的雨水依然無法洗淨溝裡的血漬。牆壁全都塌了，這座石板卻承受風吹雨打，歲月摧殘。」

「但這些古人是誰？」科南問。

她無奈攤開纖瘦的雙掌。「就連傳說裡也沒有提過這座城。但看看祭壇兩側的手孔！祭司常常會把寶物藏在祭壇裡。來四個人看看能不能把它舉起來。」

她後退讓出空間，抬頭看向眼前高聳的斜塔。三名最強壯的黑人握住石祭壇上看起來不合人手大小的手孔——接著貝莉特大叫跳開。他們全都僵在原地，彎腰協助他們的科南立刻在咒罵聲中轉身。

「草裡有蛇。」她說著走回來。「過來殺了牠；其他人繼續抬祭壇。」

科南迅速走向她，另一個人接手他的位置。他神色不耐地在草地中尋找蛇的蹤跡，高大的黑人則站穩腳步，吃力使勁，黑皮膚下肌肉緊繃。祭壇沒有離開地面，但突然從側面轉開。塔上隨即傳來轟隆聲響，碎石塊壓扁四個黑人。

其他黑人驚慌大叫。貝莉特的細手指陷入科南手臂上的肌肉。「沒有蛇，」她低聲說。「我只是假藉名義支開你。我擔心陷阱，古人會看緊他們的寶藏。我們清開那些石塊。」

他們耗費極大的力氣清理石塊，抬走四具殘破的屍體。在屍體下的血泊裡，海盜找到一座實心岩石中開鑿的地窖。祭壇以石棒和插槽掀向一旁，充當地窖的門蓋。乍看之下，地窖裡似乎充滿液態火焰，因爲晨光撒落在上百萬個寶石琢面上。難以想像的財富躺在目瞪口呆的海盜面前；鑽石、紅寶石、血石、藍寶石、綠松石、月石、蛋白石、綠寶石、紫水晶，宛如邪惡女子目光的不知名寶石。地窖滿滿的都是耀眼的寶石，在晨光中綻放柔和的火焰。

貝莉特大叫一聲，跪倒在染血的碎石之間，白皙的雙臂沉入寶藏池中，直沒至肩。她收回手臂，握著某樣令她再度大叫的東西——一長條宛如凍血的紅色石頭用粗金線串起。紅石反射金色的陽光，看來宛如一片血霧。

貝莉特的目光彷彿著魔。她的閃姆靈魂在財富和物質寶藏中如痴如醉，就連最富有的蘇宣皇帝也會爲這麼多寶藏動容。

「挖出珠寶，你們這些狗！」她的聲音因爲情緒激動而顯得刺耳。

「看！」一條粗壯的黑手臂比向雌虎號，貝莉特轉身，紅唇中吐出吼聲，滿心以為會看到敵對的海盜衝出來搶奪她到手的財寶。但她看到船舷緣處有條黑影升空，飛入叢林之中。

「魔鬼猩猩在調查我們的船。」黑人不安地說。

「那又怎樣？」貝莉特咒罵一聲叫道，不耐煩地撩開雜亂的髮絲。「用矛和斗篷做架子來抬珠寶——你他媽要去哪裡？」

「去看看船。」科南嘟噥道。「誰知道那隻蝙蝠怪有沒有在船底打洞。」

他迅速跑到破爛碼頭，跳到船上。他進入下層甲板匆匆檢查，放聲咒罵，神色不善地瞪向蝙蝠消失的方向。他儘速趕回在監督掠奪地窖行動的貝莉特身邊。她把項鍊載脖子上，紅血石在她白皙的胸口隱隱發光。一名高大裸體黑人站在放滿珠寶的地窖裡，大腿沉沒，一把一把地舀起寶石，交給上面的人。他的黑手指七彩斑斕；寶石宛如紅火滴般自其指間撒落，堆成一堆一堆的星光和彩虹。那感覺像是有個黑泰坦跨立在地獄深淵上，高舉的掌心中滿是星星。

「那隻飛行惡魔在水桶上打洞。」科南說。「要不是我們心思都放在這些寶石上，一定會聽到它發出的聲音。我們沒留人守衛實在太蠢了。我們不能喝這條河的水。我帶二十個人去叢林裡找水。」

她匆匆看他一眼，目光充滿她那種奇特的興奮之情，手指撫摸胸口的寶石。

「很好。」她心不在焉地說，幾乎沒把他當一回事。「我把寶藏搬上船。」

叢林愈來愈密，陽光很快就從金色轉為灰色。彎曲綠樹枝上的匍匐植物垂擺搖晃，有如蟒蛇。戰士排成一排前進，穿越原始晨曦，好似跟著白鬼行走的黑幽靈。

林下的低矮樹叢沒科南想像中那麼茂密。地面稍軟，但不致於泥濘。遠離河岸後，地面開始往上傾斜。他們深入高低起伏的林地，始終沒找到水源，不管是溪流或水池都沒有。科南突然停步，戰士都像玄武岩雕像般靜止不動。一段令人緊張的寂靜後，辛梅利亞人暴躁地搖頭。

「繼續走，」他對副船長尼格拉說。「繼續往前走，直到完全看不到我；然後停下來等我。我認為我們被跟蹤了。我聽見聲響。」

黑人神色不安，但還是依照吩咐離開。科南在他們繼續前進時迅速躲到一棵大樹後，偷看他們來時的方向。什麼都有可能從那片枝葉茂密的樹林裡走出來。但是什麼都沒走出來；長矛兵的腳步聲漸行漸遠。科南突然發現空氣中瀰漫一股沒有聞過的香味。有東西輕輕拂過他的腦側。他迅速轉身。在一團葉片形狀奇特的植物間，他看見巨大的黑花朝他垂擺。那些花彷彿在對他招手，拱起軟莖對著他。它們搖搖晃晃，簌簌作響，但是完全沒風。

他連忙後退，認得那是黑蓮花，汁液劇毒致命，香味能讓人陷入不斷作夢的沉睡。但他已經感到昏昏欲睡。他努力舉劍，試圖砍斷像蛇一樣的花莖，但他雙臂無力地垂在身邊。他張嘴想叫他的手下，但只輕輕哼了一聲。下一刻裡，突然之間，叢林天旋地轉，在他眼中消失；他沒有聽見附近傳來的慘叫聲，膝蓋無力癱倒，渾身痠軟摔在地上。大黑花在他俯臥的身體上方無風擺動。

03 黑叢林中的怪物

黑夜蓮花帶來的
是一場夢嗎？
詛咒這場奪走
我庸碌一生的夢境；
詛咒所有視而不見的
散漫時光
血紅匕首滴落
漆黑的熱血。

——《貝莉特之歌》

□

一開始他感到極度空虛的黑暗，彷彿來自外界的寒風吹過。接著模糊不清、醜陋龐大、瞬息萬變的形體化爲昏暗景象穿越浩瀚虛空而來，彷彿黑暗凝聚出實體。狂風陣陣，形成漩渦，翻騰不休的黑暗龍捲風。風中出現了形體和空間，接著突然間，宛如雲霧消散，黑暗朝兩側滾開，一座深綠石塊組成的巨大城市出現在一條大河河畔，流過一望無際的平原。許多外表奇特的生物穿梭城市之中。

儘管具有人形，他們顯然並不是人。他們有翅膀及英雄般的體態；他們並非神祕進化之樹上人類分支的頂點，而是另一棵異種樹木的成熟果實，與人類的血緣毫不相關。除了翅膀外，在外形上，他們與人類的相似處只有到大猩猩進化頂峰的地步。以內在而言，他們在美感和智慧上的發展都比人類高等，就像人類比猩猩高等一樣。但當他們建造這座龐大的城市時，人類的原始祖先尚未浮出原始泥濘海面。

這些生物是肉體凡胎，就跟所有具有血肉的生物一樣。他們生存、戀愛、死亡，不過個體的壽命很長。接著，經歷無數百萬年後，改變開始了。景色扭曲變形，宛如風中幃幔上的畫像。歲月如同海浪打上海灘般一波波侵襲城市和土地，每一道海浪都帶來改變。這個世界上某處，磁場中心移位；巨大的冰山和冰原都朝向新的磁極移動。

大河改道。平原變成充滿爬蟲生物的沼澤。原先的肥沃草原成爲森林，最後變成潮濕的叢林。

改變的年代也影響了這座城市裡的居民。他們沒有遷徙到其他地方。基於人類難以理解的原因，他們留在古城裡面對末日。於是曾經肥沃豐饒的土地逐漸陷入陽光照射不到的叢林深處黑泥沼中，而城裡的居民就陷入哭哭啼啼的混亂生活裡。大地劇烈晃動；天邊火山噴發的沖天火柱染紅夜空。

在一場坍塌外城牆和城內最高塔、還導致河水被來自地底的致命物質染黑數日的地震過後，居民飲用數百萬年的河水終於出現顯而易見的化學變化。

許多飲用河水的人死了；活下來的人受到飲水影響，一點一滴地出現恐怖的變化。爲了適應環境變遷，他們墮落退化，遠離從前的層次。但致命的毒水進一步改變他們，一代接著一代，愈來愈像野獸。他們本來是有翅膀的神，如今卻變成了惡魔，祖先累積的龐大智慧扭曲墮落變形到詭異的地步。他們曾提升到超越人類的境界，如今也墮落到人類最瘋狂的夢魘。

他們死得很快，因爲同類相食，還在午夜叢林的黑暗中展開恐怖的世仇紛爭。終於，在他們長滿地衣的城市廢墟裡只剩下最後一員，一個自然界中發育不全的墮落怪物。

接著史上第一次，人類出現了：黑皮膚、老鷹臉，身穿銅甲皮帶，攜帶弓箭——史前時代的斯堤及亞戰士。他們一共來了五十人，由於飢餓和在叢林中長途跋涉而傷痕累累，形容憔悴，身上還包著劇烈打鬥後留下的繃帶。他們心裡所想的是戰爭和失敗，被強大的部族驅趕南進，直到他們在叢林和河流的綠色汪洋中迷路。

疲憊不堪的他們躺在廢墟中，一個世紀才開花一次的紅花在滿月時飄動，他們隨即陷入沉睡。當他們睡著時，一條邪惡的紅眼身影步出黑暗，在每個沉睡之人身旁進行怪異又可怕的儀式。月亮高掛在陰暗天際，將叢林籠罩在紅黑色調中；紅花在沉睡之人身上微微閃爍，宛如鮮血濺灑。接著月亮西沉，死靈法師的雙眼好似鑲在黑夜中的兩顆紅寶石。

當黎明的白色幃幔籠罩河面時，廢墟中已經毫無人蹤：只有一個長毛的有翅怪物蹲坐在五十隻斑點土狼中央，土狼吻部朝天，微微顫抖，發出宛如地獄亡靈的嚎叫聲。

接著場景一再變化，層層交疊。他看到黑叢林裡、綠石廢墟中、混濁河面上出現騷動，光影交織。黑人乘坐船頭有骷髏的長船逆流而上，或手持長矛謹慎穿越叢林。他們在紅眼和利齒前尖叫逃命。垂死之人的哀號聲撼動陰影；輕盈的腳步穿越黑暗，吸血鬼的雙眼綻放紅光。怪物在月光下大快朵頤，蝙蝠般的陰影持續掠過血色的紅月。

接著突然間，驚鴻一瞥般的模糊影像突然轉為清晰，黎明白光下的叢林中駛出一艘長帆船，船上滿是膚色明亮的黑人，船頭上站著條白皮膚的鬼魂，手持藍鋼劍。

直到此時，科南才首度發現自己是在作夢。在那之前，他完全沒有個人存在的意識。但當他看見自己在雌虎號上走動時，他立刻察覺自己的存在和夢境，只是沒有醒來。

他還沒弄清楚是怎麼回事，景象又突然轉換到叢林中一塊空地，尼格拉和十九個持矛黑人站在那裡，一副在等人的模樣。當他想起他們是在等他的同時，一隻怪物從天而降，冷靜的黑人開始害怕大叫。他們恐懼到發狂，丟下武器，拔腿狂奔，穿越叢林，遭到在頭上振翅流涎的怪物驅趕。

混亂和困惑隨著影像而來，科南無力掙扎，努力逼自己醒來。他依稀看見自己躺在一簇搖擺的黑花底下，而樹叢中有一條邪惡的黑影朝他緩緩逼近。他以蠻橫的意志力破除將他困在夢境中的束縛，開始起身。

他神色困惑地打量四周。黑蓮花在近處搖擺，他迅速遠離它們。附近一塊軟泥地上有足跡，彷彿有隻動物踏出一腳，從樹叢中出來準備獵食，接著又縮回去。腳印看起來像是大到不像話的土狼留下的。

他呼喚尼格拉。叢林處於一種原始寂靜，而他的叫聲聽起來很悶很空洞，彷彿在嘲弄自己。他看不見太陽，但在野地求生的本能告訴他白晝即將結束。想到自己已經失去意識數個小時，心裡就浮現一陣恐慌。他連忙跟上長矛兵在面前的潮濕沃土上留下的足跡。他們排成一排前進，很快就進入一塊林間空地——他立刻停步，毛骨悚然，認出這裡就是他在蓮花夢境中看見的空地。地上散落許多矛和盾，像是有人逃命時丟下的。

從遠離空地，深入叢林的腳步來看，科南知道長矛兵在慌亂中逃跑。腳印相互交疊；他們在樹林中盲目奔跑。接著突然間，加速追趕的辛梅利亞人跑出叢林，來到一塊類似山丘的陡峭巨岩，斷崖足足有四十呎高。有東西伏在崖邊。

一開始科南以為那是隻大黑猩猩。接著他看出是個高大的黑人，以類似猩猩的姿勢蹲坐，長臂垂擺，嘴裡冒出白沫。科南直到對方哭喊一聲，舉起雙掌衝過來時，才認出那是尼格拉。黑人毫不理會科南的叫喚，直衝而來，眼珠上翻，露出眼白，利齒反光，神色駭人。

科南毛骨悚然，心知瘋狂總能戰勝理智，於是出劍刺穿黑人的身體；接著他閃過尼格拉倒地時抓來的手掌，快步走到懸崖邊。

他呆立片刻，看著下方那些銳利岩石，還有躺於其中的長矛兵，四肢扭曲的模樣明白表示骨頭都摔斷了。沒有人在動。一大團黑蠅霧在濺滿鮮血的岩石上嗡嗡作響；螞蟻已經開始啃食屍體。四周的樹上坐著幾隻猛禽，還有一隻胡狼，抬頭看著懸崖上的男人，隨即悄悄退開。

一時之間，科南動也不動。接著他轉身奔往來時的方向，以極快的速度穿越高草和樹叢，跳過像蛇一樣癱在路上的爬蟲生物。他右手長劍低垂，臉色罕見的蒼白。

叢林依然保持寂靜。太陽下山了，大片黑影從軟泥黑土揚起。科南化爲紅斗篷和藍鋼殘影，穿越死亡潛伏與冷酷荒蕪的陰影。衝出漆黑叢林，來到昏暗薄暮的河岸時，四周沒有任何聲響，除了他自己的喘息聲。

他看見船停靠在殘破的碼頭旁，灰色的暮光灑落在歪斜的廢墟上。石塊之間隨處可見一灘一灘亮眼的色彩，彷彿某隻漫不經心的手掌拿紅刷子亂甩。

再一次，科南面對死亡和毀滅。他面前躺著他的長矛兵，沒人起來朝他敬禮。叢林邊緣到河岸，破碎石柱間和碼頭廢墟上到處都是長矛兵，支離破碎、血肉模糊、慘遭啃食的人體殘骸。

斷肢殘骸附近有許多大腳印，看起來像土狼留下的。

科南無聲無息踏上碼頭，來到大帆船，只見甲板上懸掛著某樣象牙白的物體，在幽暗的暮光中隱隱反光。辛梅利亞人啞口無言，看著黑海岸女王掛在自己帆船的橫衍上。橫衍和她白皙的喉嚨之間有條紅線，在灰光中散發鮮血般的光澤。

04 空襲

四周的陰影
一片漆黑，
血盆大口
涎水欲滴，
天降紅水
濃稠過雨；
但我的愛遠比
死亡黑魔法強大，
地獄的鐵牆
也阻止不了我。

——《貝莉特之歌》

□

叢林宛如黑色巨像，以烏黑手臂困住散布在林間空地中的廢墟。月亮尚未升起；星星宛如漂在死寂天空中的散發屍臭的火熱餘燼。辛梅利亞人科南好像鐵像般坐在斷垣殘壁間的金字塔上，以巨大的拳頭撐著下巴。漆黑之中依稀傳來腳步聲及泛著紅光的眼睛。死者躺在原地。不過雌虎號甲板上，用長凳、矛柄和豹皮架成的火葬堆，躺著長眠的黑海岸女王，裹在科南的紅斗篷裡。她像是眞正的女王，身旁高高堆疊她多年累積的戰利品：絲綢、金布、銀飾帶、一桶桶的珠寶和金幣、銀塊、寶石匕首和金磚。

但只有薩卡巴河陰鬱的河水知道科南在滿口異教詛咒下把來自那座詛咒之城裡的寶藏丟去哪裡了。如今他冷酷地坐在金字塔上，等待神祕敵人現身。靈魂中的漆黑怒火驅退所有恐懼。他不知道黑暗中會步出什麼怪物，也不在乎。

他不再懷疑黑蓮花帶來的影像。他了解尼格拉及夥伴在林中空地等他時，是有翅膀的怪物從天而降攻擊他們，迫使他們盲目逃竄，最後墜入山崖，只剩下他們的領袖逃過一劫，但卻沒能逃過發瘋的命運。同一時間，或稍晚，也可能是更早，發生了河岸屠殺。科南毫不懷疑發生在河岸的是一場屠殺，而非戰鬥。黑人本來就因爲迷信而膽顫心驚，搞不好在遭受非人敵手攻擊時根本沒有反抗。

他不了解對方爲什麼這麼久都沒來殺他，除非是統治這條河的邪惡怪物打算饒他一命，用悲傷和恐懼折磨他。這一切都表示對方具有人類或超人類的智慧——打破水桶讓海盜兵分兩路，將黑人逼下山崖，還有最可怕的，把貝莉特白頸上的紅項鍊當成絞刑索的殘酷手段。

未知敵人顯然把辛梅利亞人當作最頂級的受害者，等到搾乾他最後一絲心理折磨後，對方很可能會讓他加入其他受害者，結束這場鬧劇。這個想法並沒有令科南堅毅的嘴角上揚，但他的目光透露出鐵般的笑意。

月亮升起，辛梅利亞人的角盔彷彿著火。沒有聽見任何號令；但氣氛突然緊繃，整座叢林屏息以待。科南本能拔劍出鞘。他身處的金字塔共有四面，其中一面——朝向叢林的那面——有大台階。他手裡握著一把閃姆弓，就是貝莉特教海盜用的那種。他腳邊擺了一堆箭，羽毛端朝向他，而他屈膝半跪。

樹下的陰影中傳來動靜。在月光照耀下，科南看見一個黑影遮蔽的頭和肩膀，輪廓粗獷。接著黑暗中有許多黑影壓低身形，無聲無息迅速奔跑——二十隻體型巨大的斑點土狼。利齒反射月光，口水滴落，雙眼遠比眞正的野獸更加明亮。

二十隻：那表示海盜的矛畢竟還是有對狼群造成傷害。科南一邊想著，一邊拉弓搭箭，隨著弓弦聲響，一隻火眼黑影高高彈起，扭曲倒地。剩下的土狼毫不退縮；它們繼續奔跑，科南的箭以燙如地獄火山渣的仇恨爲後盾，驅使鋼鐵肌肉強化的蠻力與精準度，宛如死亡之雨般落在它們之間。

他在狂怒下箭無虛發；空氣中充滿了擁有羽尾的毀滅之箭。降臨在狂奔狼群身上的災難十分壯觀。不到半數土狼抵達金字塔底。還有不少死在寬台階上。科南瞪著下方那些火熱的目光，心知這些土狼都不是野獸；他不光是從它們不自然的體型中感應到褻瀆的差異。他們散發出一股宛如躺滿屍體的沼澤中瀰漫黑霧般的有形靈氣。他無法想像是什麼邪惡的煉金術創造出這些怪物；但他知道面前的是比史克羅斯之井還要邪惡的力量。

他彈起身來，奮力拉弓，在極近的距離朝對準他喉嚨竄來的大毛怪射箭。那支箭化爲一道月光，拖曳殘影筆直飛出，貫穿怪物的身體，凌空抽搐，當頭墜地。

接著剩下的土狼宛如火熱目光和垂涎利齒的惡夢般撲到他面前。他勢道威猛地斬斷第一隻土狼；接著其他土狼以強大衝勢撞倒他。他用劍柄打爛一顆土狼腦，感受頭顱碎裂，鮮血和腦漿濺在手上；然後他放開在近身肉搏中毫無用處的闊劍，抓向兩隻悶不吭聲狂嘶猛咬他的土狼喉嚨。他差點在惡臭中窒息，臉上的汗水令他睜不開眼。當時要不是有穿護甲，他早就被撕成碎片。下一刻，他赤裸的右手扣住毛茸茸的喉嚨，將其一把撕爛。他的左手錯過另一隻怪物的咽喉，打斷它的前腳。受創的野獸輕吠一聲，發出整場激戰中唯一的叫聲，聽起來很像人類所發。聽到野獸喉嚨裡發出那種聲音令科南感到一陣驚恐，不由自主放開手。

喉嚨噴血的土狼擠出最後的力量撲向他，一口咬住他的喉嚨——死咬不放地向後癱落，讓科南感到喉嚨撕裂的痛楚。

另一隻靠著三條腿衝上，揮出狼爪劃向他腹部，當場扯斷護甲的鏈扣。科南甩開垂死的那隻，抓住瘸腿土狼，滲血的嘴唇發出吃力的哼聲，使勁舉起在手中掙扎撕扯的惡魔。他失去平衡片刻，聞到對方惡臭的口氣；它張口咬向他喉嚨；而他把它一把拋出，以足以撞碎骨頭的力道摔向大理石台階。

他雙腿跨開，轉身喘息，卻發現叢林和月亮突然在眼前轉為血紅，他耳邊清楚傳來蝙蝠振翅的巨響。他彎腰撿劍，隨即起身，搖搖晃晃地站穩雙腳，雙手持劍朝上舉起，擠出眼中的鮮血，在空中尋找敵蹤。

結果攻擊並非來自空中，反而是腳下的金字塔突然開始劇烈搖晃。他聽見碎裂聲響，看見塔頂上的石柱宛如木棒般晃動。多年的冒險生涯讓他奮力躍起；落在金字塔半腰的石階上，隨即又踏著晃動的石階拚命一跳，當場離開金字塔的範圍。但就在他雙腳著地時，金字塔宛如天崩地裂般整個坍塌，頂柱在轟然巨響裡摔成碎片。天搖地動中，天空彷彿降下大理石雨。接著斷垣殘壁般的白色石堆躺在月光之下。

科南扭動身子，清開蓋在身上的碎石。有東西撞開了他的頭盔，令他頭昏眼花片刻。他的腳上多了一大塊石柱碎塊，把他壓在地上。他不確定自己的腳有沒被壓斷。他滿頭大汗；喉嚨和手上的傷口血流不止。他伸出一手，努力清理困住他的石塊。

接著有東西橫越天際而來，落在附近的草地上。他立刻轉身，隨即看見對方——有翅膀的怪物！

它以迅雷不及掩耳的速度衝向他，而科南當時就只隱約看見有個巨大人形生物靠著短小的弓腿迅速逼近；攤開粗壯毛臂和畸形黑爪；一顆醜陋的腦袋，五官唯一可辨的就是一雙血紅大眼。那玩意兒不是人、不是動物、不是惡魔，同時具有所有次人類和超人類的特徵。

但科南沒時間胡思亂想。他撲向地上的劍，差幾吋沒抓到。情急之下，他抱住壓著雙腳的石塊，腦側青筋隆起，使勁全力猛推。石塊緩緩晃動，但他知道趕不及在怪物抵達前脫身，也知道怪物的黑爪代表死亡。

翅膀怪物衝勢不止。它宛如黑影般聳立在倒地的辛梅利亞人身前，雙手揚起——一道白光突然出現在它和獵物之間。

在那瘋狂瞬間，她趕來了——一條緊繃白皙的身影，充滿愛意，猛如母豹。神色茫然的科南看著他和疾衝而來的死神之間，她那輕盈的身軀，在月光下如同象牙隱隱發光；他看著她黑眼中明亮的目光，濃密的秀髮；她胸口起伏，紅唇微張，發出鋼鈴般刺耳響亮的叫聲，撞向翅膀怪物的胸口。

「貝莉特！」科南大叫。她朝他看了一眼，他在她眼中看見愛火，一道火焰及岩漿般赤裸原始的產物。接著她消失了，辛梅利亞人只看見翅膀惡魔在異常恐懼中後退，彷彿抵擋攻擊般舉起雙臂。他知道眞正的貝莉特躺在雌虎號甲板上的火葬堆裡。而他的耳中響起她激動的叫聲：「如果我死了，而你還在為生存而戰，我會從深淵趕來幫助你——」

他在恐怖的吼叫中推開巨石，爬起身來。翅膀怪物再度來襲，科南撲上去面對它，熱血沸騰，如痴如狂。他揮動巨劍，前臂的肌肉宛如繩索般竄出，而他以腳跟為軸，迴身劃出一道弧光。巨劍砍中怪物腰際，貫穿其毛茸茸的身體，它的短腿落向一方，軀幹飛向另一邊。

科南一聲不吭地站在月光下，垂下滴血的劍，低頭凝視敵人的殘軀。紅眼帶著強大的生命力瞪他，接著目光渙散，死氣沉沉；它的巨爪抽搐幾下，然後僵硬。世界上最古老的種族就此滅絕。

科南抬起頭，默默看向原本是它奴隸兼劊子手的那些野獸。一隻都沒看見。月光照耀的草地上所躺的屍體全都是人，不是野獸：鷹臉、深色皮膚、裸體，身上插了箭，或被劍砍死。他們就在他的眼前化爲塵土。

有翅膀的主人爲什麼不趁他跟他們搏鬥時出面幫忙？會不會它也怕進入它們張牙舞爪的攻擊範圍？那顆畸形腦袋懂得小心謹慎，但是最後卻幫不了它。

辛梅利亞人轉身走向腐朽的碼頭，回到船上。他用劍割開纜繩，走向船櫓。雌虎號在陰鬱的河面上緩緩搖晃，慵懶地漂向河面中央，開始順著河水流動的方向前進。科南靠著船櫓，目光嚴峻地凝望躺在等同女皇帝贖金的金銀財寶火葬堆中，裹在斗篷裡的愛人屍體。

05 火葬堆

如今我們不再流浪
永遠停駐；
再也沒有船槳，沒有
海風豎琴的旋律；
沒有紅旗恐嚇
漆黑的海岸；
世界的藍腰帶，
再度接納你賜給我的她。

——《貝莉特之歌》

□

黎明再度照亮海洋。河口卻有更紅的光。辛梅利亞人科南在白沙灘上依靠巨劍，看著雌虎號航向最後一趟旅程。他雙眼無神地注視著光滑的海面。在翻滾的藍色荒蕪中，所有榮耀和奇景都消失了。他心中浮現強烈的厭惡感，眼看綠色浪濤融入神祕的紫色迷霧中。

貝莉特是大海的一部分；她為大海增添光彩和魅力。少了她，兩極之間的大海不過就是貧瘠、陰鬱、淒涼的荒原。她屬於大海；他讓她回到大海永恆不滅的謎團中。他只能做到這樣了。對他本身而言，閃閃發光的湛藍奇觀遠比在他身後微風輕吹、枝葉茂密的神祕原野來得不吸引人，而他必須投身原野。

雌虎號無人操櫓，也沒有船槳帶領她穿越綠水。但一陣強風吹飽她的絲帆，宛如飛越天空返巢的天鵝，她迅速航向大海，甲板上的火舌越竄越高，點燃船桅，吞噬躺在明亮火葬堆上的紅色身影。

黑海岸女王與世長辭，科南依靠染血的劍，安安靜靜站著，直到紅光消失在遠方的藍霧中，黎明為大海染上玫瑰和金色光澤。

〈黑海岸女王〉完

鐵魔鬼

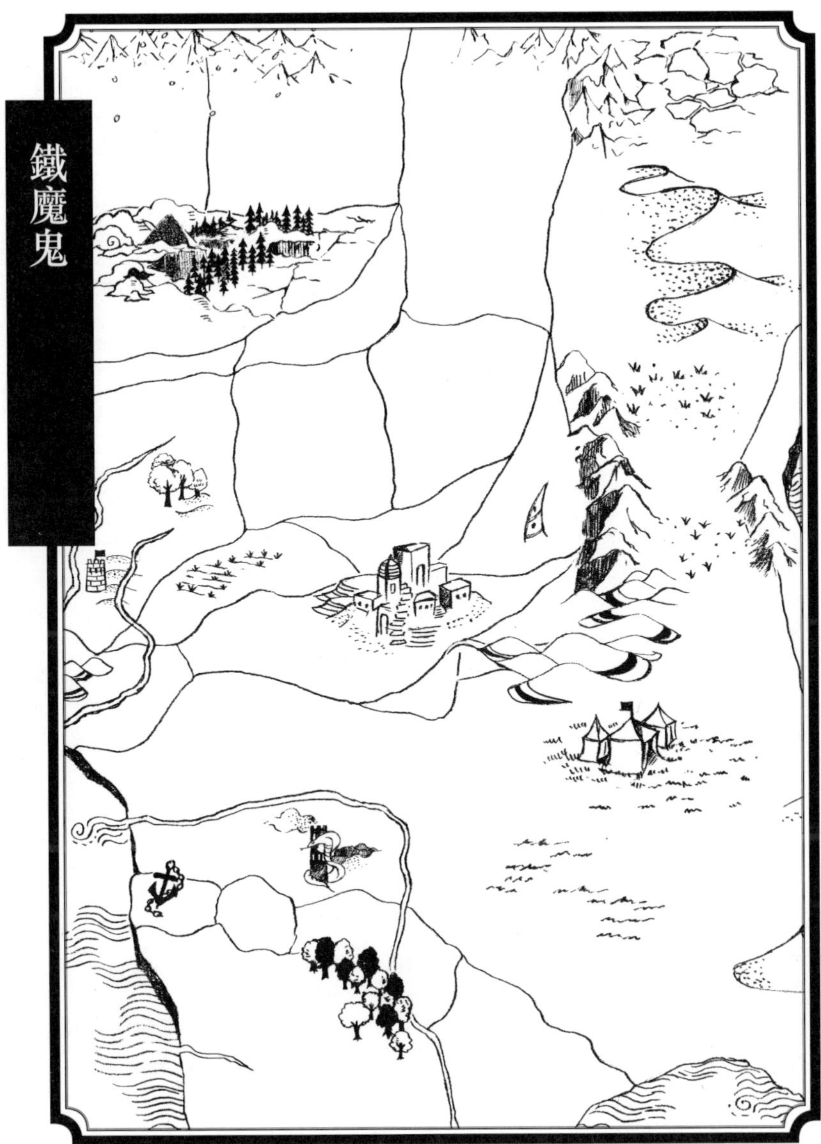

首次刊登於一九三四年八月號《怪譚》雜誌。在這之前，霍華有六個月時間沒有創作任何科南主角的作品。〈鐵魔鬼〉借用了許多先前科南故事的元素：〈黑巨像〉的復活反派、〈爬行的黑影〉的古老廢墟、〈月下魅影〉的雕像等等，整體來說也偏套路化。不過，中期量產的科南故事到此爲止，之後就要進入篇幅更長、劇情更複雜、文字也更成熟的晚期作品。

——編者

01

漁夫拉鬆刀鞘裡的匕首。這個動作出於本能，因爲讓他害怕的東西不是匕首殺得死的，就算是能一刀把人開膛剖肚的尤特西鋸齒彎刀也辦不到。在宛如城堡般的薩波島荒野上威脅他的並非人類或野獸。

他爬上山崖，穿越臨接的叢林，站在一個消逝國度的廢墟之間。殘破石柱散布樹林之間，雜亂的牆壁歪七扭八地隱入陰影中，腳下踏著寬大石板，在樹根滋長下隆起破碎。

漁夫擁有他們族人典型的特徵，起源已消失在過往灰色黎明中的奇特民族，從不知多久以前就一直居住在瓦拉葉海南岸的原始漁村小屋中。他身強體壯，手臂長如猩猩，胸膛厚實，但腰很瘦，雙腳纖細彎曲。他臉大，額頭低而後縮，頭髮濃密雜亂。身上只繫了條掛匕首的腰帶，還有一塊破纏腰布。

他能夠身處此地表示他比大部分族人更有好奇心。薩波島人跡罕至。這是座無人荒島，世所遺忘，只是這片大內陸海上眾多小島之一。世人稱之爲「薩波」，強化工事的意思，因爲島上有廢墟，是某個史前國度的殘骸，早在海伯里亞人南下征服大地之前就已失落，遭人遺忘。沒人知道廢墟是誰建造的，不過尤特西人隱晦的故老傳說中依稀提到漁人跟這座未知的島嶼國度很久以前關係密不可分。

但已經超過一千年沒有任何尤特西人了解這些傳說的含義了；時至今日，他們只是基於毫無意義的慣例在複誦這些傳說，彷彿習俗下的胡言亂語。過去一百年間沒有尤特西人到過薩波島。海岸周圍的地區無人居住，是一片長滿蘆葦的濕地，只有可怕野獸肆虐。漁人的村落位於南方一段距離外的主大陸上。一場風暴把他脆弱的漁船吹離熟悉的海域，在雷電交加的夜晚撞上這座島嶼的峭壁。如今，黎明時分，天空泛藍，一望無際；東升旭日令葉片上的水珠看來宛如寶石。他爬上自己躲避風暴一整晚的懸崖，因爲在風暴之中，他看見一道閃電掠過漆黑的天空，撼動整座島嶼，伴隨著一下驚天動地的衝擊，而他不認爲那是被雷劈斷的樹木所造成的。

他在些微好奇心驅使下趕去查看；如今找到要找的東西，他本能感到不安，危機四伏。

樹林中聳立著一座圓頂建築，由瓦拉業海群島上特有的巨大鐵綠石塊搭建而成。很難想像人類能夠雕琢出這些石塊，堆疊成建築，而推倒由這些石塊建成的建築肯定也非人力所能及。但閃電就像打碎玻璃般打碎了這些重以噸計的石塊，並將較小的石塊打成綠灰塵，摧毀了建築的拱頂。

漁夫爬上廢墟，打量建築內部，隨即嘟噥一聲。圓頂廢墟中，碎石和灰塵中央，有個男人躺在金色台座上。他穿著一種類似裙子的衣物，繫著一條粗格腰帶。他齊整的黑髮垂在厚實的肩膀上，頭戴一輪細金環固定頭髮。他寬大赤裸的胸膛上擺著一把奇特的匕首，包粗格皮的刀柄上鑲有珠寶，寬弦月刀刃。這把匕首跟漁夫腰帶上的匕首很像，不過刃緣沒有鋸齒，而且鑄造的技術高明多了。

漁夫想要那把武器。那個男人，當然，已經死了；這座圓頂建築就是他的墳墓。漁夫毫不在乎古人是用什麼手法把屍體保持得栩栩如生，手腳肌肉完整，沒有萎縮，深色的皮膚也生氣勃勃。尤特西人的頭腦不太靈光，心中只有對那把匕首的渴望，深深為其刀刃隱隱反光的美麗弧線所吸引。

他笨手笨腳地爬入圓頂建築，從男人胸口拿起匕首。當他這麼做時，一件奇怪又可怕的事發生了。強壯黝黑的手掌抽搐抖動，眼瞼突然睜開，露出渾圓漆黑，充滿魅力的雙眼，目光宛如拳頭般擊中驚駭莫名的漁夫。他後退，嚇得拋下珠寶匕首。金台上的男人坐起身來，漁夫這才驚訝地發現他的身形有多高大。對方瞇起雙眼，凝視尤特西人，眼縫中的目光沒有透露友善或感激之情；他只有看出宛如虎眼中綻放出的陌生和敵意之火。

突然之間，對方站起身來，聳立在他面前，渾身上下充滿敵意。漁夫的小腦袋裡沒有恐懼的空間，至少沒有空間容納親眼看見自然定律遭人違背所產生的恐懼。當對方的大手搭上他肩膀時，他拔出鋸齒匕首，以同樣的動作往上刺去。刀刃在對方堅硬的腹部前化為碎片，彷彿砍中鋼柱，接著漁夫的粗脖子就像那雙巨手中的腐枝般當場折斷。

02

傑宏格．阿格哈，卡瓦利森城主兼海岸邊境守護者，再度略讀一遍蓋有華麗印記的高級羊皮紙捲軸，隨即諷刺地大笑幾聲。

「怎麼樣？」加斯納維顧問直接問他。

傑宏格聳肩。他相貌英俊，家世顯赫，成就卓絕。

「國王不耐煩了。」他說。「他親自寫信來抱怨我防禦邊疆不力。看在塔林的份上，如果我沒辦法擊退草原上的強盜，卡瓦利森就該換個新城主。」

加斯納維若有所思地扯扯灰鬍鬚。葉斯迪傑，突倫國王，乃是全世界最強大的君主。他位於世上最大海港城阿格拉波的宮殿裡堆滿了從各國掠奪而來的財寶。他的紫帆艦隊把瓦拉業海變成希爾卡尼亞的大湖。薩莫拉的黑人付他貢金，科斯的東部省份也一樣。蘇宣以東的閃姆人都接受他的統治。他的部隊騷擾南方的斯堤及亞邊境，還有北方海波伯利亞的雪地。他的騎兵帶著火炬和長劍西向殺到不列桑尼亞、俄斐及科林西亞，甚至侵犯納米迪亞邊境。他的金盔劍客策馬踏扁大軍，有城牆的城市也在他號令下陷入火海。在阿格拉波、索坦納波、卡瓦利森、夏波和科魯桑供應過剩的奴隸市場上，只要三枚小銀幣就能購買女人——金髮的不列桑尼亞女人、黃褐色的斯堤及亞女人、黑髮的薩莫拉人、黑皮膚的庫許人、橄欖色的閃姆人。

然而，儘管他的高速騎兵在遠方邊疆擊潰各國部隊，自己國度邊境卻有個膽大包天的傢伙伸出有煙垢又染血的手掌扯他的鬍鬚。

在瓦拉業海和海伯里亞諸國東境之間的遼闊草原上，有個最初由流亡罪犯、走投無路之人、逃跑的奴隸及逃兵聚集而成的新部族在過去半個世紀間嶄露頭角。他們是在世界各國犯下各式各樣罪行的人，有些出身草原，有些從西方國度逃亡而來。世人稱之爲「科薩克」，意思是「浪子」。

科薩克人居住在遼闊的野地草原上，視法律爲無物，只遵循他們自己的信條，成爲一群有能力違背大君主的人物。他們持續掠奪突倫邊疆，遇到挫敗就退回草原；還有跟他們背景差不多的瓦拉業海盜，不斷騷擾海岸，狩獵在希爾卡尼亞港口之間移動的商船。

「我要怎麼擊退那些狼？」傑宏格問。「如果追逐他們到草原上，我的部隊有可能被截斷補給，死傷殆盡，他們也可能繞過追兵，趁我不在直接焚城。他們近期的作風比之前大膽。」

「那是因爲他們有個新族長，」加斯納維回道。「你知道我是指誰。」

「對！」傑宏格語氣激動。「就是那個魔鬼科南；他比科克薩克人更野蠻，偏偏又像山獅一樣狡詐。」

「比較像出於野生動物的本能，而非智慧。」加斯納維說。「至少其他科薩克人都是文明人的後裔。他是野蠻人。但除掉他就等於打瘸他們。」

「要怎麼做？」傑宏格問。「他已經不只一次從必死無疑的處境中殺開血路。不管出於本能還是機智，他都避開或逃過所有捕捉他的陷阱。」

「所有野獸和人都有無法逃脫的陷阱，」加斯納維說。「跟科薩克人談判俘虜贖金時，我觀察過這個叫科南的傢伙。他喜歡女人，也愛喝酒。把你的俘虜奧塔薇雅帶來。」

傑宏格拍手，一個外形出眾的庫許閹人，明亮的黑皮膚，絲質燈籠褲，朝他鞠躬，下去執行他的命令。他不久後回歸，拉著一個高挑美麗的女人，柔順的黃髮、清澈的雙眼、白皙的皮膚顯示她血統純正。她暴露的絲衫，繫著腰帶，凸顯其動人的線條、曼妙的身材。她明亮的大眼綻放怨恨之光，紅唇緊繃陰沉，但在俘虜期間，她已經學會順從。她在主人面前低頭恭立，直到他指示她到身邊坐下。然後他轉向加斯納維，以眼神提問。

「我們必須引誘科南遠離科薩克人。」顧問突然說道。「此刻他們的營地位於薩波羅斯卡河低窪流域——你也知道，那是一大片蘆葦荒野，叢林沼澤，我們上一支派出去的部隊就是在那裡被那些無主魔鬼砍成肉醬的。」

「我不太可能忘記。」傑宏格語氣諷刺。

「大陸近處有座無人島，」加斯納維說，「薩波島，強化工事之島，因爲島上有古代遺蹟。那座島有個特點非常符合我們的要求。沒有海岸線，四周都是一百五十呎高的峭壁。就算猩猩也爬不上去。唯一可以上下該島的地方是西面一條看起來像老舊階梯的窄道，直接在岩壁上開鑿而出。」

「如果我們把科南獨自困在那座島上，我們就能用弓箭輕易獵殺他，就像獵殺獅子一樣。」

「你不如說要摘月亮下來，」傑宏格不耐煩地說。「我們該派個信差過去，求他爬上峭壁，等我們去嗎？」

「事實上，沒錯！」眼看傑宏格神色訝異，加斯納維繼續說：「我們要求跟科薩克人談判換囚事宜，地點就選在草原邊境的葛利堡。一如往常，我們派兵前去，在城堡外駐紮。他們會派同等兵力前來，然後雙方就跟往常一樣在不信任和懷疑下展開談判。但這回我們剛好會帶你美麗的俘虜一起去。」奧塔薇雅聞言色變，在顧問朝她點頭時用心傾聽。「她將施展渾身解數誘惑吸引科南的注意。那應該不難。在那個野蠻強盜眼中，她應該美艷絕倫。她活力十足，身材豐滿，對他而言遠比你後宮裡那些玩偶般的美人更有吸引力。」

奧塔薇雅赫然起身，揑緊白拳，目光炙烈，氣得渾身顫抖。

「你要逼我去當這個野蠻人的妓女？」她喝問。「我不幹！我不是會跟草原強盜陪笑拋媚眼的街頭蕩婦。我是納米迪亞城主之女——」

「你被我的部隊搶來之前是納米迪亞貴族，」傑宏格冷笑道。「現在妳只是個聽我吩咐做事的奴隸。」

「我不幹！」她怒道。

「正好相反，」傑宏格的語氣格外冷酷，「妳會幹。我喜歡加斯納維的計畫。繼續，顧問之王。」

「科南很可能會想買她。你拒絕出售，當然，也不要拿她去交換希爾卡尼亞囚犯。之後他可能會想偷走她，或強奪她——但我認爲就連他也不會違反談判停戰。無論如何，我們必須做好準備。」

「接著，談判結束後，在他有時間忘記她前，我們派信差打著停戰旗幟去找他，指控他偷走女人，要求歸還她。他可能會殺死信差，但至少他會認定她逃跑了。」

「然後我們派遣間諜——找個尤特西漁夫就可以了——前往科薩克營地，告知科南奧塔薇雅躲在薩波島。如果我所料不錯，科南就會直接趕去。」

「但我們不能肯定他會一個人去。」傑宏格質疑。

「哪個男人會帶一堆戰士去找他想上的女人？」加斯納維回道。「他幾乎肯定會獨自趕去。但我們要準備應付其他可能。我們不要在島上等他，那樣我們可能會反過來受困，我們要在沼澤的蘆葦叢裡等，距離薩波島不到一千碼。如果他率領大軍，我們就暫時撤退，另謀對策。如果他一個人或帶小隊人馬來，我們就動手。他會不會來，取決於你迷人奴隸的笑容和若有深意的眼神。」

「我絕對不會忍受那種羞辱！」奧塔薇雅在憤怒和羞辱下大聲吼道。「我寧願死！」

「妳不會死，叛逆的美人。」傑宏格說，「不過妳會面對一場極端痛苦又羞辱的體驗。」

他拍拍雙掌，奧塔薇雅臉色發白。這一回進來的不是庫許閹人，而是一個閃姆人，中等身材，肌肉結實，一嘴藍黑色短卷鬍。

「有事交給你辦，吉爾山，」傑宏格說。「帶這個笨女人下去，跟她玩一玩。不過小心點，不要傷害她美麗的容顏。」

閃姆人含糊嘟噥了一聲，扣住奧塔薇雅的手腕，在其鐵箍般的手指中，她的叛逆氣焰蕩然無存。她可憐兮兮地哭喊一聲，掙脫對方，跪倒在她冷酷無情的主人面前，一邊啜泣一邊求他原諒。

傑宏格打發失望的刑求者離開，對加斯納維說：「如果你的計畫成功，我會在你腿上堆滿黃金。」

03

黎明前的黑暗中，一陣不尋常的聲響打破蘆葦沼澤及海岸霧氣瀰漫的海面上孤獨寂寥的感覺。不是昏昏欲睡的水鳥，也不是剛剛醒來的野獸。有個人類在比人還高的濃密蘆葦叢之間跋涉前進。

那是個女人，如果有人看到的話，身材高挑，黃髮，濕淋淋的衣衫緊貼著她美艷的四肢。奧塔薇雅是眞的逃跑了，忍無可忍的俘虜生涯令她怒火中燒。

本來傑宏格對待她就已經夠糟了；而他竟然還刻意把她送給一個即使在卡瓦利森都被人視爲墮落代名詞的貴族。

奧塔薇雅一想到那些，吹彈可破的肌膚當場爬滿雞皮疙瘩。絕望讓她鼓起勇氣，撕碎掛毯綁成繩索，爬出賈拉爾·可汗的城堡，幸運牽走一匹拴在木樁上的馬。她騎馬趕路一整晚，黎明時，她的馬陷入內海海岸的沼澤裡。她深怕會被抓回去面對賈拉爾·可汗爲她安排的恐怖命運，於是深入沼澤，尋找藏身處躲避追兵。當周遭的蘆葦逐漸濃密，水深淹到她大腿時，她隱約看見前方有座島嶼的輪廓。她和島嶼之間隔著大片海水，但她毫不遲疑。她跋涉前進，直到海浪打到她的腰際；接著她開始奮力擺手，以過人耐力游向小島。

接近小島時，她發現該島四周都是城堡般的峭壁。她終於抵達小島，但卻在水下找不到立足的岩架，水面上也沒地方供她施力。她沿著峭壁繼續游，漫長的逃亡過程終於累垮了她的四肢。她手掌沿著峭壁拍打，突然找到了一塊凹陷處。她鬆了一大口氣，爬出水面，待在那裡，昏暗的星光下一名濕淋淋的白皙女神。

她身處一道似乎是在峭壁上開鑿的階梯。於是她往上走，在聽見一下船槳悶響時連忙平貼壁面。她瞇起雙眼，依稀看見有條身影朝向她剛剛離開的蘆葦沼澤移動。但距離太遠，黑暗中看不清楚，而且沒多久就沒聽見那個聲音了，於是她繼續往上爬。如果對方是來追她的，她最好的作法就是躲在島上。她知道那片沼澤海岸附近大部分小島都無人居住。這裡可能是海盜巢穴，但跟她逃離的怪物相比，她寧願選擇海盜。

有個想法在她爬崖時浮上心頭，讓她暗自拿之前的主人跟她在希爾卡尼亞城主要求和草原戰士談判的葛利堡營地，於滿心羞愧下——被迫——與之調情的科薩克族長相比較。他炙熱的目光令她害怕蒙羞，但他單純原始的野蠻氣息比賈拉爾・可汗好多了，那傢伙是金玉其外的文明世界才會產生的怪物。

她爬上峭壁頂端，神色膽怯地看著面前茂密的陰影。樹林離山崖很近，宛如黑暗的實體化身。有東西掠過她頭頂，嚇得她膽顫心驚，儘管清楚那只是一隻蝙蝠。

她不喜歡那些黑影帶來的感覺，但她咬一咬牙，走向樹林，努力不讓自己聯想到蛇。她的腳掌踏上樹下軟綿綿的土地，沒有發出絲毫聲響。

進入樹林後，恐怖的黑暗立刻自四面八方逼近。還沒走出十幾步，她就已經看不見身後的懸崖和大海了。又走幾步後，她徹底迷路，完全搞不清楚方向。樹枝糾結的林頂完全沒有透露絲毫星光。她盲目摸索，接著突然止步。

前方不知何處傳來有節奏的鼓音。那可不是她在這種時間地點期待會聽見的聲音。接著她把鼓音拋到腦後，因爲她感到附近有人。她看不見對方，但她知道對方就站在身旁的黑暗中。

她悶叫一聲，連忙後退，而當她這麼做時，某樣即使在驚慌下依然認得是人類手臂的東西摟住她的腰。她失聲驚叫，使盡吃奶的力氣奮力跳開，但抓她的人把她當小孩一樣提起，輕易瓦解她掙扎的力道。她哀求抗議，對方卻一聲不吭，導致她愈來愈害怕，就這麼被人抬著穿越黑暗，朝遠方不曾止歇的鼓音前進。

04

當第一道曙光染紅海面時，一艘單人小船抵達峭壁。船上的男人彷彿畫中人物。頭上包著紅頭巾；火焰般的寬絲褲用寬腰帶繫住，腰帶上還掛著一把放在皮鞘裡的彎刀。他的鍍金皮靴顯示他是騎師，而非水手，但他駕船的手法熟練。他的絲衫敞開，露出曬成褐色的厚實胸膛。

粗壯的古銅色手臂肌肉在以近乎貓科動物的慵懶動作划槳時浮現陣陣漣漪。他所有特徵和動作明顯呈現出的強大活力在在表示他與眾不同；但他的表情並不猙獰或嚴肅，雖然悶燒的藍眼中蘊含隨時可能被喚醒的野性。他是科南，帶著劍和機智晃入科薩克營地，憑藉實力爬到領導階層的男人。

他划到岩壁開鑿階梯處，彷彿很熟悉地形，將船纜繫在一塊凸起的岩石上。接著他毫不遲疑地踏上台階。他神色警覺，不是因爲他懷疑有埋伏，而是因爲警覺就是他的一部分，是他所追隨的狂野生存之道中的產物。

加斯納維認知中的動物本能或某種第六感其實只是野蠻人敏銳的身體官能和冷酷的判斷力。沒有本能告訴科南說有人躲在大陸上的蘆葦叢裡偷看他。

在他爬上山崖時，其中一個偷看他的人深吸口氣，偷偷揚起一把弓。傑宏格抓住他的手腕，在他耳邊低聲咒罵：「笨蛋！你要背叛我們嗎？你難道不知道他在射程範圍外嗎？讓他登上那座島。他會去找那個女孩。我們在這裡等一會兒。他有可能感應到我們的存在，或猜出我們的計謀。他搞不好有安排戰士藏在哪裡。我們等。一小時後，如果沒有異狀，我們就划船到台階下，在那裡等他。如果他沒有在合理的時間內回來，我們就派些人上島去獵殺他。但我不希望事情走到那個地步。如果要進入樹林獵殺他，我們肯定會死人。我寧願用箭遠距離射殺他。」

同一時刻，毫無所覺的科薩克人進入樹林。他腳穿軟皮靴，走路無聲無息，目光熱切地掃視所有陰影，試圖找出打從在葛利堡傑宏格・阿格哈的大帳裡見過就一直魂牽夢繫的黃髮美女。就算她對他顯露厭惡之情，他還是想要她。而她神祕的微笑和目光點燃他的慾火，在與生俱來、無法無天的暴力性格下，他渴望那個金髮白皮膚的文明女人。

他來過薩波島。不到一個月前，他曾與一名海盜在此密會。他知道他即將抵達這座島賴以爲名的神祕廢墟，而他在想女孩會不會藏在那裡。這麼想的同時，他突然彷彿被殺死般停下腳步。

他面前，樹林間，聳立著他的理智宣稱絕不可能的東西。那是一面深綠色的高牆，牆垛後有許多塔樓。

科南渾身僵硬，面對違反常理的景象導致官能失常。他並不質疑他的視力或理智，但眼前的景象實在太不對勁了。不到一個月前，這座樹林中只有斷垣殘壁。什麼人有辦法在短短數週內建造如此巨大的建築？再說，肆虐瓦拉業海的海盜肯定會發現這麼大的工程，早就該通知科薩克人才對。

他找不出合理解釋，但眼前的建築就是存在。他人在薩波島上，而那些華麗的高塔建築也在薩波島上，一切都很瘋狂又弔詭；但又都是眞的。

他轉身想要跑回叢林，衝下峭壁台階，穿越藍色海面，前往位於薩波羅斯卡河口的營地。在那驚慌失措的片刻裡，他一點也不想待在如此接近內海的地方。他要拋開一切，丟下武裝營地和草原，在他和神祕的東方內海之間隔上一千里，遠離這個透過他無法想像的邪惡魔法違反基本自然法則的地方。

那一刻裡，未來命運繫於這個野蠻人身上的許多國度全都面臨存亡之秋。結果是件微不足道的小事改變了一切——他不安的目光瞥見了掛在灌木上的一塊破絲布。他湊上前去，鼻孔開闔，神經在微妙的刺激下隱隱顫抖。那一小塊破布上散發出一股細微到他的生理機能根本無法察覺，而是靠難以言喻的本能感應辨識而出的撩人香味，讓他聯想到在傑宏格大帳中那個女人甜美緊實的肌膚。這表示漁夫沒有說謊；她眞的在這裡！接著他在土地上看見一道足跡，赤腳腳印，很長很窄，男人的腳印，不是女人的，足跡比一般要深。結論很明顯；留下足跡的人身上扛著東西，除了科薩克人在找的女人外，還可能是什麼？

他默默站著，面對聳立在樹林間的漆黑高塔，雙眼化爲綻放藍焰的縫隙。對黃髮女子的渴望參雜對抓她之人的原始怒氣。他的人類慾望擊敗了對超自然力量的恐懼，擺開獵豹跟蹤獵物的架勢，伏低身子迎向高牆，利用茂密的枝葉避開牆垛的監視範圍。

接近之後，他看出高牆是由跟廢墟一樣的綠石搭建的，而他隱約感到有點熟悉。就像是他面對一樣從未見過，但曾夢到或想像過的東西。他終於認出那種感覺。高牆和塔樓都跟廢墟的架構一樣。彷彿坍塌的牆壁再度恢復成它們原先的樣貌。

科南穿越茂密的樹林，偷偷溜到牆腳下時，沒有任何聲響騷擾晨間的寂靜。內海南端的植被幾乎算是熱帶叢林。他沒有在牆垛後看到有人，也沒聽到裡面有聲音。他在左側不遠處看到一座大門，而他沒有理由認爲大門沒鎖或沒人看守。但他相信他要找的女人就在牆後，而他採取了典型的魯莽行動。

他頭上有爬滿藤蔓的樹枝朝向牆垛生長。他像貓一樣爬上一棵大樹，來到胸牆以上的高度，雙手握住一根粗樹枝，來回擺盪，累積衝勢，然後放手，飛躍而出，如貓般落在牆垛上。他伏低不動，凝視下方的城市街道。

高牆圍起的範圍並不大，但其中的綠石建築卻多得出奇。房舍三四層樓高，大部分都平頂，呈現上好的建築形式。建築物如同車輪輪輻般朝中央的八角形庭院匯聚，而庭院中央是一座高大建築，有圓頂，有塔樓，俯瞰整座城市。他沒看到街上有人，也沒人在窗後偷看，雖然太陽已經升起。城內的死寂給人一種死亡荒城的感覺。他附近的牆上有道向下的石階；他往下走。

房舍跟城牆靠得太近，他台階走到一半，來到一扇窗旁，於是停下腳步朝屋裡看。窗戶沒有欄杆，絲質窗簾用緞帶拉開固定。窗內的房間牆上掛滿黑絨掛毯。地上則是厚毛毯，屋內有亮面的黑檀木長椅，還有堆滿毛皮的象牙台座。

他正要繼續往下走，突然聽見下方街道有人走近。眼看對方就要轉過轉角看到階梯上的他，他連忙跨越縫隙，輕輕跳進窗後的房間，拔出他的彎刀。他宛如雕像般動也不動地站立片刻；接著，確認沒事發生後，他穿越地毯，迎向拱門，隨即看到有張掛毯拉開，露出個有襯墊的壁龕，裡面有名纖瘦的黑髮女子，目光呆滯地打量著他。

科南神色專注地看著她，期待她張口尖叫。但她只是優雅地伸出手掌摀住呵欠，從壁龕中起身，漫不經心地靠著她抓在手上的掛毯。

她顯然是白種人，不過膚色很深。她整齊的頭髮宛如午夜般漆黑，身上只有在柔軟的腰上圍了條薄紗。

接著她說話了，但他聽不懂她的語言，於是他搖頭。她又打呵欠，伸個懶腰，在沒有顯露絲毫恐懼或驚訝的神情下，改說一種他聽得懂的語言，聽起來很有古味的尤特西方言。

「你在找人嗎？」她問，語氣冷淡到好像武裝陌生人入侵她家寢室是最自然不過的事般。

「妳是誰？」他問。

「我叫雅提莉，」她懶洋洋地回答。「我昨晚肯定玩到很晚，現在好疲倦。你是誰？」

「我是科南，科薩克人的酋長。」他回答，仔細觀察她。他認爲她在假裝，等著逃離這個房間，驚動屋內的人。但儘管她附近就有一條看起來像用來發訊號的繩索，她卻沒有伸手去拉。

「科南，」她睡眼惺忪地重複。「你不是達貢尼亞人。我猜你是傭兵。你有砍過很多尤特西人的腦袋嗎？」

「我不跟水老鼠打仗！」他嗤之以鼻。

「但他們很壞。」她喃喃說道。「我還記得他們曾是我們的奴隸。但他們群起叛變，殺人放火。只有憑藉科沙卓・凱爾的魔法把他們擋在城牆外——」她停頓，疲倦容顏中浮現困惑的神情。「我忘了，」她喃喃說道。「他們翻越城牆，就是昨晚。我聽見喊叫，看到火光，大家呼喚科沙卓，但卻沒有回應。」她搖頭，彷彿在釐清思緒。「但不可能呀，」她自言自語，「我還活著，而我以為我死了。喔，無所謂！」

她走到科南面前，牽起他的手，帶他來到台座前。他在困惑又不確定下跟著她走。女孩宛如困倦的小孩般對他笑；細長的睫毛垂在漆黑混濁的眼前。她伸手掠過他濃密的黑髮，彷彿要確認他眞實存在。

「那是夢，」她呵欠道。「或許一切都是場夢。我現在感覺就像在作夢。我不在乎。我想不起來一件事——我忘記了——我不了解，但我一思考就好想睡覺。總之，那不重要。」

「什麼意思？」他不安問道。「妳說他們昨晚翻越城牆？誰？」

「尤特西人。至少我是這麼認為。當時煙霧瀰漫，什麼都看不清楚，但有個渾身是血的裸體惡魔抓住我的喉嚨，刺穿我的胸口。喔，好痛！但那是夢，因為你看，沒有傷口。」她懶洋洋地檢視柔滑的胸口，然後坐到科南腿上，柔軟的手臂搭上他的粗頸。「我想不起來，」她喃喃說，把頭埋入他的胸膛。「一切昏暗模糊。無所謂。你不是夢。你很強壯。讓我們活在當下。愛我！」

他撫摸懷裡柔亮的秀髮，毫不做作地親吻她的紅唇。

「你很強壯。」她複誦，越說越小聲。「愛我——愛——」疲倦的低語聲消失了；漆黑的眼睛閉上，長睫毛貼上美麗的臉頰；嬌軀軟癱在科南懷裡。

他皺眉看她。她似乎是這整座城市幻象中的一部分，但手中緊實肌膚讓他認定自己懷裡有個活生生的女孩，絕非夢境留下的陰影。這樣想並沒有讓他安心一點，於是他迅速把她放在台座的毛皮上。她睡得太沉，絕非自然睡眠。他認定她對某種藥物上癮，或許類似楚索的黑蓮花。

接著他又發現另一樣令他好奇的東西。台座上的毛皮中有一張美麗的斑點皮，主色是金的。那並非栩栩如生的複製品，而是貨眞價實的獸皮。而那種野獸，科南知道，已經絕種至少一千年了；那是海伯里亞人傳說中有名的大金豹，經常出現在古代藝術家的畫作和雕像中。

科南困惑搖頭，穿越拱門，來到一條迂迴的走廊上。屋內一片寂靜，但他敏銳的耳朵聽見適才進屋處的城牆階梯上有腳步聲。片刻後，他驚訝地聽見他剛剛離開的房間裡有重物輕巧落地聲。他連忙轉身，快步沿著走廊迂迴前進，直到他面前的東西逼他停步。

對方看起來像人，身體一半躺在走廊上，另一半則在牆上壁板密門開口內的空間裡。他是個男人，黑黑瘦瘦的，身上只有條纏腰絲布，光頭，五官嚴峻，倒地的模樣像是剛從牆板內出來就慘遭殺害。科南彎腰查看，確認他的死因，結果發現他只是跟房裡的女孩一樣陷入沉睡。

但他爲什麼會選在這種地方睡覺？思考這個問題時，科南讓身後的聲響嚇了一跳。有東西沿著走廊朝他逼近。他往走廊另一邊看，發現末端是扇大門，可能有上鎖。科南把地上的人拉出牆板入口，步入其中，關上牆板。就聽見咔啦一聲，他知道牆板已經扣住。站在伸手不見五指的黑暗中，聽見拖地的步伐停在暗門外，科南感到毛骨悚然。那不是人類的腳步聲，也不是他曾見過的任何動物。

一段寂靜過後，他聽見木頭和金屬擠壓聲。他伸手貼門，感覺到門板緊繃，開始往裡凹，彷佛外面有一股大力在持續推擠。當他伸手要去拔刀時，外來的力量消失，他聽見一陣詭異的垂涎聲響，令他頭皮發麻。他手持彎刀，開始後退，腳跟踏空在向下的階梯上，差點滾了下去。他身處一條通往下方的狹窄階梯上。

他在黑暗中摸索下樓，想在牆壁上找出其他開口，但是沒有找到。當他認定自己已經不在屋子裡，而是深入地底時，階梯到底，來到一條平地走道。

05

科南在漆黑寂靜的走道中摸索前進，深怕會摔進看不見的地洞裡；但最後他的腳終於又踏上向上的階梯，來到一扇門後，在門上摸到金屬門扣。出門後是一間陰暗高聳的房間，空間十分寬敞。雜色牆壁旁有華麗的圓柱，撐起一面乍看之下是半透明的深色天花板，彷彿烏雲密布的午夜天空，給人一種高到難以想像的感覺。如果屋外有任何陽光灑入，也都產生奇特的變化。

在昏暗的曙光中，科南穿越綠石板地。這個大房間是圓形的，其中一側有扇大銅門。銅門對面的牆前有個台座，台座上有道弧形台階，通往一張紅銅王座，而當科南看見王座上的東西時，他立刻後退，舉起彎刀。

接著，由於那東西沒有動靜，他就開始仔細打量它，片刻後又踏上玻璃台階，低頭看它。那是條巨蛇，顯然是由某種類似翡翠的東西雕刻而成。每片鱗片都栩栩如生，反射的虹光也生動逼真。楔形大頭有一半縮在軀幹裡；看不見蛇眼和蛇嘴。他心裡浮現見過這條蛇的感覺。這條蛇顯然是依照很久以前肆虐瓦拉業海南岸蘆葦沼澤的恐怖怪物所刻的。但，就像金豹一樣，它們數百年前就絕種了。科南在尤特西人的崇拜小屋裡見過它們簡陋的小雕像，《史克羅斯之書》裡也有關於它們的描述，根據諸多史前傳說。

科南欣賞鱗片蛇軀，跟他大腿一樣粗，顯然很長，接著他好奇地伸出手去摸。當他這麼做時，他的心跳差點停了。一股寒意凍結他血管裡的血液，豎起頭皮上的短毛。他掌心摸到的並非光滑堅硬的玻璃或金屬或岩石表面，而是柔軟彎曲、纖維材質的活物。他感覺到手指下方有冰冷遲鈍的生命在移動。

他在本能性的厭惡中抽回手掌。手中彎刀抖動，慌亂、噁心、恐懼差點令他窒息，他小心翼翼地順著玻璃台階後退，神情專注地凝視著在銅王座上沉睡的恐怖怪物。它沒動。

他走到大銅門前，伸手輕推，心臟幾乎跳到嘴裡，深怕自己會跟那條噁心的怪物纏鬥。但門應聲而開，他連忙穿門而過，關上大門。

他身處寬敞的大走廊，兩旁高牆上掛有掛毯，處於同樣昏暗的照明中。照明不足導致他看不清楚遠處的物品，而這令他不安，擔心會有蛇躲在陰影中。在這幻影般的光線下，走廊末端的門看起來彷彿位於數里之外。附近的掛毯看起來像是後方有路的模樣，他撩起掛毯，發現一條向上的狹窄階梯。

尚在遲疑間，他聽見剛剛離開的大房間裡傳來之前在上鎖壁板後聽見的拖地行走聲。對方一路跟蹤他穿越走道而來嗎?他連忙上樓，將掛毯垂回原位。

片刻後他步入一條蜿蜒走廊，看到第一道門廊就轉了進去。他漫無頭緒的遊蕩有兩個目標；逃出這棟建築和怪物的魔爪，找出他認定被囚禁在這座宮殿、神廟或天知道是什麼鬼地方的納米迪亞女孩。他相信她被關在本城中央的大圓頂建築裡，而本城統治者很可能就在那裡，被俘虜的女人肯定是被抓去獻給他的。

他發現自己進入一個房間，而非另一條走廊，正打算退出門外時，他聽見一面牆後傳來人聲。那面牆上沒門，但他湊上前去，聽得清楚。接著一股寒意沿著脊椎爬上。對方說的是納米迪亞語，但嗓音絕非出自人口。嗓音帶有一種恐怖的共鳴，宛如午夜鐘響。

「深淵中沒有生命，除了納入我體內的生命。」它聲如洪鐘地說。「也沒有光，沒動能，沒聲音。只有生命之後之外的慾望引導驅使我踏上超越的旅程，盲目、無情、勢不可擋。我經歷無數歲月，爬過不變得黑暗地層——」

科南遭受洪鐘共鳴的嗓音迷惑，忘記一切，蜷伏在地，直到那股催眠力量改變了官能和感知，透過聲音製造出幻覺。科南不再意識到那個聲音，只剩下遙遠規律的音浪。他脫離了自己的年代和存在，看見人稱科沙卓·凱爾的傢伙許久以前從黑夜及深淵爬入世間，取得物質世界實體的轉變過程。

但人類的肉體太脆弱、太渺小了，無法承受科沙卓·凱爾恐怖的存在。儘管他以人類的外形現世，但他的肉卻不是肉；他的骨頭也不是人骨；血不是血。他成為褻瀆自然界的存在，因為他讓從未擁有脈搏也不會動的基礎物質成為會思考會移動的生命。

他以神的姿態行走世間，因為凡間的武器傷不了他，對他而言，一世紀就像一小時。遊走期間，他遇上了居住在達貢尼亞島的原始民族，而他一時興起，就賜給這族人文化和文明，協助他們建造達剛城，讓他們定居下來崇拜他。他的僕人是一群奇怪又可怕的傢伙，來自世界的黑暗角落，從遺忘年代存活下來的殘酷之民。他在達剛的住所以地道連結城內所有建築，而他的光頭祭司則利用地道去抓祭品。

但多年後，海岸上出現了一支勇猛善戰的民族。他們自稱是尤特西人，在一場激烈交戰後，他們戰敗，遭受奴役，幾乎一整世代的人都死在科沙卓的祭壇上。

他以巫術囚禁他們。接著他們的祭司，一個種族不明，憔悴枯瘦的怪人，逃入野外，帶回一把不是以凡間物質打造的匕首。該匕首是以宛如火箭般從天而降，落在偏遠谷地的隕石鑄造而成。奴隸起義了。他們以鋸齒弦月匕首把達剛人當綿羊般屠宰，而科沙卓的魔法無法對抗這把來自天外的匕首。儘管血腥屠殺掀起的紅霧遮蔽街道，那場恐怖事件中最恐怖的景象卻發生在有銅王座蛇皮牆的高台石室後方的神祕圓頂建築。

尤特西祭司獨自走出圓頂建築。他沒有殺害他的敵人，因為他想要藉他來威脅自己那些反叛成性的子民。他讓科沙卓躺在金台上，將神祕匕首放在他胸口，加持讓他永生永世意識喪失、動彈不得的法術。

但隨著時光飛逝，祭司過世，廢棄的達剛塔樓坍塌，傳說變得曖昧不明，尤特西人則在瘟疫、饑荒和戰爭中人數銳減，窮愁潦倒地沿海岸居住。

只有那座神祕圓頂建築抗拒時間的腐朽，直到一道閃電和好奇的漁夫從神的胸口拿起魔法匕首，破除封印法術。科沙卓・凱爾起身復活，力量再度壯大。他出於喜好將城市回溯到城破前一天的樣貌。藉由死靈魔法，他自遭受遺忘上千年的廢墟中立起高塔，化為塵土許久的人也再度復活。

但嚐過死亡滋味的人只能處於半死不活的狀態。死亡依然潛伏在他們靈魂和心靈的陰暗角落。夜晚，達剛的人民會走動、愛、恨、大快朵頤，達剛殞落和他們死亡的情景像是一場模糊的夢；他們生活在幻覺魔霧裡，察覺自身奇特的存在，但卻不質疑存在的原因。隨著天亮到來，他們陷入沉睡，一直到象徵死亡的黑夜降臨才再度甦醒。

□

這一切恐怖的景象就在科南躺於掛毯牆旁時進入他的意識中。他的理性糾結。所有明確的事物和健全的心智一掃而空，留下充滿黑影的世界，潛伏著恐怖的兜帽身影。透過渾厚的嗓音，聽起來像是戰勝遵循條理法規理性世界的鐘聲，科南體內有個人類的聲音穿越瘋狂的圓球而來。那是一個女人歇斯底里的啜泣聲。

他本能性地跳起身來。

06

傑宏格・阿格哈在蘆葦叢間的小船上越等越不耐煩。已經超過一小時了，科南還是沒回來。他肯定還在搜尋他以爲躲在島上的女孩。但阿格哈又想到另一種可能。萬一酋長確實要戰士待在附近，而他們心生疑惑，趕來查看怎麼辦？傑宏格吩咐槳手，長船穿越蘆葦叢，朝向峭壁階梯前進。

他留六個人待在船上，率領剩下的人，十名強壯的卡瓦利森弓箭手，頭戴刺盔，身披虎皮斗篷。他們像是追殺撤退獅子的獵人，就著樹幹掩護前進，箭在弦上。樹林中一片死寂，除了一隻可能是鸚鵡的綠鳥在響亮的振翅聲中於他們頭頂盤旋，隨後遁入林間。傑宏格突然比手勢，要隊伍停止前進，眾人難以置信地看著遠方枝葉縫隙之後的塔樓。

「塔林呀！」傑宏格喃喃說道。「海盜重建了廢墟！科南肯定在裡面。我們必須調查此事。在如此接近大陸的地方建立圍牆城鎮！——來！」

他們更加謹慎，悄悄穿越樹林。計畫改變了；他們從追蹤者和獵人變成了間諜。

□

當他們穿越茂密的樹林時，他們在找的人正面臨比他們精緻的羽箭更致命的危機。

科南在毛骨悚然中發現牆壁後的渾厚嗓音停了。他宛如雕像動也不動地站著，目光聚焦在一張有門簾的門上，十分肯定再過不久就會出現更可怕的景象。

房間內昏暗朦朧，科南邊看邊感到頭髮都在頭皮上豎立起來。他在昏暗的門後看見一顆腦袋和寬厚的肩膀緩緩浮現。他沒聽見腳步聲，但黯淡的身影愈來愈清晰，直到科南認出那是一個男人。他身穿涼鞋、裙子，外加一條寬珠皮腰帶。整齊的頭髮以金環固定。科南瞪視那雙厚實的肩膀、起伏的胸膛、軀幹和四肢一條條隆起叢聚的肌肉。他的五官毫無弱點，冷酷無情。眼珠是黑火般的圓球。科南心知他就是科沙卓·凱爾，來自深淵的遠古生物，達貢尼亞之神。

雙方沒有說話。此刻不必言語。科沙卓攤開雙臂，而蹲在底下的科南就出刀砍向巨人腹部。接著他往後退開，神色驚訝。刀鋒彷彿砍中鐵砧般在對方強壯的身軀上發出金鐵交擊聲，沒有留下傷口就彈回來。接著科沙卓勢不可擋地撲了上來。

一陣撞擊之中，雙方肢體交纏，劇烈扭打，然後科南跳出戰團，渾身肌肉都在顫抖；對方手指掠過處冒出鮮血。交戰的瞬間，他接觸到褻瀆自然最終極的瘋狂；打傷他的不是人類的血肉，而是會動又擁有意識的金屬；對抗他的是一具活生生的金屬軀體。

昏暗中，科沙卓聳立在戰士面前。只要讓那些大手指扣住，在對手被掐死之前就絕對不會鬆開。在那個陰暗的房間中，感覺就是一個凡人在惡夢裡大戰夢境怪物。

科南拋開毫無用處的彎刀，抓起一張沉重的長凳，使盡全力拋出去。那玩意兒重到普通人根本舉不起來。長凳在科沙卓的厚胸膛上撞個粉碎。巨人的身體連晃都不晃一下。他的臉上失去了些微人類的表情，大頭周圍冒出火焰般的光環，接著他彷彿移動巨塔般衝上前來。

情急之下，科南自牆上扯下一整張掛毯來掄，使出的力氣比丟長凳還大，把掛毯丟到巨人頭上。科沙卓掙扎片刻，受困於這個跟木頭或鋼鐵不同的東西中，一時之間呼吸困難，無法視物，而科南就趁機撿起他的彎刀，衝出走廊。他毫不減速，衝入旁邊房間的門內，關上房門，拴上門閂。

轉過身去時，他赫然止步，全身的血彷彿都湧上腦袋。他花了這麼大心力要找的女人就躺在一堆絲墊上，金髮垂落赤裸的肩膀，目光茫然恐懼。他差點忘記緊追在後的怪物，直到身後傳來撞擊聲響才恢復理智。他抱起女孩，衝向對面的門。她嚇得動彈不得，根本無法反抗或協助他。她似乎只能發出細不可聞的低語聲。

科南沒浪費時間嘗試開門。他提起彎刀，砍碎門鎖，就在他衝向門後的階梯時，他看見科沙卓的腦袋和肩膀撞穿另一扇門。巨人把大門板當成硬紙板般打爛。

科南迅速衝上台階，輕鬆把女孩當成小孩般扛在肩膀上。他不知道自己在往哪裡跑，但階梯末端的門通往一個圓形的圓頂房間。科沙卓已經在爬樓梯，宛如死亡之風般了無生息，無比快捷。

房間的牆壁是鋼鑄的，門也一樣。科南關上門，將數道大鐵門卡至定位。他突然想到這裡就是科沙卓的房間，爲了讓他能鎖起門來安安穩穩的睡覺，不必擔心從地獄裡釋放出來幫他辦事的怪物。

門閂才一卡至定位，大門已在巨人的攻擊下劇烈晃動。科南聳聳肩膀。這裡就是盡頭了。這個房間沒有其他門，也沒有窗戶。空氣和詭異的霧光顯然來自圓頂的縫隙。他摸摸彎刀布滿缺口的刀緣，如今逼上絕路，他反而冷靜下來。他已竭盡所能逃跑過了；當巨人闖進那扇門時，他會拿這把毫無用處的彎刀展開另一輪猛攻，倒不是因爲他期待彎刀能發揮任何作用，而是因爲奮戰到死是他的天性。一時之間，他沒其他事情可做，他的冷靜也不是強逼或假裝出來的。

他以熱情欣賞的目光轉向美麗的夥伴，彷彿他還有一百年可活。他轉身關門時很粗魯地把她丟到地上，此刻她半跪而起，本能性地整理柔順的頭髮和稀薄的衣衫。科南火熱的目光認同式地享受她濃密的金髮、清澈的大眼、白皙的肌膚，朝氣十足，油亮動人，緊實尖挺的雙峰、渾圓的臀部曲線。

她在門突然巨震，撞落一道門閂時低呼一聲。

科南沒有回頭。他知道門還能多撐一會兒。

「他們說妳逃跑了。」他說。「有個尤特西漁夫告訴我妳藏在這裡。妳叫什麼名字？」

「奧塔薇雅。」她無可抑制地喘氣。接著一連串的言語湧入嘴裡。她絕望地抓住他。「喔密特拉啊！這究竟是什麼惡夢？那些人——那些黑皮膚的人——有一個在森林裡抓了我，把我帶來這裡。他們把我帶給——帶給——那個怪物。他告訴我——他說——我瘋了嗎？這是夢嗎？」

他看向彷彿在攻城槌撞擊下往內凹陷的門。

「不是。」他說；「不是夢。鉸鍊就要斷了。天知道為什麼魔鬼得像普通人一樣撞門；但無論如何，他都擁有魔鬼的力量。」

「你殺不了他嗎？」她喘息道。「你很壯。」

科南為人誠實，不願對她撒謊。「如果凡人殺得了他，他此刻早就死了。」他回答。「我的刀刃都被他的肚子撞缺了。」

她神色一沉。「那你肯定會死，而我就——喔，密特拉呀！」她突然激動大叫，科南抓住她的手，擔心她會傷害自己。「他告訴我要怎麼對付我！」她喘道。「殺了我！在他破門而入前用你的彎刀殺了我。」

科南看著她，搖搖頭。

「我會盡力而為。」他說。「或許能做的不多，但我會給妳製造機會逃下台階，然後衝向懸崖。只要你能離開宮殿，妳就有機會逃出生天。這座城裡的人都在沉睡。」

她掩面而泣。科南拿起彎刀，走過去站在巨響不斷的門前。在旁人眼中，他一點也不像是在等待無可避免的死亡到來。他雙眼隱隱發光；他肌肉虯結的手緊握刀柄；就這樣了。

巨人強大的撞擊終於撞斷鉸鍊，整扇門劇烈搖晃，只靠門閂支撐。而那些堅硬的鋼板已經扭曲變形，脫離插口。科南幾乎以旁觀者的角度讚歎地看著，羨慕怪物那股非人的力量。

接著，撞擊毫無預警地停止了。寂靜之中，科南聽見門外傳來其他聲響——振翅聲，一陣喃喃低語，類似掠過午夜枝頭的風聲。沒多久一切了無聲息，但空氣中的氣氛變了。只有野蠻人敏銳的本能能夠感應出來，但儘管沒有看見或聽見對方離開，科南就是知道達剛之王已經不在門外了。

他透過鋼門的縫隙看向外面。階梯平台上空無一人。他拔開扭曲的門閂，小心翼翼地拉開歪斜的門。科沙卓不在階梯上，但他聽見下方傳來金屬門關閉的聲音。他不知道巨人是不是有陰謀，還是被那陣人聲引開，但他毫不浪費時間推測。

他喚來奧塔薇雅，全新的語調讓她不由自主爬起身來，來到他身邊。

「怎麼了?」她喘道。

「別停下來說話！」他抓起她的手腕。「來！」行動的機會讓他變了個人；他雙眼炙烈，語氣興奮。「匕首！」他喃喃說道，幾乎是把女孩拖下樓梯。「尤特西魔法匕首！他把匕首留在圓頂間！我——」他突然住嘴，清晰的心靈畫面浮現眼前。銅王座室隔壁的圓頂間——他渾身冒汗。想要抵達圓頂間就得通過銅王座室和睡在王座上的邪惡怪物。

但他毫不遲疑。他們迅速跑下樓梯，穿過房間，又下另一道樓梯，來到掛滿神祕掛毯的大廳。沒有那個巨人的蹤跡。科南停在大銅門前，握著奧塔薇雅的肩膀，用力搖晃。

「聽著！」他大聲道。「我要進這個房間，閂上房門。妳站在這裡聽；如果科沙卓來了，叫我。如果妳聽到我叫妳離開，就像被魔鬼緊追在後一樣拚命跑——他八成會緊追在後。跑向走廊另一端的門，因爲我幫不了妳。我要去找尤特西匕首。」

在她有機會出聲抗議前，他已經閃入門內，關上大門。他小心翼翼扣下門閂，沒注意到門閂從外面也可以開。

在昏暗的光線下，他轉向陰森的銅王座；沒錯，鱗片怪物還在那裡，令人作嘔地盤據王座。他看見王座後方有門，肯定通往圓頂間。但要去那扇門就必須走上高台，經過距離王座不過數呎的地方。

吹過綠地板的微風發出的聲響都比躡手躡腳的科南大聲。他目光保持在沉睡的爬蟲類身上，抵達高台，踏上玻璃台階。蛇沒有動靜。他快到門邊了……

銅門的門閂開啓，科南身體一僵，隨即低聲咒罵，看見奧塔薇雅進入王座室。她左顧右盼，不習慣這更黑暗的環境，而他一動也不動，不敢出聲警告她。接著她看見他陰暗的身影，於是衝向高台，叫道：「我想跟你走！我不敢一個人——喔！」她失聲尖叫，高舉雙手，首度看見王座上的東西。楔形蛇頭高高抬起，朝她露出一碼長的閃亮蛇頸。

接著它如行雲流水般一圈一圈滑下王座，醜陋的腦袋對著嚇呆了的女孩上下擺動。

科南死命飛躍，跳到王座旁，使盡力氣揮出彎刀。巨蛇速度飛快地甩過身體，平空纏上科南，一連繞了六圈。他刀勢受阻，摔倒在高台上，刀砍中鱗片蛇身，但卻沒有斬斷。

接著他在玻璃台階上扭動，濕滑的蛇身一圈一圈纏上，扭轉、擠壓、傷害他。他的右臂還能動，但他無從施力使出致命一擊，而他知道只有一擊的機會。他悶哼一聲，肌肉膨脹，腦側的血管幾乎爆裂，渾身緊繃到微微顫抖，糾結吃痛，拚命站起身來，幾乎舉起四十呎長魔蛇的全部重量。

那一刻裡，他撐開雙腳，感到肋骨向內擠壓內臟，視線轉黑，頭頂刀光一閃。彎刀砍落，斬斷鱗片、血肉、脊骨。本來只有一條粗大扭動的蛇身，如今血肉模糊地變成兩條，垂死甩動身軀。科南跌跌撞撞後退，閃避它們的攻擊。他頭昏眼花，鼻孔出血。他在黑霧中摸索，抓住奧塔薇雅猛力搖晃，直到她開始喘氣。

「下次我叫妳待在原地，」他喘道，「妳就給我待在原地。」

他頭暈目眩到根本不知道她有沒有回應。他像抓逃學女生般扣住她的手腕，領著她繞過還在地上掙扎的兩節恐怖蛇軀。他依稀聽見遠方傳來男人的喊叫聲，但他耳朵還在耳鳴，所以不能肯定。

他推開那扇門。如果科沙卓是安排那條蛇在這裡守衛他懼怕的東西，顯然他認爲那樣就已足夠。科南以爲開門就會有其他怪物撲過來，但在昏暗的光線下，他只看見寬敞的拱頂，一個隱隱反光的金台座，還有在台座上閃爍的半月形匕首。

他滿足地喘了口氣，拿起匕首，不打算留下來進一步探索。他轉身穿越房間，朝向大走廊另一端他認爲通往室外的門跑去。他猜對了。片刻過後，他踏上寂靜的街道，半拉半抱地領著夥伴前進。街上空無一人，但西城牆外的慘叫哭喊聲令奧塔薇雅顫抖。他領著她來到西南城牆，很快就找到一道通往牆頂的階梯。他在大走廊上帶了條掛毯繩索出來，如今站在胸牆旁，他拿柔軟堅韌的繩索套住女孩腰間，把她垂到城牆外的土地上。接著，他把繩索綁上城齒，自己滑了下去。只有一條路能離開這座島——西面峭壁的階梯。他朝那個方向急速奔走，遠遠避開叫聲和恐怖的撞擊聲傳來的地方。

奧塔薇雅感覺到茂密的樹林裡危機四伏。她氣喘吁吁，緊跟在保護她的男人身後。但如今樹林中一片死寂，他們沒遇上任何凶險，直到跑出樹林，才看到有條身影站在懸崖邊。

當鐵巨人突然衝出城門，把手下戰士打得血肉橫飛時，傑宏格・阿格哈逃過了戰士所面對的末日。他一發現弓箭手的箭斷在人形怪物身上，立刻知道他們面對的不是人，於是拔腿就跑，躲入樹林密處，直到屠殺聲消失。接著他偷偷溜回階梯，但船上的人並沒有在等他。

他們聽見慘叫聲，緊張兮兮地等待片刻，看見上方的懸崖邊出現了一個滿身鮮血的怪物，揮動巨大的雙臂宣告勝利。他們決定不等了。傑宏格來到懸崖時，他們才剛消失在蘆葦叢裡。

科沙卓離開了——不知道是回到城裡，還是在樹林中搜尋城外逃走的那個男人。

傑宏格正打算走階梯下崖，搭乘科南的小船離開，就看見酋長和女孩步出樹林。凝結他的血液、差點炸飛他理性的體驗並沒有改變傑宏格想殺科薩克酋長的初衷。看到此行要殺的男人，他突然感到心滿意足。他很驚訝會看到自己送給賈拉爾・可汗的女孩，但他沒把時間浪費在她身上。他舉起弓，拉滿箭，放箭。科南伏低，箭在樹上撞碎，科南大笑。

「你這條狗！」他挑釁。「你射不中我！我不會死在希爾卡尼亞人手下。再試啊，突倫豬！」

傑宏格沒有再試一次。他只剩剛剛那支箭了。他拔出彎刀，迎上前去，對自己的刺盔和密織鎖甲極具信心。科南也衝上前去，出刀狂砍。兩把彎刀交擊、分離、拖曳弧光，在旁觀者眼中化爲殘影。奧塔薇雅完全看不見雙刀交鋒，但卻聽得見金鐵交擊聲，看到傑宏格倒下，身側狂噴鮮血，讓辛梅利亞人砍穿鎖甲，劃開脊椎。

但前任主人身亡並非導致奧塔薇雅尖叫的原因。一陣樹枝壓彎的聲響過後，科沙卓・凱爾已經撲了上來。女孩無法逃跑；她呻吟一聲，膝蓋痠軟，癱倒在草地上。

科南，弓身站在阿格哈的屍體前，沒有顯露逃跑的意圖。他把染血的彎刀交到左手，拔出尤特西弦月大匕首。科沙卓・凱爾聳立在他面前，雙臂高舉，宛如大錘，但當陽光照射到那把匕首時，巨人突然後退。

不過科南熱血沸騰。他衝上前去，揮砍弦月匕首。匕首沒有折斷。在那把刀刃前，科沙卓的深色金屬身體就跟普通皮膚碰到切肉刀一樣綻開。深深的傷口中噴出奇怪的濃汁，科沙克發出類似喪鐘的叫聲。他揮下恐怖的雙臂，但科南的動作遠比死在這種攻擊下的弓箭手敏捷，避開他的大手，繼續出刀攻擊。科卓沙匆忙轉身，搖搖欲墜；他的叫聲很難聽，彷彿會痛的金屬在叫，好像鐵在折磨下尖聲慘叫。

接著，他轉過身去，跌跌撞撞衝入樹林；他東倒西歪，擠過灌木叢，撞上好幾顆樹。儘管科南以飛快的速度追上去，趕到巨人身邊時，達剛的城牆和塔樓已經映入眼簾。

科卓沙再度轉身，不顧一切地揮動雙臂，但科南在狂暴怒火驅使下勢不可擋。他就像是衝向受困公麋的獵豹，竄到兩條粗手臂下，從人類心臟部位下方插入弦月匕首，直沒入柄。

科沙卓轉身倒落。剛開始轉時還是人形，但落地時已經不是人了。原先類似人臉的面孔如今完全沒有五官，金屬四肢融化變形……科南不怕活著的科沙卓，但在他死後卻嚇得臉色發白，因爲他見證了一場恐怖的轉變；垂死掙扎之際，科沙卓．凱爾再度變回數千年前爬出深淵的怪物。

在一股難以承受的噁心驅使下，科南轉身逃離現場；接著他突然發現林間縫隙後再也看不見達剛城的塔樓。它們像煙般消逝——城垛、齒牆塔樓、大銅城門、絲絨、黃金、象牙、黑髮女人、光頭男人。當令它們重生的非人生物死去，它們就再度恢復成過去無數歲月中的塵埃樣貌。整座城市只剩下斷垣殘壁、破爛的石板和坍塌的圓頂。科南再度面對印象中的薩波廢墟。

野酋長宛如雕像站立片刻，隱約感到微不足道的人類和狩獵人類的神祕黑暗勢力之間持續上演的悲劇。當聽見自己發出恐懼的叫聲時，他吃了一驚，彷彿突然驚醒，再度看向地上的怪物，抖了一抖，轉身朝向懸崖和在那裡等他的女孩走去。

她在樹下害怕地偷看，接著於壓抑中鬆了口氣，上前迎接他。他擺脫了適才那些困擾他的恐怖景象，恢復成朝氣十足的自己。

「他呢？」她發抖問道。

「回到他爬出來的地獄去了。」他開心地回答。「妳爲什麼不走下峭壁，搭我的船離開？」

「我不會丟下——」她開口，然後改變心意，不太高興地更正。「我沒地方可去。希爾卡尼亞人會再度奴役我，而海盜會——」

「科薩克如何？」他提議。

「有比海盜好嗎？」她語氣輕蔑。看到她這麼快就從那種恐怖景象中恢復過來，科南覺得更欣賞她了。他喜歡她那種傲慢的態度。

「妳在葛利堡營地時似乎是這麼想的，」他回答。「妳當時笑得很自在。」

她噘起紅唇，神色不屑。「你以爲我爲你傾心？你以爲如果沒有必要，我會在狂喝麥酒、狼吞虎嚥的野蠻人面前羞辱自己？我的主人——躺在那裡的那個——強迫我那麼幹的。」

「喔！」科南有點喪氣。但接著他又哈哈大笑。「無所謂。妳現在是我的了。親我一下。」

「你膽敢——」她氣沖沖地開口，隨即身體離地而起，貼上酋長結實的胸口。她奮力掙扎，展現強大的青春活力，但他只是哈哈大笑，陶醉在擁有這個懷裡扭動的美人的感覺裡。

他輕易瓦解她的掙扎，以狂放不羈的熱情暢飲她嘴唇的蜜釀，直到拚命抗拒的手臂鬆開，微微抽動地摟向他的粗頸。接著他低頭對著清澈的雙眼笑道：「自由人民的酋長有什麼理由比不上突倫的城市狗？」

她甩回黃髮，渾身上下都還在他的熱吻影響下顫抖。她沒有放開摟著他脖子的雙臂。「你自認跟阿格哈平起平坐？」她挑釁。

他大笑，把她抱在懷裡，走向階梯。「妳自己判斷，」他吹噓道。「我會燒了卡瓦利森，只爲了點燃火把，爲妳照亮通往我帳篷的路。」

〈鐵魔鬼〉完

黑環巫師會

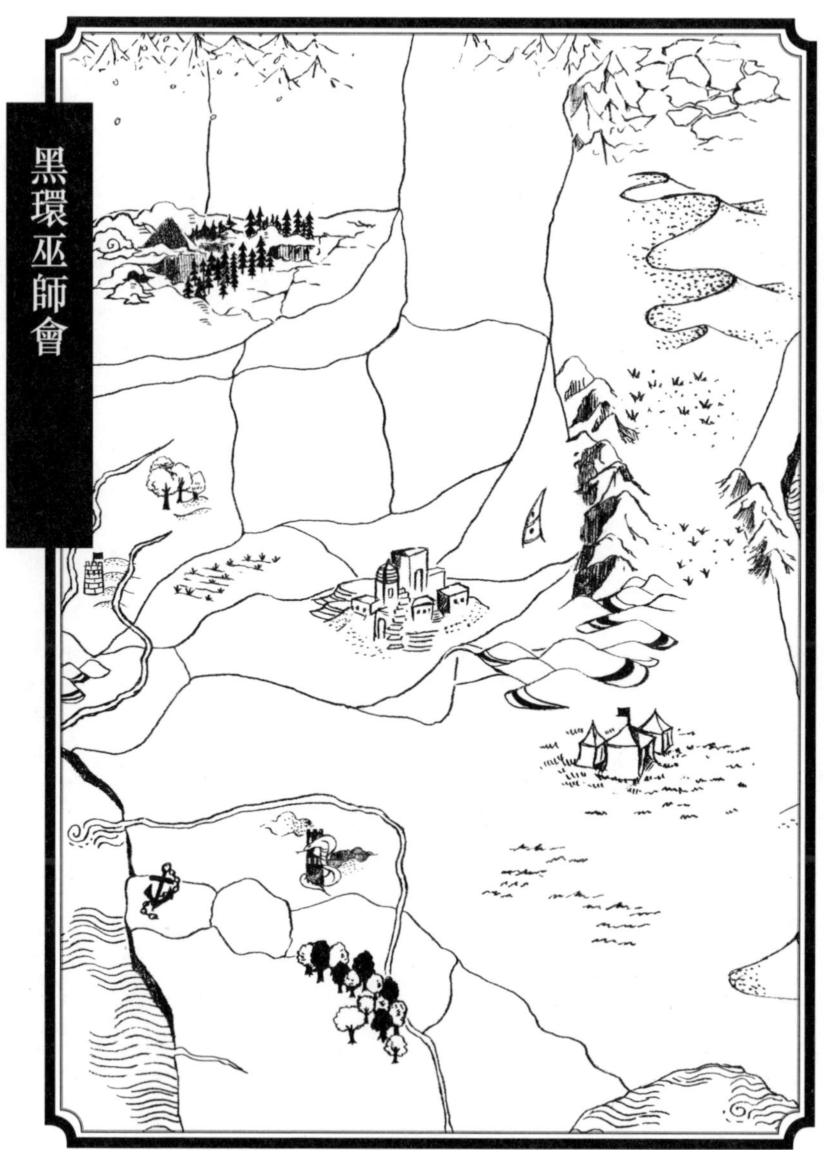

〈黑環巫師會〉是科南故事的重要轉捩點，長達五萬字，幾乎已是長篇等級。《怪譚》從一九三四年九月開始連載，一共連載了三期，稿費高達二百五十美金。本篇格局宏大、劇情曲折、派系衆多，人物鮮明立體，既有翻山越嶺的軍事冒險、也有驚心動魄的魔法對決，是公認的科南傑作。〈黑環巫師會〉的故事舞台是梵迪亞（印度）和阿富古利（阿富汗）邊境，帶有少見的中亞和南亞色彩，除了令人印象深刻的女主角雅絲敏娜，連反派都有爲愛犧牲一切的亡命鴛鴦。

——編者

01 王之逝

梵迪亞王快死了。神廟中的銅鑼及響螺聲貫穿悶熱黑夜。只有淡淡回響傳入邦達・錢德躺在絨布墊台座上垂死掙扎的金圓頂室。汗珠在他的深色皮膚上閃閃發光；他的手指扯動身體下方的金邊絨布。他很年輕；不是死於長矛，酒裡也沒毒藥。但他腦側血管宛如藍繩般隆起，瞳孔放大到垂死邊緣。女奴隸跪在台座腳下微微發抖，他妹妹，雅思敏娜黛維（梵迪亞女性統治者的頭銜），湊到他的面前，神色激動地看著他。她身旁的是瓦山，一生都待在皇家宮廷中的老貴族。

她在遠方的鼓聲傳入耳際時突然抬頭，神色中流露憤怒與絕望。

「那群祭司跟他們的噪音！」她吼道。「他們跟醫生一樣完全沒有用處！沒用，他就要死了，沒人說得出原因。他在垂死邊緣——而我就束手無策的站在這裡，只要能救他，我願燒毀整座城市，殺掉數千人。」

「阿約提亞的人都願為他而死，如果可能的話，黛維，」瓦山回道。「這種毒藥——」

「我說過了，不是毒藥！」她喊。「他打從出生開始就受到最嚴密的保護，就算是東方最高明的毒藥師也毒不到他。鳶塔裡有五顆漂白頭蓋骨的主人都曾嘗試過下毒暗殺——也都失敗了。而且你很清楚，共有十個男人、十個女人負責幫他的食物和酒嚐毒，還有五十名武裝勇士守衛他的寢宮，就像現在一樣。不，不是中毒；是巫術——黑暗邪惡的魔法——」

她在國王說話時住口；他蒼白的嘴唇沒動，呆滯的目光也毫無焦點。但他虛無縹緲的嗓音自遠方傳來，彷彿是在狂風吹襲的深淵中喊叫。

「雅絲敏娜！雅絲敏娜！我的妹妹，妳在哪裡？我找不到妳。一片漆黑，陰風怒吼！」

「哥哥！」雅絲敏娜喊道，用力握起他軟癱的手掌。「我在這裡！你難道沒看到我——」

她在看到他空白無神的臉時突然住口。他的嘴裡吐出低沉困惑的呻吟聲。台座腳下的女奴隸在恐懼中啜泣，雅絲敏娜在極度痛苦下捶打胸口。

□

城市另一端，有個男人站在格子護欄陽台上俯瞰下方的長街，到處都是火把，人們在煙中抬頭，深色的臉上露出明亮的眼白。人群裡傳出陣陣慟哭聲。

男人聳聳闊肩，走回藤蔓花紋裝飾的房間。他身材高壯，衣著華麗。

「國王還沒死，但已奏起輓歌。」他對盤腿坐在角落座墊上的男人說。此人身穿棕色駱駝毛袍和涼鞋，頭上裹著綠頭巾。他神情寧靜，目光冰冷。

「人民知道他見不到明日的黎明。」男人回應道。

第一個男人若有深意地看著他。

「我所不能理解的是，」他說，「爲什麼你的主子要等這麼久才動手。如果他們現在可以殺國王，爲什麼幾個月前不能殺？」

「就連你稱之爲巫術的東西都要受到宇宙法則的規範。」綠頭巾男人回答。「星星引導這些行動，就跟其他方面一樣。即使是我的主子也無法改變星象。他們必須等到一定的星象出現才能施展這道死靈魔法。」他伸出有污點的指甲，在大理石地板上畫出星像圖。「月亮傾斜的角度代表梵迪亞王身受的邪惡；星象混亂，巨蛇座出現在象屋座裡。在這種星座並列的情況下，邦達・錢德無形的靈魂守護者被迫離開。在看不見的國度中打開一條通道，一旦建立起接觸點，強大的能量就能通過那條通道。」

「接觸點？」另外那個男人問。「你是說邦達・錢德那綹頭髮？」

「對。所有自人體脫離的東西都還是人體的一部分，透過無形的連結連在一起。阿修羅的祭司依稀察覺這個事實，所以把所有皇族成員剪下來的指甲、頭髮、和其他人體廢棄物小心翼翼地焚燒成灰，然後藏起來。但在深愛邦達・錢德的科薩拉公主求懇下，他送給她一綹頭髮作爲紀念。當我的主子決定要殺他時，就趁她沉睡把那綹放在黃金珠寶箱中的頭髮從枕頭下偷出來，並用另一綹相似到難以分辨的頭髮取代。接著眞正的頭髮隨著駱駝車隊遠送到佩許克豪利，然後北上塞巴隘口，最後落入正確的人手中。」

「就只是一綹頭髮。」貴族喃喃說道。

「那綹頭髮把靈魂吸出肉體，穿越回音陣陣的深淵。」座墊上的男人回道。

貴族好奇地打量他。

「我不知道你是人類還是惡魔，凱姆沙。」他終於說。「我們往往表裡不一。我，克沙崔亞眼中的可林沙，來自伊朗尼斯坦的王子，並不是什麼特別突出的騙子。就不同的角度來看，他們全都是叛徒，而且有一半不知道他們的主子是誰。至少在這一點上我毫不懷疑；我服侍的是突倫的葉斯迪傑王。」

「而我服侍的是延沙的黑先知，」凱姆沙說；「我的主子比你的主子偉大，他們以魔法達成葉斯迪傑用十萬把劍都無法達成的成就。」

屋外，數千人民痛苦的悲鳴聲撼動炎熱的梵迪亞夜空，響螺聲宛如牛在慘叫。

□

皇宮花園裡，火把的光投射在明亮的頭盔、彎刀、和鑲金甲冑上。所有阿約提亞的貴族戰士都聚集在皇宮內外，每扇寬拱宮門都有五十名弓兵手持弓箭守衛。但死亡穿梭皇宮之中，如入無人之地。

黃金圓頂室的台座上，國王再度慘叫，痛苦抽搐。他的聲音再度自遠方隱約傳來，黛維也再度彎腰上前，於遠比死亡的恐懼還要黑暗的恐怖情緒中顫抖。

「雅絲敏娜！」淒涼詭異的慘叫聲再度自難以想像的國度傳來。「幫我！我身處遙遠的境地！巫師抽離我的靈魂，穿越強風吹襲的黑暗。他們企圖剪斷羈絆我跟垂死肉身之間的銀繩。他們聚集在我身旁；他們的手都是利爪，眼泛紅光，像是黑暗中的火焰。艾伊，拯救我，妹妹！他們的手指像火般燒灼我！他們要殺死我的肉身，詛咒我的靈魂！他們拿了什麼來？——艾伊！」

聽到他無助的哭喊，雅絲敏娜難以克制地大叫，痛苦不堪地撲到他的身上。他渾身劇烈抽搐；扭曲的嘴角噴出白沫，指甲在女孩肩膀上留下爪痕。但茫然空洞的眼神消失，宛如黑煙散去的火焰，他抬頭看著妹妹，似乎認出她來。

「哥哥！」她啜泣。「哥哥——」

「快！」他喘道，聲音微弱，但很理性。「我知道是什麼把我送往火葬堆了。我經歷漫長的旅程，而我了解了。我中了西梅里亞巫師的魔法。他們把我的靈魂抽出體外，吸到很遠的地方，一間石室裡。他們在那裡企圖剪斷生命的銀繩，把我的靈魂塞入他們用巫術從地獄召喚來的黑夜怪物體內。艾伊！我已經感應到他們在拉扯了！妳的叫聲和緊握我的手把我帶了回來，但我很快就會被抓回去。我的靈魂緊抓肉身，但力量愈來愈弱。快——殺了我，別讓他們永遠囚禁我的靈魂！」

「我辦不到！」她哭道，捶打自己赤裸的胸膛。

「快點，我命令妳！」他虛弱的嗓音中浮現慣有的專橫語調。「妳從不曾違背我——服從我最後一道命令！將我純淨的靈魂送去阿修羅面前！快，不然妳會讓我永遠淪爲受困黑暗中的骯髒鬼魂。動手，我命令妳！動手！」

雅絲敏娜放聲啜泣，拔出腰帶上的珠寶匕首，插入他胸口，直沒入柄。他身體一僵，隨即鬆垮，死去的嘴唇揚起陰森的笑意。雅絲敏娜撲倒在鋪滿燈心草的地板上，握緊拳頭捶打乾草。銅鑼和海螺聲大作，祭司用銅匕首割傷自己。

02 — 丘陵來的野蠻人

強德項，佩許克豪利城主，放下他的金筆，仔細閱讀在印有他的官方印信的羊皮紙上書寫的內容。他能統治佩許克豪利這麼久，全都是因爲他謹愼考量隻字片語的緣故，不管是說出口的還是寫下來的。危險導致謹愼，只有謹愼之人才能在炎熱的梵迪亞平原跟西梅里亞峭壁交會處的野地存活下來。只要往西或往北騎馬一小時，就會穿越邊境，抵達奉行七首法律的丘陵地。

城主獨自待在臥房，坐在雕飾華麗的黑檀木桌前。透過爲了透氣打開的大窗戶，他看見一片藍色西梅里亞夜空，布滿明亮的星星。隔壁的胸牆呈現陰暗的黑影，更遠處的城垛和射孔則在昏暗的星光下依稀可見。城主的堡壘很堅固，位於其所守護的城市圍牆之外。吹動掛毯的微風帶來佩許克豪利街道上的聲響——偶爾傳出悲歌和西特琴聲。

城主緩緩閱讀自己寫的內容，以手掌遮蔽銅奶油燈的光線，嘴中唸唸有詞。他在閱讀的時候無意間聽見外堡之外傳來馬蹄聲，接著是守衛斷斷續續的質問聲。他沒有理會，專注在他的信上。信是寫給阿約提亞皇宮裡的梵迪亞瓦山的，而在繁文褥節的招呼過後，信裡寫道：

「向閣下回報，我忠誠地執行了閣下的指令。七名部落民都在監獄中嚴加看管，我反覆送信給他們的酋長，要求協商釋放他們的條件。但對方沒有採取行動，只說如果不釋放他們，他會燒毀佩許克豪利，用我的皮裝飾他的馬鞍，請閣下聽我說。他絕對有實力這麼做，而我已經加派三倍槍兵守衛。此人並非古利斯坦土生土長的居民。我沒辦法準確預知他的下一步。但既然黛維希望這麼做——」

他瞬間跳下他的象牙椅，站起身來面對拱門。他抓起桌上放在華麗刀鞘中的彎刀，打量門口的動靜。

未經宣告進門的是個女人，她的薄紗袍無法掩飾其下奢華的服飾，也無法遮掩她高挑美妙的身材。一層面紗垂到胸口之下，固定面紗的是條飄逸的頭巾，以三條金穗帶綁起，飾以新月形的金飾。她漆黑的雙眼透過面紗打量受驚的城主，然後伸出白皙的手掌，姿態高傲地撩起面紗。

「黛維！」城主在她面前跪倒，但驚訝與困惑打亂了他畢恭畢敬的儀態。她揮手指示他起身，他連忙領她前往象牙座椅，過程中腦袋一直垂在腰際。但他一開口卻語氣責備。

「陛下！這樣做太不明智了！邊疆很不安穩。丘陵蠻族經常掠奪旅人。妳有大批隨從同行？」

「很多人護送我抵達佩許克豪利。」她回答。「我把他們安頓在城裡，跟我的侍女，吉塔拉一起過來。」

強德項害怕地呻吟一聲。

「黛維！妳不了解這樣做有多危險。距離此地一個小時的路程就是住滿專門燒殺擄掠的野蠻人的丘陵。在本堡和佩許克豪利之間發生過女人遭擄、男人遭刺的事件。佩許克豪利跟南方的省份不同──」

「但我人在這裡，毫髮無傷。」她語氣不耐煩地打斷他的話。「我把我的徽記戒指拿給堡門的守衛看，接著又給你門外的守衛看，於是他們不通報就放我進來，他們不認識我，但認定我是阿約提亞來的信差。現在別浪費時間了。」

「蠻族酋長沒有送信給你？」

「只有威脅和詛咒，黛維。他很謹慎，疑心很重。他認定是陷阱，而或許這不能怪他。克沙崔亞人經常對丘陵人違背承諾。」

「他一定要來協商！」雅絲敏娜大聲道，拳頭緊握，指節泛白。

「我不懂。」城主搖頭。「虜獲這七名丘陵人時，我依照慣例向瓦山回報此事，然後，在我吊死他們前，我收到命令暫且緩刑，跟他們酋長聯繫。我照做了，但對方就像我所說沒有正面回應。這些人是阿富古利族的，但他卻是西方的外來者，名叫科南。我威脅明天日出時要吊死他們，如果他不來的話。」

「很好！」黛維高聲道。「你做得好。我告訴你爲什麼下這些命令。我哥哥──」她顫抖，哽咽，城主低頭，依照習俗表達對死者的敬意。

「梵迪亞之王是被魔法所殺，」她終於說道。「我發誓要摧毀殺他的凶手。他死前留下線索，我依照線索追查。我讀過《史克羅斯之書》，也跟傑來地洞裡的無名隱士談過。我知道他是被誰用什麼手法殺死的。他的敵人是延沙山的黑先知。」

「阿修羅呀！」強德項臉色發白地說。

她目光如刃刺穿他。「你怕他們？」

「誰不怕呢，陛下？」他回答。「他們是黑魔鬼，盤據塞巴之外無人居住的山丘。但賢者宣稱他們鮮少干涉凡塵的事務。」

「我不知道他們為什麼殺我哥哥，」她回答。「但我在阿修羅的祭壇前發誓摧毀他們！而我需要邊境外一個男人的幫助。缺乏幫助的情況下，克沙崔亞的部隊絕不可能抵達延沙。」

「對，」強德項喃喃說道。「妳說的沒錯。那樣會步步為營，渾身長毛的丘陵人會從高處丟下巨石，在所有谷地用長刀突擊我們。突倫人有一次突破喜馬里亞人的防線，但有多少人返回庫魯桑？在國王，妳哥哥，於祖達河擊敗他們主力部隊後逃脫的喜馬里亞人，沒幾個再度得見塞庫德倫。」

「所以我必須掌控穿越邊境的是哪些人，」她說。「我要知道怎麼去延沙山的人——」

「但部落民懼怕黑先知，會避開那座邪山。」城主插嘴道。

「他們酋長，科南，也會怕嗎？」她問。

「好吧，關於這個，」城主喃喃說道，「我懷疑那個魔鬼會怕任何東西。」

「我聽說得也是如此。所以我必須跟他打交道。他要我們釋放七個手下。非常好；代價就是黑先知的腦袋！」說到最後，她的語調充滿仇恨，雙手緊緊握拳。她神色倨傲，胸口起伏，看來就像是憤怒的實體化身。

城主再度跪倒，因爲根據他的人生智慧，處於這種情緒風暴中的女人對周遭的人而言都跟瞎眼鏡蛇一樣危險。

「如妳所願，陛下。」她情緒稍微平復，他站起身來，上前低聲警告。「我無法預測酋長科南會採取什麼行動。部落民內部向來混亂，而我有理由相信突倫間諜在挑撥他們掠奪我們邊境。如陛下所知，突倫人已經控制了塞庫德倫和其他北地城市，不過始終沒能征服丘陵部族。葉斯迪傑王早就覬覦南方許久，或許會想利用挑撥離間達到武力無法達到的成就。我認爲科南很可能就是他的間諜。」

「我們很快就會知道了，」她回答。「如果他愛他的族人，黎明時他就會來堡壘門口談判。我今晚就待在堡壘裡。我是喬裝抵達佩許克豪利的，隨從下榻旅店，而非宮殿。除了我的人外，只有你知道我在這裡。」

「我護送妳前往寢室，陛下。」城主說，兩人出門，他朝守在門外護衛比個手勢，護衛跟在他們身後，恭敬持矛。

侍女在門外等候，跟她主人一樣面紗遮面，一行人走過蜿蜒的寬走廊，仰賴冒煙的火把照明，抵達專供顯赫訪客留宿的房間——大部分是將軍和總督；皇室人員從未駕臨過這座堡壘。強德項暗自擔心這間客房不符合黛維崇高的身分，儘管她盡可能讓他在自己面前輕鬆自在，他還是很高興她命令自己退下，於是鞠躬離開。他把堡壘中所有僕人都叫來服侍他的皇家賓客——不過沒有透露她的身分——他還派了一隊長矛兵在她門外看守，其中包括看守他自己寢室的人。他把全副心神都放在黛維身上，忘記找人替補他們。

城主還沒離開多久，雅絲敏娜突然想起另一件本來要跟他討論的事，但直到此刻才想起來。她想詢問一個名叫可林沙的伊朗尼斯坦貴族的過往事蹟，此人出現在阿約提亞宮廷前曾在佩許克豪利待過一段日子。她會對此人起疑是因爲當晚有人在佩許克豪利看到他。她懷疑他是不是從阿約提亞跟蹤她來的。身爲卓越非凡的黛維，她沒有派人再去傳喚城主，而是獨自出門，迅速趕往他的房間。

□

強德項進入自己房間，關上房門，走向桌子。他拿起之前在寫的信，撕成碎片。他才剛撕完信，就聽見窗外胸牆上傳來有東西輕聲落地的聲響。他抬頭看見一條人影聳立在星空之前，接著對方輕輕跳入屋內。他手中有把長長的東西反射鋼鐵般的光澤。

「噓！」他警告。「別出聲，不然我就送個僕人給魔鬼！」

城主停止伸手去拿桌上的劍。他已經進入對方手中那把明晃晃的塞巴匕首攻擊範圍，而他很清楚丘陵人出手的速度有多快。

對方身材高大，既強壯又敏捷。他打扮得像是丘陵人，但黝黑的五官及明亮的藍眼卻不合乎他的穿著；他並非東方人，而是西方來的野蠻人。但他舉手投足間都跟肆虐古利斯坦丘陵的長毛部落民一樣充滿野性、令人生畏。

「你像夜裡的小偷一樣溜進來。」城主恢復冷靜後說道，儘管他想起自己門外沒有守衛，但丘陵人不可能知道。

「你是科南？」

「我爬棱堡上來，」對方低吼道。「有個守衛剛好探頭出來，被我用匕首柄打倒了。」

「還會是誰？你送信到丘陵，要我跟你談判。好了，以克羅姆之名，我來了！離那張桌子遠點，不然我就砍了你。」

「我只是想坐下。」城主回答，小心翼翼地沉入象牙椅中，把椅子推離桌子。科南煩躁不安地走到他面前，神色懷疑地看向房門，輕敲三呎匕首的刀柄。他走路的模樣不像阿富古利人，態度直截了當，不像東方人那麼謹慎。

「你抓了我七個手下，」他開門見山。「你拒絕我提供的贖金。你到底想要什麼？」

「我們來談條件。」強德項謹慎回應。

「條件？」他語氣中隱現危險的怒意。「什麼意思？我難道沒說要給你黃金嗎？」

強德項大笑。

「黃金。佩許克豪利的黃金比你這輩子見過的還多。」

「你騙人。」科南回嘴。「我在庫魯桑見過金匠的寶庫。」

「好吧，比普通阿富古利人一輩子見過的還多。」強德項更正。「而那對梵迪亞的財富而言不過九牛一毛。我們要黃金幹嘛？拿黃金不如殺了那七個盜賊。」

科南罵聲惡毒的詛咒，棕色手臂上肌肉鼓脹，掌心的匕首微微抖動。

「我要把你的腦袋當甜瓜打爛！」

丘陵人眼中綻放藍焰，但強德項只是聳肩，不過目光始終保持在鋒利的匕首上。

「你可以輕易殺了我，說不定還能翻牆逃走。但那樣做救不了七個部族人。我的手下肯定會吊死他們。而他們都是阿富古利族的領袖。」

「我知道，」科南吼道。「族人像狼一樣在我腳邊吼叫，因爲我沒有救回他們。明明白白告訴我你想要什麼，因爲，以克羅姆之名！如果沒別的辦法，我只好率領部隊攻打佩許克豪利！」

眼看著此人姿態穩健，匕首在握，目光炙烈，強德項毫不懷疑他有能力這麼幹。城主並不認爲任何丘陵部落能夠攻下佩許克豪利，但他也不希望城市外圍慘遭蹂躪。

「你必須幫我們執行一項任務，」他說，把言語當成刀刃般慎選用字遣詞。「有——」

科南突然後退，同時轉身面對門口，噘牙咧嘴。他的野蠻人耳朵察覺門外傳來軟拖鞋腳步聲。門在下一刻被人推開，一個身穿絲袍的纖細身影快步走入，關上房門——接著在看見丘陵人時停止動作。

強德項連忙起身，心臟差點跳到嘴裡。

「黛維！」他脫口而出，恐懼中亂了分寸。

「黛維！」丘陵人複誦這個頭銜，彷彿爆炸般的回音。強德項在那雙藍眼中看見靈光一現，烈火燃燒。

城主情急大叫，抓起他的劍，但丘陵人的動作快如狂風暴雨。他撲上前去，用匕首刀柄打趴城主，結實的手臂抱起嚇呆的黛維，跳向窗口。強德項掙扎起身，看見男人在窗台上停留片刻，身旁有絲裙飄蕩，還看見皇家俘虜白皙的手臂，聽見他欣喜若狂的叫聲：「有種就吊死我的人！」然後科南跳向胸牆，就此消失。一陣驚恐的叫聲飄回城主耳中。

「守衛！守衛！」城主驚叫，站起身來，東倒西歪奔向門口。他拉開門，轉入走廊。他的叫聲在走廊上迴蕩，戰士迅速奔來，震驚地看著城主摀著腦袋，頭破血流。

「派出槍兵！」他大吼。「有人綁架！」即使在激動之下，他還是保有足夠的理智，沒把眞相全盤托出。他突然停步，聽見外面傳來馬蹄聲、驚慌失措的叫聲，還有野蠻人的歡呼聲。

困惑的守衛跟在城主身後奔向樓梯。堡壘天井中，一隊長槍兵站在配好馬鞍的戰馬旁，收到命令就能出發。強德項率領部隊追趕逃犯，不過他頭昏眼花，雙手都得緊抱馬鞍。他沒有透露被綁架之人的身分，只說攜帶皇室印記戒指的女貴族被阿富古利酋長搶走。綁架者已經逃出視線和聽力範圍，但他們知道他會走哪條路——直通塞巴隘口的那條。天上沒有月亮；星光下隱約可見平民的小屋。堡壘的陰森稜堡和佩許克豪利的塔樓消失在他們身後。前方聳立著喜馬里亞人的黑牆。

03 凱姆沙施法

在堡壘守衛集合掀起的混亂之中，沒人注意到陪黛維一起來的侍女偷偷溜出大拱門，消失在黑暗裡。她束起衣物，直奔入城。她沒走大路，而是直接穿越田野，翻過山丘，避開圍欄，跳過灌溉溝渠，彷彿在白天趕路般毫不遲疑，而且輕而易舉，有如訓練有素的信差。抵達城牆時，守衛的馬蹄聲已經消失在山丘上。她沒走大城門，城門下的守衛靠著長矛，伸長脖子緊盯黑暗，議論著堡壘不尋常的舉動。她繞過城牆，抵達可以從城垛上看見塔樓的位置。接著她伸手放在嘴前，發出奇特詭異的叫聲。

一顆腦袋幾乎立刻就從射孔中探出，接著一條繩索垂下城牆。她抓起繩索，踏上末端的繩環，揮揮手臂。然後就被人又快又穩地拉上高聳的城牆。片刻過後，她翻過城齒，站在貼城牆而建的房舍平坦的屋頂上。那裡有扇打開的活板門，有個身穿駱駝毛袍的男人一聲不吭地捲起繩索，看起來一點也不像剛把成年女子拉上四十呎高牆的模樣。

「可林沙在哪裡？」她長途奔跑，氣喘吁吁地問。

「在下面的屋子裡睡覺。妳有消息？」

「科南從堡壘裡搶走黛維，把她擄去丘陵了！」她氣急敗壞地說出此事，所有字彷彿都撞在一起。

凱姆沙面無表情，只是點點綁頭巾的腦袋。

「可林沙聽說此事會很高興的。」他說。

「等等！」女孩嬌嫩的手臂搭上他脖子。她喘得厲害，但不光是出於疲累。她雙眼在星光下如黑寶石般閃閃發光。她抬高臉貼近凱姆沙的臉，但儘管他任由她抱著，但卻不回應擁抱。

「別告訴那個希爾卡尼亞人！」她喘道。「我們自己來善用此事！城主率領部隊追入山丘，但那跟追逐鬼魂沒有兩樣。他沒告訴別人被綁架的是黛維。佩許克豪利跟堡壘的人都不知道，只有我們知道。」

「但那對我們有何好處？」男人勸她。「我的主子派我同行，透過各種手段幫助可林沙。」

「幫你自己！」她語氣激動。「掙脫你的束縛！」

「妳是說——違抗我的主子？」他倒抽一口涼氣，她透過雙手感覺到他整個身體都變涼了。

「對！」她在激動的情緒中搖晃他。「你也是魔法師！你爲什麼要當奴隸，只把力量用在輔佐他人？爲你自己使用力量！」

「那是禁忌！」他抖得彷彿得了瘧疾。「我還沒有晉升黑環。除非主人下令，不然我不敢運用他們教我的知識。」

「但你可以用！」她據理力爭。「我求你！科南擄走黛維當然是爲了充當人質，換取城主牢裡的七個部族人。殺了他們，這樣強德項就不能用他們去交換黛維。然後我們入山去從阿富古利人手中搶回她。他們的匕首不是你的魔法對手！我們用黛維去交換梵迪亞的寶藏——等寶藏入手後，我們可以反悔，把她賣給突倫王。我們可以獲得夢寐以求的財富！我們可以花錢買戰士！我們將征服柯布霍爾，把突倫人趕出丘陵，揮兵南下；成爲帝國的國王和王后！」

凱姆沙也開始喘氣，在她的擁抱中宛如樹葉般發抖；他的臉在星光下一片灰白，冒出斗大的汗珠。

「我愛你！」她大聲說道，嬌軀貼緊他，擁抱的力量大到幾乎令他窒息，激動地搖晃他。「我會讓你成爲國王！對你的愛讓我背叛主人；爲了對我的愛，背叛你的主人吧！何必懼怕黑先知？愛上我就已經違逆了他們的規矩！把所有規矩通通違逆吧！你跟他們一樣強大！」

就算是冰塊做成的人也沒辦法抵抗她的熱情與憤怒引發的高溫。他含糊不清地叫了一聲，使勁擁抱她，推開她上身，在她眼睛、臉頰、嘴唇上狂吻。

「我願意！」他的語調興奮不已。他像醉漢般左搖右晃。「主人教我的知識應該爲我所用，不是他們。我們要成爲世界的統治者——全世界——」

「來吧！」她扭動身體，掙脫他的擁抱，握起他的手掌，領他走向活板門。「首先我們必須確保城主不能用那七個阿富古利人交換黛維。」

他神色茫然地跟著走下樓梯，直到她在底下的房間中停步。可林沙毫無動靜地躺在一張床上，一條手臂橫過臉上，彷彿在遮蔽銅油燈發出的淡光。她拉拉凱姆沙的手臂，比個劃開喉嚨的手勢。凱姆沙舉起手掌，神色突然一變，隨即退開。

「我接受過他的款待，」他喃喃說道。「再說，他沒能力干涉我們。」他領著女孩穿越房門，踏上蜿蜒的樓梯。

他的腳步聲消失後，床上的男人坐起身來。可林沙擦拭臉上的汗水。他不怕有人拿刀捅他，但他怕凱姆沙就像一般人怕有毒的爬蟲類一樣。

「在屋頂策劃陰謀的人應該記得要壓低音量。」他喃喃說道。「但既然凱姆沙決定要背叛他主人，而他又是我跟他們唯一的聯絡人，我就不能再依靠他們了。從現在起，我要依照自己的方式玩這場遊戲。」

他站起身來，迅速走到桌前，從腰帶上取出紙筆，簡潔有力地寫了幾行字。

「給柯思魯汗，瑟庫德倫城主：辛梅利亞人科南將雅絲敏娜黛維綁架到阿富古利族的村落。這是我們把黛維弄到手的機會，國王老早就想這麼做了。立刻派出三千名騎兵。我會帶當地嚮導在古拉夏谷跟他們會合。」他簽署一個跟可林沙一點關係都沒有的名字。

接著他從金鳥籠裡拿出信鴿，在它腳上用金繩綁好卷在小圓棒裡的信。然後他走到窗口，將鳥拋入夜空。它迅速振翅，取得平衡，宛如稍縱即逝的陰影般轉眼消失。可林沙穿戴頭盔、長劍和斗篷，迅速離開房間，走下蜿蜒的台階。

□

佩許克豪利的監獄以高牆跟城內其他地區隔開，高牆下只有一道大鐵拱門。拱門上有個火紅的火炬，門旁站了個——或蹲了個——手持矛盾的戰士。

這位戰士，依靠長矛，三不五時打個呵欠，突然站直身子。他以爲自己沒有打盹，但面前莫名其妙就多了個男人，完全沒聽見他接近。對方身穿駱駝毛袍，戴綠頭巾。在火炬搖曳的火光下，他的五官黑影晃動，但紅光中依然清楚可見一雙明亮的眼睛。

「誰？」戰士問，舉起長矛。「你是誰？」

陌生人毫不畏縮，儘管矛尖已經抵住他胸口。他目光專注地盯著戰士雙眼。

「你的職務是什麼？」他問奇怪的問題。

「看守大門！」戰士聲音沙啞，語氣平淡地說；他渾身僵硬，宛如雕像，目光逐漸呆滯。

「你說謊！你的職務是遵從我的命令！你凝視過我的雙眼，你的靈魂已經不屬於你。把門打開！」

守衛動作僵硬，面無表情，轉過身去，從腰帶裡取下大鑰匙，轉動大鎖，推開大門。接著他立正站好，空洞的雙眼直視前方。

一名女子滑出黑影，伸手搭上催眠法師的手臂。

「叫他幫我們備馬，凱姆沙。」她低聲道。

「沒必要。」羅刹說。他微微提高音量，朝守衛說話。「我用不到你了。自殺。」

戰士神色恍惚，矛柄抵住牆底，尖頭抵住自己軀幹，肋骨下方的位置。然後慢慢地，面不改色，他以全身的體重靠上矛頭，刺穿他的身體，自肩膀中央破體而出。他沿著矛柄下滑，動也不動地躺著，長矛整根豎立在他身上，彷彿從他背上長出恐怖的莖桿。

女孩以病態般的痴迷神情低頭看著他，直到凱姆沙拉她的手穿越大門。火把照亮外牆和矮內牆間的狹窄空間，內牆每隔一段距離就有一扇拱門。一名戰士巡邏這圈內牆，大門開啓時，他剛好晃過來，由於對監獄深具信心，根本毫不懷疑有任何異狀，直到看見凱姆沙和女孩穿越拱道而來。接著就太遲了。羅剎沒有浪費時間催眠他，不過他的動作在女孩眼中一樣充滿魔力。守衛威脅似地壓低長矛，開口想要大叫，引來窄道兩側警衛室裡的長矛兵。凱姆沙左手拍開長矛，就像彈開乾草一樣輕鬆，右手突然竄出縮回，彷彿輕輕掠過戰士的脖子。守衛一聲不吭，迎面倒下，腦袋自斷頸上滾開。

凱姆沙看都不看他一眼，直接走向其中一扇拱門，攤開手掌握住大銅鎖。碎裂聲響，拱門朝內開啓。女孩隨他進門，看見粗重的柚木門布滿裂痕，銅門閂扭曲變形，大鉸鍊斷裂脫落。就算有四十個人拿一千磅重的攻城槌也不能破門破得更加徹底。凱姆沙陶醉在身獲自由和施展力量的快感裡，享受自己的強大，像個對過人的力氣感到自豪而肆無忌憚活動筋骨的年輕巨人。

破門通往一座小天井，藉由一把火炬照明。門對面有一道鐵欄杆。一隻毛茸茸的手掌握住其中一根欄杆，其後的黑暗中隱現一雙眼白。

凱姆沙默默站立片刻，凝視黑暗之中，眼看那雙炙熱的雙眼回應他的目光。接著他伸手到長袍中，拿出一支明亮的羽毛，帶著發光的粉末撒落地板。一道綠焰立刻照亮整圈牢房。綠光短暫照亮七個男人，動也不動地站在欄杆後，細節看得清清楚楚；高大、長毛，身穿破爛的丘陵服飾。他們沒有說話，但眼中透露對死亡的恐懼，長毛手指緊握欄杆。

綠焰消逝，但留下微光，一顆微微抖動的綠色光球在凱姆沙腳邊陣陣閃爍。部族人瞪大眼睛，盯著光球。光球搖曳不定，突然拉長；化爲一道發光的綠霧盤旋而上。它宛如巨蛇般扭曲蠕動，接著宛如明亮的潮浪般翻滾而出。它擴張成一朵雲，無聲無息地在底板上移動——直接湧向欄杆。囚犯瞳孔放大，看著綠雲逼近；欄杆在他們絕望的手指下抖動。他們張開留鬍鬚的嘴唇，但卻沒有出聲。綠雲滾過欄杆，遮蔽視線；它像霧氣滲入欄杆裡，隱藏其中的囚犯。綠霧之中傳來一下宛如窒息的驚呼，彷彿有人突然落水。然後就結束了。

凱姆沙碰碰女孩手臂，只見她目瞪口呆地站著。她呆呆地隨他轉身，接著回頭看向身後。綠霧已經轉爲稀薄；她在欄杆附近看到一雙涼鞋中的腳掌，腳趾上翻——她依稀瞥見七條蜷伏在地，靜止不動的身影——

「現在我會弄匹遠比任何凡塵豢養的馬更快的快馬，」凱姆沙說。「我們天沒亮就會抵達阿富古利斯坦。」

04 過往恩怨

雅絲敏娜黛維記不清楚遭受綁架的細節。意外和暴力令她震驚；她對周遭雜亂的事物只剩下模糊的印象——一條粗壯胳臂緊緊抓住她、綁架者炙烈的目光、吐在她肌膚上的火熱氣息。從窗口跳到胸牆，在城垛和屋頂上狂奔、嚇得她動彈不得、拉著綁在城齒上的繩索爬下城牆——他幾乎是跑下去的，把軟癱的肉票扛在肩上——一切都在黛維的腦中纏成一團。她印象比較深刻的是他迅速衝入樹影下，好像扛小孩般扛著她，跳上一匹立起了身、猛噴鼻息的狂野巴克哈納公馬的馬鞍上。接著她感覺彷彿在飛一樣，公馬衝上斜坡，奔騰的馬蹄在燧石路上濺起火花。

女孩逐漸冷靜下來後，首先浮上心頭的就是憤怒和羞愧。她被嚇呆了。西梅里亞南方的黃金國度統治者在世人眼中的地位只比神低一點而已；而她是梵迪亞的黛維！恐懼淹沒在她的皇家狂怒中。她憤怒吼叫，開始掙扎。她，雅絲敏娜，居然淪落到一個丘陵酋長的鞍弓上，像個市集上的村婦！他只是稍微用力就抑止了她的掙扎，第一次，她體會到肉體力量的強制力。他的手臂在她纖細的四肢前感覺像鐵打的。他低頭看她一眼，露齒而笑。他的牙齒在星光下反射陰森的白光。韁繩鬆垂在飄逸的鬃毛上，公馬渾身肌肉緊繃地載他們奔馳在布滿大石的山道上。但科南神態輕鬆，漫不經心地坐在馬鞍上，宛如半人馬。

「你這隻丘陵狗！」她喘道，在羞辱、憤怒與無助的衝擊下顫抖。「你竟敢——你竟敢！我要你用命付出代價！你要帶我去哪裡？」

「阿富古利斯坦。」他回答，順勢看看身後。

他們後方，山坡之外，堡壘圍牆上火把密布，他看見一點火光大放光明，表示堡壘大門開了。他大笑，宛如丘風般低沉洪亮。

「城主派騎兵追來了。」他笑道。「以克羅姆之名，我們即將展開一場歡樂的追逐。妳怎麼看，黛維——他們會用七個人交換克沙崔亞黛維嗎？」

「他們會派部隊吊死你和你那群魔鬼。」她語氣堅決地保證。

他笑了笑，把她在手中換個比較舒適的位置。但這個動作再度激怒她，重新開始徒勞無功地掙扎，直到她發現自己再怎麼掙扎也只是逗他開心而已。再說，她的輕薄絲袍已經在激烈掙扎中衣衫不整。她認爲態度輕蔑的順從比較容易維持尊嚴，於是決定悶不吭聲，停止掙扎。

進入隘口時，她的怒氣讓一股讚歎感所淹沒，山道入口宛如一道阻擋去路的漆黑壁壘上的漆黑深井。看起來像是有把巨大的匕首將塞巴隘口從岩石高牆中挖開的一樣。兩側都是高達數千呎的陡坡，隘口宛如仇恨般黑暗。就連科南也看不清楚，但他熟悉這條路，即使在晚上也一樣。由於心知有武裝部隊在星光下追殺他，他完全沒有放慢馬速。高大的座騎沒有顯露絲毫疲累之色。他沿著谷床奔馳，爬上一道坡地，順著低矮山脊前進，兩側都是一不小心就會絆倒的崎嶇頁岩，最後踏上左側岩壁上的山道。

在黑暗中，即使是科南也無法察覺塞巴部落民的伏擊。路過隘口中一道漆黑峽谷時，有把標槍破空而來，插中種馬緊繃的肩膀後方。高壯的動物嗚嗚一聲，腳下一絆，當頭摔倒。但科南看出標槍的來勢，宛如彈簧鋼般彈身而出。

馬倒地的同時，他已經跳出老遠，抬高女孩，避免她撞上岩石。他如貓科動物般輕輕落地，將女孩塞入一道岩縫，轉身奔入黑暗，拔出匕首。

事情發生太快，雅絲敏娜困惑無比，不確定究竟出了什麼事，只看到一條模糊身影衝出黑暗，光腳在岩石上踏出極輕的腳步聲，疾奔中揚起破爛的衣衫。她瞥見鋼鐵的反光，聽見金鐵交擊、格擋、反擊、然後是科南的長匕首劈開對方頭顱的骨碎聲。

科南跳回來，伏低在岩石後方。黑夜中傳來動靜，一個洪亮的聲音吼道：「什麼，你們這些狗！怕啦？上，天殺的，打死他們！」

科南神色吃驚，看向黑暗，揚起音量。

「亞爾・阿夫塞爾！是你？」

對方發出驚訝的咒罵聲，語氣謹慎地回應。

「科南？是你，科南？」

「對！」辛梅利亞人大笑。「出來，老戰狗。我殺了你的手下。」

岩石堆中出現動靜，就看見微光閃爍，接著冒出一道火焰，朝他逼近，來到近處後，一張凶神惡煞的大鬍子臉自黑暗中浮現。男人高舉火把，伸向前來，拉長脖子看向火光範圍內的岩石；另一手握著把大曲刀。科南迎上前去，把匕首插回刀鞘，對方出聲歡迎。

「對，眞是科南！出來吧，你們這些狗！是科南！」

其他人步入火光範圍——衣衫破爛的大鬍鬚野人，目光如狼，手握長刀。他們沒看到雅絲敏娜，因爲她讓科南高大的身軀擋住了。但從藏身處偷看，她終於當晚第一次打從心裡害怕了起來。這些人比較像狼，而不像人。

「你深夜在塞巴隘口狩獵什麼，亞爾・阿夫塞爾？」科南對魁梧的酋長問道，對方笑得像是有鬍子的食屍鬼。

「誰知道天黑後會有什麼人通過隘口？我們瓦蘇里族是夜鷹。你呢，科南？」

「我抓到俘虜。」辛梅利亞人回道。他往旁移動，露出神色畏縮的女孩。他伸手到岩縫中，一把拉出渾身顫抖的她。

她的皇家氣勢蕩然無存。她羞怯地凝視圍著她的那一圈大鬍子，慶幸有條粗壯的手臂占有般緊扣著她。火把伸到她面前，四周傳來一陣吸氣聲。

「她是我的俘虜。」科南警告，若有深意地瞪向剛剛死在他手上的傢伙，屍體只有腳掌露在光圈內。「我要帶她去阿富古利斯坦，但你們殺了我的馬，克沙崔亞人快要追來了。」

「跟我們去我的村子。」亞爾・阿夫塞爾提議。「我們把馬藏在峽谷裡。他們沒辦法在黑暗中跟蹤我們。他們快追來了，你說？」

「我現在就能聽見他們的馬蹄聲。」科南冷冷說道。

眾人立刻採取行動；火把熄滅，衣衫破爛的人宛如幽靈般遁入黑暗中。科南把黛維摟在懷裡，她沒有抵抗。穿軟拖鞋的小腳在岩石地上踩得很痛，身處這些高大漆黑原始野蠻的峭壁之間，她感覺十分渺小無助。

科南察覺她在山道上寒風吹襲下微微發抖，於是從一個人肩膀上抄下一襲破斗篷披在她身上。他還在她耳邊低聲警告，命令她不可出聲。她沒有聽見這群耳力敏銳的丘陵人聽見的馬蹄聲；但她實在太害怕了，在任何情況下都不敢違抗他。

除了天上隱約可見幾顆星星外，她什麼都看不見，但她可以透過進入峽谷後愈來愈深的黑暗感覺出來。附近有動靜，是馬在不安躁動。她聽見有人低聲交談，接著科南跨上被他殺死之人的馬，拉起女孩坐在他身前。除了馬蹄聲外，這群人如鬼似魅，順著陰暗的峽谷前進。留下一匹死馬和一個死人在後方的山道上，不到半小時後，堡壘的追兵發現了他們，認出死者是瓦蘇里人，於是根據事實導出結論。

雅絲敏娜，溫暖地依偎在綁架者懷裡，儘管明知不該，還是愈來愈睏。馬的動作並不穩健，不斷上下坡，但還是有股固定的節奏，加上身心疲憊，睡意來襲。她喪失時間觀念和方向感。他們在濃密的黑暗中移動，偶爾瞥見宛如漆黑壁壘般的巨牆，或是扛起星星的巨大峭壁；有時候她感覺附近有引發回聲的深淵，有時候有來自高處的寒風吹襲。慢慢地，這些景象融入如夢似幻的沉睡，馬蹄聲和馬鞍皮革作響都化爲夢境中無關緊要的雜音。

她依稀察覺他們停下來了，有人抱她下馬，走了幾步。接著她被放在沙沙作響的某種軟墊上，有東西——可能是摺起的外套——塞到她頭下，然後剛剛裹著她的斗篷又蓋住她。她聽見亞爾‧阿夫塞爾的笑聲。

「上等貨色，科南；很適合當阿富古利酋長的配偶。」

「不是我要的。」科南低沉回應。「我要用這個女人換回七個首領，詛咒他們的靈魂。」

那是她陷入無夢沉睡前聽到的最後一句話。

□

她沉睡的同時，武裝部隊穿越漆黑的丘陵，王國的命運危在旦夕。那天晚上，陰暗的峽谷和窄道上充滿奔騰的馬蹄聲，星光反射頭盔和彎刀，直到峭壁上宛如食屍鬼般的身影自溝壑和巨石間凝望黑暗，好奇究竟是怎麼回事。

一道漆黑谷口內有一群這樣的人坐在瘦馬上，看著部隊策馬狂奔。他們的首領，一個戴頭盔、穿金帶斗篷、身強體壯的男人，舉起手掌警告手下，直到那群騎兵通過。接著他出聲輕笑。

「他們肯定是迷路了！不然他們就會發現科南已經抵達阿富古利人的村落。想要把他逼出巢穴需要很多騎兵。黎明前就會有大批部隊通過塞巴隘口。」

「如果在丘陵上開戰，那就有東西可搶。」他身後有人用伊拉克塞方言說。

「有東西搶，」戴頭盔的人說。「但首先我們的職責是要抵達古拉夏，在黎明前等候從塞庫德倫南下的騎兵。」

他提起轠繩，騎出窄道，手下緊跟在後——星光下三十條衣衫破爛的幽魂。

05 黑馬

雅絲敏娜醒來時，太陽已經高掛天際。她沒有驚訝到神色茫然，懷疑自己身在何處。她是在完全了解狀況下醒來的。她柔軟的肢體因爲長途騎馬而僵硬，緊實的肌膚彷彿還能感受到昨晚抱她的粗壯胳臂。

她躺在一張裹著樹葉的羊皮上，羊皮則鋪在壓實的土地上。她頭下枕著折起來的羊皮外套，身上蓋著破斗篷。她身處大房間內，牆壁是沒有磨平的堅固裸岩，抹上一層太陽曬乾的泥巴。堅固的梁柱支撐同等材質的屋頂，其上有活板門，可以爬樓梯上去。厚牆壁上沒有窗戶，只有氣孔。有一扇門，堅固的銅門，肯定是從梵迪亞邊境某座塔樓中拆來的。門對面的牆壁上有個寬敞的大洞，洞上沒門，不過有幾根堅硬的木板。雅絲敏娜透過木板看見一頭高大英挺的黑馬在吃乾草。這棟建築是堡壘、住所、同時也是馬廄。

房間對面有個身穿丘陵女人背心和寬鬆長褲的女孩蹲在火堆旁，用石頭架起鐵網烤肉條。地面上方數呎高的地方有道燻黑的裂縫，有些煙就從那個地方排出去。剩下的則化爲藍煙絲瀰漫在房間裡。

丘陵女孩回頭看雅思敏娜一眼，神色放肆，容貌姣好，然後繼續烤肉。外面人聲鼎沸；門被一腳踢開，科南大步走入。站在晨光前的他看起來比昨晚更加高大，雅絲敏娜還注意到些之前沒留意的細節。他的衣服很乾淨，也不破爛。掛著華麗刀鞘匕首的巴克哈利略寬腰帶足以搭配王子的華袍，他的上衣底下還有突倫鎖甲的反光。

「你的俘虜醒了，科南。」瓦蘇里女孩說，而他輕哼一聲，走到火堆旁，把羊肉條裝到一個石盤上。

蹲著的女孩笑他，開個下流玩笑，他笑容如狼似虎，伸腳到她底下，絆得她摔倒在地。她似乎認為這種惡作劇很有趣，但科南沒有繼續理她。他拿出了一塊麵包，加上一罐紅酒，送到雅絲敏娜面前，後者爬起身來，神色懷疑地看著他。

「對黛維而言是粗茶淡飯，女人，但這是我們最豐盛的餐點。」他嘟噥道。「至少能吃飽。」

他把石盤放在地上，她突然感到飢腸轆轆。她二話不說，盤腿坐在地上，把石盤放在腿上，開始用手指吃肉，這是她唯一的餐具。畢竟，入境隨俗乃是真貴族的試煉之一。科南站著低頭看她，拇指勾在腰帶上。他從未依照東方習俗盤腿坐過。

「我在哪裡？」她突然問。

「庫魯姆瓦蘇里酋長，亞爾・阿夫塞爾家裡。」他回答。「阿富古利斯坦位於西方數里之外。我們先在這裡藏身一段時間。克沙崔亞人在丘陵上搜索妳——部族人已經擊潰他們好幾支部隊了。」

「你打算怎麼做？」她問。

「把妳一直留到強德項同意交換我那七個偷牛賊為止。」他嘟噥道。「瓦蘇里女人在用蘇奇葉磨墨，待會兒妳就可以寫信給城主。」

她的皇室脾氣又上來了，因為她想起自己的計畫荒腔走板到什麼地步，竟然會淪落到原本打算控制的男人手中。她放下石盤，盤裡還有食物，接著突然站起，勃然大怒。

「我才不要寫信！如果你不放我回去，他們會吊死你那七個手下，額外再多殺一千人！」

瓦蘇里女孩笑聲中充滿嘲弄的意味，科南皺起眉頭，接著門開了，亞爾・阿夫塞爾神氣活現地走了進來。瓦蘇里酋長跟科南一樣高，腰圍更寬，但與結實的辛梅利亞人相比顯得胖又笨拙。他拉拉沾了紅污點的鬍鬚，若有深意地盯著瓦蘇里女孩看，女孩當即起身，跑了出去。然後亞爾・阿夫塞爾轉向他的客人。

「天殺的族人在背地裡議論紛紛，科南。」他說。「他們要我殺了你，抓那個女孩去要求贖金。他們說任誰都能從她的服飾看出她是貴族。他們說為什麼要讓阿富古利狗從中獲利，但卻讓我們族人冒險守護她？」

「把馬借我，」科南說。「我帶她走。」

「去！」亞爾・阿夫塞爾說。「你以為我管不住我的人嗎？如果他們不聽話，我就讓他們穿裙子跳舞！他們不愛你——不愛任何外地人——但你救過我的命，我不會忘記。出來吧，科南；斥候回來了。」

科南繫好腰帶，跟著酋長出門。他們關上房門，雅絲敏娜湊上氣孔偷看。她看到小屋正面的一塊平坦空地。空地對面有些泥巴石頭屋，她看到裸體孩童在岩石之間玩耍，高瘦的丘陵女人忙著日常俗務。

酋長小屋正前方蹲了一圈長毛破衫的男人。科南和亞爾・阿夫塞爾站在門前幾步的位置，他們和那圈戰士之間有個男人盤腿而坐。此人正以刺耳的瓦蘇里腔跟他的酋長說話，雅絲敏娜大部分都聽不懂，雖然她所受的皇室教育包括了伊朗尼斯坦語和差異不大的古利斯坦方言。

「我跟一個昨晚有看到騎兵的達荷塞人談過，」斥候說。「他們抵達我們伏擊科南酋長的位置時，他就在附近。他聽見他們交談。強德項跟他們在一起。他們發現了死馬，有人認出那是科南的馬。然後他們發現科南殺的人，知道他是瓦蘇里族的。他們認定科南已死，瓦蘇里族搶走了女孩；於是決定不去阿富古利斯坦。但他們不知道死者來自哪個村落，我們沒有留下可供克沙崔亞人跟蹤的足跡。」

「所以他們趕去最近的村落，祖葛拉村，放火燒村，殺了很多人。但庫澤村的人趁夜偷襲他們，殺了一些人，打傷了城主。倖存者黎明前就退回塞巴隘口，天還沒亮就又帶著援軍回來，一整個早上丘陵各處紛爭不斷。據說他們集結大軍，準備掃蕩塞巴附近的丘陵。各族忙著磨刀，在這裡到古拉夏之間的要道埋伏。更有甚者，可林沙也回歸丘陵了。」

圍成一圈的人交頭接耳，雅絲敏娜聽到這個令她起疑的名字，又朝氣孔湊近。

「他在哪裡？」亞爾・阿夫塞爾問。

「達荷塞人不知道；有三十個低地村落的伊拉克塞人跟他一路。他們騎馬進入丘陵，然後就失去蹤跡。」

「這些伊拉克塞人只是跟在獅子後面撿殘渣的豺狼。」亞爾・阿夫塞爾吼道。「他們欣然接受可林沙的錢，讓他好像買馬般在邊境部落收買戰士。我不喜歡他，就算他是我們伊朗尼斯坦的族人。」

「他根本不是部族人，」科南說。「我認識他很久了。他是希爾卡尼亞人，葉斯迪傑的間諜。要是讓我抓到他，我會找棵檉柳吊死他。」

「但是克沙崔亞人怎麼辦？」圍成半圓的男人大聲問。「我們就這麼龜縮不出，等著他們趕我們出去？他們遲早會發現那個女人落在哪個瓦蘇里村落裡。塞巴人不喜歡我們；他們會幫克沙崔亞人獵殺我們。」

「讓他們來。」亞爾・阿夫塞爾哼聲道。「我們能在山道上守住一整支部隊。」

有人跳起來朝科南揮拳。

「我們冒這麼大的風險，好處卻都給他？」他吼道。「我們要幫他打他的仗？」

科南大步到他面前，微微彎腰，凝視他的長毛大臉。辛梅利亞人沒有拔出他的長匕首，但左手握著刀鞘，刀柄朝向前方。

「我沒有要人打我的仗。」他輕聲說道。「有種就拔刀，你這頭愛叫的狗！」

瓦蘇里人後退，像貓科動物般嘶吼。

「膽敢碰我，這裡有五十個人會把你碎屍萬段！」他叫道。

「什麼？」亞爾・阿夫塞爾大吼，氣得滿臉脹紫。他鬍鬚翹起，肚子隨著怒氣鼓脹。「你是庫魯姆的酋長嗎？瓦蘇里人聽從亞爾・阿夫塞爾的命令，還是你這個低賤的傢伙？」

男人在所向無敵的酋長前畏縮，亞爾・阿夫塞爾大步來到他面前，抓住他喉嚨，掐到他臉色發黑。接著他狠狠把對方摔在地上，手持曲刀站在他身前。

「還有人質疑我的權威嗎？」他喝問，所有圍圈的戰士被他目光掃到時都不太情願地低下頭去。亞爾・阿夫塞爾輕蔑地哼了一聲，比個極端羞辱人的手勢，把武器插回刀鞘。接著他使勁出腳，踢得煽動者哇哇大叫。

「去找山谷高地的哨兵，看有沒有消息回報。」亞爾・阿夫塞爾下令，男人立刻離開，嚇得渾身發抖，又氣得咬牙切齒。

接著亞爾・阿夫塞爾往石頭上重重一坐，鬍子裡還傳出氣呼呼的聲音。科南站在他身旁，雙腿撐開，拇指勾在腰帶裡，瞇起雙眼瞪視眼前的戰士。他們神色不善地瞪他，不敢激怒亞爾・阿夫塞爾，但以丘陵人特有的方式仇視這個外來者。

「現在聽我說，你們這群無名狗養的，我告訴你們科南酋長跟我打算怎麼對付克沙崔亞人。」亞爾・阿夫塞爾公牛般的聲音跟著受挫的戰士離開人群。

男人路過小屋區，看見他被教訓的女人紛紛嘲笑他，發表尖銳的評論，他則快步踏上布滿尖石岩塊的蜿蜒山道，朝谷口前進。

轉過第一個彎道，離開村落視線範圍後，他立刻停步，模樣愚蠢地驚呼一聲。他沒想到會有陌生人能夠躲過高處哨兵的鷹眼進入庫魯姆谷地；偏偏就是有個男人盤腿坐在道旁的岩架上——身穿駱駝毛袍和綠頭巾的男人。

亞蘇里人張嘴要叫，手掌竄向腰帶上的匕首。但他的目光對上陌生人雙眼時，喉嚨突然啞了，手指也軟了。他如雕像般站在原地，目光呆滯空洞。

整個場面靜止了一段時間；接著岩架上的男人伸出食指在岩石的沙塵上繪製神祕符號。瓦蘇里人沒看見他在符號中放置任何物品，但不久後就有東西在那裡反光——看起來像明亮玉石的黑色球體。綠頭巾男拿起黑球，丟給瓦蘇里人，後者不由自主地接下。

「拿去給亞爾・阿夫塞爾。」他說，瓦蘇里人自動轉身，沿著谷道回去，握著黑玉球舉在身前。他甚至沒有在路過那幾間小屋時轉頭去看又開始嘲笑他的女人。他彷彿沒聽見她們說話。

岩架上的男人笑容神祕，眼看著他離去。岩架邊緣冒出一個女孩的腦袋，以崇拜的神情看著他，外帶一絲前天晚上沒有的恐懼。

「你爲什麼要這麼做？」她問。

他溫柔地撫摸她的髮絲。

「妳還在因爲騎空氣馬而頭昏眼花，所以來質疑我的智慧嗎？」他笑問。「只要亞爾・阿夫塞爾還活著，瓦蘇里戰士就會守護科南。他們匕首鋒利，人數眾多。即使對我而言，這個計畫也比去殺科南，從他們手中奪走她要安全。等我的受害者把亞蘇德之球交給庫魯姆酋長後，不需要是巫師都能預測瓦蘇里人會怎麼做，還有科南會怎麼做。」

回到小屋前，亞爾・阿夫塞爾突然停止演說，驚訝又不太高興地看到派去山谷的男人推開眾人回來。

「我叫你去找哨兵！」酋長喊道。「你根本沒去那麼久。」

男人沒有回答；他動也不動地站著，目光空洞地看著酋長的臉，伸出手掌，握著玉球。科南透過亞爾・阿夫塞爾的肩膀看，嘴裡唸唸有詞，伸手去拉酋長的手臂，但這麼做的同時，亞爾・阿夫塞爾大發雷霆，一拳卯了下去，還像牛一樣撲到對方身上。落地時，玉球滾到亞爾・阿夫塞爾腳邊，酋長彷彿這才注意到它，彎腰撿起玉球。旁觀眾人神色困惑地看著莫名其妙的族人，也看到酋長彎腰，但沒看到他從地上撿起什麼。

亞爾・阿夫塞爾挺直身子，看著玉球，打算把球塞到腰帶裡。

「把這個笨蛋帶回他家去，」他吼道。「他表情看起來像食蓮者。他看我的眼神空洞。我──艾伊！」

他伸向腰帶的右手裡不該有東西在動的位置突然出現動靜。他停止說話，站在原地，神情茫然；他緊握的右掌中有東西在變、在動，彷彿有生命。他指尖的不再是明亮光滑的圓球。而他不敢看；他的舌頭黏在嘴頂，而他張不開手掌。戰士神色驚訝地看著亞爾・阿夫塞爾雙眼撐大，臉色蒼白。接著大鬍鬚嘴唇中突然爆出痛苦吼叫聲；他搖晃片刻，摔倒在地，彷彿慘遭雷劈。他趴在地上，手指間爬出一隻蜘蛛──醜陋漆黑的毛腳怪物，身體呈現黑玉般的光澤。戰士驚叫，連忙後退，蜘蛛快步衝入岩縫，就此消失。

戰士驚跳起身，四下張望，接著慌亂中出現一個聲音，沒人知道哪裡傳來的命令語調。事後在場的人——活下來的人——全都否認是他們叫的，但所有人都聽見了。

「亞爾・阿夫塞爾死了！殺了外地人！」

那聲叫喊凝聚了慌亂的人心。嗜血的衝動蓋過了懷疑、困惑和恐懼。一聲怒吼撼動天際，部族人立刻聽命行事。他們衝過空地，斗篷飄動、目露凶光，舉起匕首。

科南的反應跟他們一樣快。叫聲一起，他立刻衝向小屋門。但他們跟他的距離比他跟小屋的距離近，一腳踏上門檻時，他必須轉身格開一碼長的刀刃。他打爛對方的頭顱——矮身躲過另一把匕首，割傷對方——左手打倒一人，右手刺傷另一人肚子——用力以肩膀去撞緊閉的門。匕首砍缺他耳朵附近的門框，但門被他的肩膀撞開了，他跌跌撞撞後退進屋。一個大鬍子部落民在科南後退時奮力出刀，用力過猛，衝入屋內。科南停步，抓住他鬆垮的衣服，把他拉到一旁，隨即把門甩在下一個衝過來的男人臉上。門外傳來骨頭撞斷的聲響，接著科南門上門閂，以迅雷不及掩耳的速度轉過身來面對從地板上跳起的男人，發瘋般地展開行動。

雅絲敏娜縮在屋角，神色恐懼地看著兩個男人在屋裡打鬥，好幾次差點踩到她。屋裡滿是他們兵器交擊的聲響，屋外暴民的叫囂聲好似狼群，拿他們的長匕首猛砍銅門，還拿大石頭砸門。有人提了根樹幹來，門開始在雷鳴式的撞擊聲中晃動。雅絲敏娜摀住耳朵，瞪大雙眼。屋內充滿暴力與憤怒，屋外則是場瘋狂災難。馬廄中的公馬立起嘶鳴，不斷出蹄踢牆。他轉過身，馬蹄踢出木欄杆，剛好趕上閃躲科南猛烈攻勢的部落民跌跌撞撞地退到門邊。他的脊椎有如腐枝般折斷三處，整個人摔到辛梅利亞人身上，帶著他一起後退，摔倒在壓實的地板上。

雅絲敏娜大叫上前；她沒看清楚，還以爲兩個人都死了。跑到近處，科南推開屍體起身。她抱住他的手臂，嚇得渾身顫抖。

「喔，你還活著！我以爲——我以爲你死了！」

他低頭看她一眼，只見她臉色發白，瞪大漆黑的明眸抬頭看他。

「妳抖什麼？」他問。「妳何必在乎我的死活？」

她又恢復了些從前的姿態，放開他的手，有點徒勞無功地扮演她黛維的角色。

「跟在屋外嚎叫的狼群相比，你算好一點了。」她回答，比向門外，石板門框已經開始碎裂了。

「門撐不了多久，」他喃喃說道，隨即轉身快步走向馬廄。

雅絲敏娜緊握雙拳，屏住呼吸，看著他扯下木欄杆，走向發狂的猛獸。公馬立起了身，狂亂嘶吼，高舉雙蹄，雙眼和牙齒閃閃發光，耳朵後貼，但科南跳過去抓著他的鬃毛，以難以想像的蠻力拉得公馬前腳著地。馬兒噴息抖動，但站著不動，讓科南裝配馬勒，扣好寬銀馬鐙的金邊馬鞍。

科南在馬廄中調轉馬頭，叫喚雅絲敏娜，女孩走過來，緊張兮兮地側身路過公馬身旁。科南在石牆旁邊忙邊說話。

「這面牆上有密門，就連瓦蘇里人也不知道。亞爾．阿夫塞爾喝醉時開給我看過。通往屋後深谷的谷口。哈！」

他拉動石牆上一塊不顯眼的突起處，一整塊牆面順著上油的鐵滑道後退。女孩看向門外，只見距離屋牆數呎外有條窄道通往岩壁陡坡。接著科南跳上馬鞍，拉她坐到身後。後方的大銅門彷彿活物般呻吟，終於被人撞開，就聽見一聲發喊，門內湧入大量長毛臉和握在長毛手掌中的匕首。接著大公馬宛如石弩射出的標槍般疾衝而出，奔入窄道，急馳而下，馬銜內噴出飛沫。

這下完全出乎瓦蘇里人意料之外。不過衝下深谷的人也吃了一驚。一切發生得太快——巨馬宛如旋風般衝刺——有個戴綠頭巾的男人來不及躲開。他被瘋狂的馬蹄壓倒，然後有個女孩尖叫。科南在疾衝間瞥見她的身影——深皮膚的瘦女人，穿絲褲，珠寶胸帶，平貼在深谷岩壁上。接著黑馬和馬上的人就像暴風前的泡沫般消失在谷地中，而跌出密門，衝入窄道追殺他們的人則從嗜血的吼叫轉為恐懼和死亡的尖叫。

06 ── 黑先知山

「現在上哪去？」雅絲敏娜努力在劇烈搖晃的馬鞍上坐直，抱緊綁架她的男人。她很清楚意識到自己在觸摸他堅硬的肌肉時沒有感到不悅的羞愧。

「去阿富古利斯坦。」他回答。「道路崎嶇，但對這匹馬而言很輕鬆，除非我們遇上妳朋友，或敵對部落。如今亞爾・阿夫塞爾已死，那些天殺的瓦蘇里人會開始追殺我們。我不明白他們怎麼還沒追來。」

「被你壓倒的傢伙是誰？」她問。

「不知道。我沒見過他。他不是古利人，這點無庸置疑。我無從猜測他在那裡幹什麼。有個女孩跟著他。」

「對。」她瞇起雙眼。「那就是我不懂的地方。她是我的侍女，吉塔拉。你想她會是來幫我的嗎？那個男人是朋友？果真如此，瓦蘇里人肯定抓了他們。」

「這個，」他回應，「我們什麼都做不了。如果我們回去，他們會剝我們的皮。我不了解那樣的女孩怎麼可能只跟一個男人就跑到這麼遠的山區來──而他還是個穿長袍的學者，至少看起來像。事情非常不對勁。亞爾・阿夫塞爾毆打又趕跑的傢伙──他走路的樣子像是在夢遊。我曾見過薩莫拉的祭司在他們的禁忌神廟中施展邪惡的儀式，他們受害者的眼神看起來就像那樣。祭司凝視他們的眼睛，唸誦咒語，然後那些人就變成活死人，神色茫然，奉命行事。」

「接著我看到那傢伙手裡拿的東西，也就是亞爾．阿夫塞爾撿起來的東西。那東西像是大黑玉珠，乃是亞蘇德神廟的女人在大黑石蜘蛛，也就是她們的神之前跳舞時佩戴的飾品。亞爾．阿夫塞爾把珠子握在手裡，之後沒再拿其他東西。但當他倒地死去時，有隻蜘蛛，就像亞蘇德的神一樣，只是比較小隻，從他指間爬出來。」

「然後，瓦蘇里人手足無措時，有個聲音叫他們殺了我，而我知道不是那些戰士叫的，也不是在小屋那一頭圍觀的女人。那個聲音似乎是從上方傳來。」

雅絲敏娜沒有回應。她凝視四周的高山輪廓，突然抖了一抖。她感覺靈魂在荒蕪的山影前畏縮。這裡是什麼都有可能發生的赤裸荒蕪地。古老的傳統會讓任何出生炎熱富饒的南方平原之人毛骨悚然。

太陽高掛，日照猛烈，但陣陣山風彷彿颳自冰山。她聽見頭上傳來不是風聲的奇特聲響，而從科南抬頭看的模樣判斷，顯然那也不是他常聽到的聲音。她看到一道藍天突然模糊，彷彿有個隱形的東西掠過天空和她之間，但她無法肯定。他們沒有提起此事，但科南放鬆匕首刀鞘。

他們騎上一條隱約可見的山道，位於陽光照射不到谷底的山谷中，奮力奔上隨時都有岩石滑動的陡坡，沿著鋒利如刃的山脊而走，兩側藍霧瀰漫，深不見底。

太陽通過天頂後，他們穿越峭壁上的蜿蜒窄道。科南貼近山壁，沿窄道南行，跟之前的方向近乎垂直。

「這條小徑通往一座加爾塞村落，」他解釋。「該村的女人走這條路去水井打水。妳需要新衣服。」

雅絲敏娜低頭看著自己一身薄衫，認同他的話。她的金布拖鞋都破了，薄袍和絲衫爛成一條條的，幾乎衣不蔽體。佩許克豪利街上穿的衣服並不適合在西梅里亞山谷裡穿。

來到一處彎道，科南下馬，扶雅絲敏娜下來，然後耐心等候。片刻後他點頭，雖然她沒聽見聲音。

「有個女人往下走來。」他說。她突然心慌，抓住他的手。

「你不會——殺她吧？」

「通常我不殺女人，」他嘟噥道；「不過有些丘陵女人根本是母狼。不，」他彷彿說了什麼大笑話般開口笑道。「以克羅姆之名，我會付錢買她的衣服！這樣如何？」他拿出一大把金幣，留下最大的一枚，收起剩下的。她點頭，鬆了一大口氣。或許對男人而言，殺戮和死亡都是再自然不過的事；但一想到要殺女人，她就渾身起滿雞皮疙瘩。

沒多久一個女人轉過轉角——高高瘦瘦的加爾塞女人，像樹一樣抬頭挺胸，拿著一個大空葫蘆。她看見他們時突然停步，放脫葫蘆；她身形搖晃，彷彿要逃，接著發現科南離得太近，自己絕對逃不了，於是僵立原地，帶著恐懼又好奇的神色凝望他們。

科南展示金幣。

「如果妳把衣服脫給這個女人，」他說，「我就給妳這枚金幣。」

對方立刻動作。女孩露出驚訝又愉快的笑容，接著以丘陵女人對陳腐傳統不屑一顧的神情，動作敏捷地脫下無袖刺繡背心，褪下她的寬褲子，走出褲管，扭下她的寬袖上衣，踢下她的涼鞋。她把衣物疊成一堆，交給科南，科南則把衣物交給看呆了的黛維。

「去那塊岩石後面換上。」他指示，進一步證明了他不是丘陵本地居民。「把妳的衣服疊好，出來後拿給我。」

「錢！」丘陵女孩大叫，神情熱切地伸長手。「你說要給我的金幣！」

科南把金幣拋給她，她接下，咬一咬，然後塞入頭髮中，彎腰撿起葫蘆，繼續走下山道，如同那些衣物般對赤身裸體毫無自覺。科南有點不耐煩，等著一輩子嬌生慣養的黛維第一次自己換衣服。當她走出岩石後，他驚訝地咒罵一聲，她則對他那雙明亮的藍眼中所顯露出毫無節制的愛慕之情感覺到一股奇特強烈的情緒。她有點羞怯，有點難爲情，但又有一股前所未有的虛榮感，並在面對他目光衝擊時感到興奮。他伸出強而有力的手搭她肩膀，轉來轉去，從各個角度熱情地打量她。

「看在克羅姆的份上！」他說。「之前那些夢幻絲袍讓妳冷冰冰的，好像星星般遙不可及！如今妳變成血肉之軀的女人！到岩石後面的是梵迪亞黛維；出來後卻變成丘陵女人——不過比塞巴所有女人都美上千倍！妳本來是女神——現在變成眞人了！」

他大力拍她屁股，而她心知這是另一種表達愛慕之情的方式，所以沒有生氣。那感覺確實像是換套服裝就改變了她的個性。她一直以來壓抑的感覺和情緒通通浮出水面主宰一切，彷彿她脫掉的女王服飾乃是實際存在的抑制枷鎖。

但科南，儘管對黛維產生全新的愛慕之情，並沒有忘記他們身處險境。距離塞巴越遠，他就越不可能遭遇克沙崔亞部隊。另一方面，他在逃亡過程中一直有在留意庫魯姆的瓦蘇里人有沒有追來。

他把黛維拋上馬鞍，隨即上馬，策馬西行。他把她交給他的那疊衣服丟下懸崖，落在數千呎深的山谷中。

「爲什麼丟我衣服？」他問。「幹嘛不把衣服送給那個女孩？」

「佩許克豪利的騎兵會搜索這些山丘，」他說。「他們會在所有轉角埋伏騷擾，並在報復行動中摧毀所有有能力摧毀的村落。他們隨時都有可能轉向西行。如果他們發現有女孩穿妳的衣服，他們就會刑求她，而她有可能會讓他們追過來。」

「那她會怎麼做？」雅絲敏娜問。

「她會回自己村落，告訴大家有陌生人襲擊她，」他回答。「她肯定會讓村民來追我們。但她得先去打水；如果她敢不打水就回去，他們會剝掉她的皮。這表示我們可以先走一段時間。他們絕對追不上我們。天黑時，我們就能穿越阿富古利邊界。」

「這附近沒有道路，也沒有人類居住的跡象，」她評論。「即使以西梅利亞人的標準來看，這裡也太荒涼了些。我們離開加爾塞女人那條山道後就沒見到任何道路了。」

他的回應就是指向西北，她看見一座峭壁的山峰。

「延沙山，」科南喃喃道。「部落民的村落都盡可能遠離那座山。」

這話立刻吸引她的注意。

「延沙山！」她低聲道。「黑先知山！」

「他們是這麼說的。」他回道。「我最多只有到過這裡。我已經繞道向北，避開所有在搜索丘陵的克沙崔亞部隊。一般從庫魯姆前往阿富古利斯坦的道路位於南方。這是條古道，人跡罕至。」

她專注地凝望遠方的山峰。指甲陷入粉紅掌心中。

「從這裡到延沙山要多久？」

「一天一夜。」他回答，隨即露齒而笑。「妳想去嗎？看在克羅姆的份上，那可不是正常女人該去的地方，根據丘陵人的說法。」

「他們為什麼不齊心合力摧毀山上那群魔鬼？」她問。

「拿劍去殺巫師？無論如何，他們從不干涉人類的事務，除非有人去騷擾他們。我從未見過他們，但我跟宣稱見過他們的人談過。他們說日出或日落時曾見過峭壁上的高塔中有人——高個子，不吭聲的黑袍人。」

「你會不敢攻擊他們嗎？」

「我？」他似乎沒想過此事。「怎麼這麼問，如果他們找上門來，不是他們死就是我亡。

但我跟他們沒有過節。我來此山區是爲了召集追隨者，不是爲了跟巫師開戰。」

雅絲敏娜沒有立刻回應。她凝視山峰，彷彿在看敵人，感覺體內浮現全新的憤怒與仇恨。另外又有另一種情緒凝聚成形。她本來打算逼此刻摟著她的男人去對付延沙山的主人。或許除了她本來想好的辦法外，還有其他方式可以達到她的目的。她絕不會弄錯這個男人看她的那種目光。多少王國曾在女人白皙的玉手拉動命運絲線下覆滅。她突然渾身僵硬，指向遠方。

「看！」

遠方山峰上飄著一朵怪模怪樣的雲。淡紅色，表面有閃爍的金線條。這朵雲在移動；它在轉圈，邊轉邊收縮。它縮小到彷彿在太陽中閃耀的大小，接著突然離開雪頂山峰，宛如色彩鮮艷的羽毛遁入虛無，隱身在天藍色的空中。

「那是什麼？」女孩在一塊巨岩遮蔽遠山時不安地問道；儘管剛剛的景象十分美麗，但還是令人擔憂。

「丘陵人稱之爲延沙毯，不管那是什麼意思。」科南回答。「我曾見過五百個丘陵人彷彿被魔鬼追般四下逃竄，躲入山洞和山谷裡，只因爲他們看見那團紅雲浮上山峰。到底是——」

他們穿越一道峭壁間的窄縫，來到一座寬敞的岩架上，一側是高低不平的岩坡，另一側是斷崖深淵。陰暗的山道順著岩架而行，繞過一個山肩，在遙遠的下方再度出現，持續向下，十分凶險。黑馬步出岩架窄縫後立刻停步，噴灑鼻息。科南不耐煩地催他前進，馬繼續噴息，上下擺頭，使勁推擠，彷彿在跟看不見的屏障搏鬥。

科南暗罵一聲，跳下馬背，又把雅絲敏娜抱下馬。他往前走，一手舉在身前，彷彿期待會遇上隱形的阻礙，但什麼都沒摸到，不過當他回去拉馬，馬卻嘶聲抗拒，拚命後退。接著雅絲敏娜大叫，科南轉身，手伸向匕首。

他們兩個都沒看見對方接近，但他就站在那裡，雙手交抱胸前，穿駱駝毛袍戴綠頭巾的男人。科南驚呼，認出那是在瓦蘇里村外被馬踢開的男人。

「你是什麼人？」他問。

男人沒有回答。科南注意到他的眼睛很大，神色專注，綻放出獨特的目光。而那雙眼睛宛如磁鐵般吸住他的雙眼。

凱姆沙的魔法是奠基在催眠術上，大部分東方魔法都是如此。無數世紀以來，一代一代堅信催眠術的催眠師透過強大的思緒和習練，持續累積意志，形成錯綜複雜的龐大魔力，根深蒂固地影響生活在這塊土地上的人，完全無法與之對抗。

但科南並非東方之子。東方傳統對他毫無意義；他來自一個截然不同的文化。辛梅利亞沒有催眠術這種說法。他不像東方人必須臣服於催眠法師的意志。

他知道凱姆沙想對他做什麼；但對方的神奇力量幾乎沒有對他造成影響，就是一股可以輕易擺脫的拉扯力道，就像男人甩開衣服上的蜘蛛網般。

既然察覺了敵意和黑魔法，他立刻拔出長匕首刺出，快如山獅般展開攻擊。

但凱姆沙的魔法並不侷限在催眠術上。睜眼瞧著的雅絲敏娜完全看不出綠頭巾男是透過什麼奇特的動作或幻象躲過足以開膛剖肚的攻擊。但利刃掠過他的身側和揚起的手臂，在雅絲敏娜看來彷彿凱姆沙只是攤開手掌輕輕碰了一下科南的粗頸。接著辛梅利亞人就像被宰殺的公牛般倒地。

但科南並沒死；他用左手撐地，在倒下的同時劃向凱姆沙的雙腳，羅剎只能以看起來一點也不像法師的動作往後跳來躲開宛如鐮刀般的攻勢。接著雅絲敏娜突然尖叫，看著吉塔拉閃出岩石堆，奔向那個男人。黛維出聲招呼，結果在看見女孩美麗臉蛋上的惡毒神情時住口。

科南緩緩起身，四肢顫抖，頭昏眼花，對方施展的乃是隨著亞特蘭提斯沉沒而失傳的技巧，能把普通男人的脖子當成枯枝般打斷。凱姆沙神色好奇又有點不確定的看著他。羅剎在庫魯姆村後的山谷中對抗激動的瓦蘇里戰士時將自己的力量提升到頂峰；但辛梅利亞人的抵抗或許讓他剛建立起的自信產生些微動搖。巫術隨著勝利茁壯，不是失敗。

他踏步上前，舉起手掌——隨即僵住般停止動作，就這麼舉著手瞪大眼睛，側頭打量。科南順著他的目光看去，兩個女人也一樣——縮在發抖的馬旁邊的女人，還有凱姆沙身邊的女人。一朵宛如閃亮塵土組成的圓錐紅雲沿著山坡而下，朝他們飛舞而來。凱姆沙深色的臉轉為死灰；他的手掌開始顫抖，隨即垂回身側。他身旁的女孩察覺他的改變，神色質疑地看著他。

紅雲離開山坡，化為弧光而來。它落在科南和凱姆沙之間，羅剎驚叫跳開。他後退，手忙腳亂地推著吉塔拉一起退。

紅雲宛如陀螺般急速轉動，散發令人目眩神迷的光澤。接著毫無預警，紅雲消失，就像泡泡破掉般突然不見。岩架上多了四個男人。奇蹟、難以置信、不可能，但又是眞的。他們不是鬼魂或幽靈。他們是四個高個子男人，剃光頭，貌似禿鷹，身穿長及腳掌的黑長袍。他們的手掌都縮在寬大的袖子裡。他們一聲不吭地站著，光禿禿的腦袋同時輕點。他們面對凱姆沙，但他身後的科南感覺血管裡的血液突然變冰。他站起身來，偷偷後退，直到背部碰到發抖的馬肩，黛維也鑽到他的臂彎中為止。沒人說話。死寂宛如令人窒息的棺罩瀰漫空中。

四個黑袍男人全都瞪著凱姆沙。禿鷹般的臉不動聲色，目光若有深意。但凱姆沙好像冷得要命般直發抖。他雙腳撐地，小腿肌肉緊繃，宛如作戰。深色的臉上汗如雨下。他的右手緊握藏在棕袍下的東西，用力到手掌發白，血色全失。他的左手搭在吉塔拉肩膀上，彷彿溺水之人般死命抓著。她沒有畏縮或呻吟，儘管他的手指有如利爪陷入她緊實的肌膚。

科南狂野的一生中見過無數戰鬥，但從未見過眼前這種，四股惡魔般的意志打擊稍弱但又同樣邪惡的意志。但他只有隱約察覺這場戰鬥恐怖的特質。凱姆沙被從前的主人逼入絕境，為了逃出生天，他使盡所有黑暗的力量，所有充當新手僕役的艱困歲月中學來的恐怖知識。

他比自己想像中強大，而依照自己的意志施展魔法讓他取得了意想不到的魔力。在瘋狂的恐懼和絕望下，他激發出了超強的能量。他在那些催眠目光的無情衝擊下轉身，但卻毫不退卻。他的五官轉變為痛苦的野獸笑容，他的四肢彷彿在肢刑架上扭曲變形。這是靈魂的戰爭，浸泡過百萬年前就淪為禁忌知識的恐怖腦袋，墜入過深淵，探訪過催生黑影的暗星的精神。

雅斯敏娜對此了解的比科南多一些。她也依稀了解凱姆沙為什麼能在這股足以把他腳下岩石炸成碎片的四股地獄意志前撐這麼久。理由就是他拚命保護的那個女孩。她是讓他的靈魂在一波波心靈潮浪中屹立不搖的船錨。他的弱點如今成為他的力量。他對那個女孩的愛，儘管充滿暴力與邪惡，依然讓他跟人性緊密結合，為他的意志提供世俗的槓桿，一道非人的敵人無法扯斷的鎖鏈；至少不會透過凱姆沙扯斷。

他們比他先察覺這個事實。其中一名巫師將視線從羅剎身上移往吉塔拉。毫無抵抗。女孩宛如乾旱中的樹葉般枯萎凋零。她無法抗拒魔法的驅使，在愛人發現之前掙脫他的手臂。

接著發生了可怕的事。她開始朝向斷崖後退，面對催眠她的人，雙眼圓睜，宛如後方有盞油燈遭人吹熄的漆黑玻璃般空洞。凱姆沙呻吟一聲，朝她跌撞而去，陷入為他而設的陷阱。分心的他無法撐住力量不對稱的戰鬥。他輸了，淪為他們手中的稻草。女孩繼續後退，宛如傀儡般行走，凱姆沙搖搖晃晃跟了過去，徒勞無功地伸出雙掌，在痛苦中唸唸有詞，流口水，宛如死屍般步伐沉重。

她在最後關頭停步，渾身僵硬，腳跟踏上斷崖，他則跪倒在地，啜泣爬向她，抓向她，想把她自毀滅邊緣帶回來。就在他不靈活的手指即將碰到她前，其中一名巫師大笑，彷彿突如其來的地獄鐘聲。女孩突然轉身，接著殘酷的暴行進入高潮，理性和意識回到她眼前，而她的眼神恐懼到了極點。她驚叫，瘋狂抓向愛人的手掌，但怎麼樣也救不了自己，在哭泣聲中一頭跌入深淵。

凱姆沙撲到斷崖邊，絕望地凝視深淵，嘴唇蠕動，喃喃自語。接著他轉過身來，瞪著折磨他的巫師很長一段時間，眼中毫無人性之光。然後在差點震碎岩石的吼叫聲中，他轉身爬起，拔出匕首，衝向他們。

其中一名羅剎迎上前去，重重跺腳，此腳踏落期間，一陣轟隆聲響迅速轉爲怒吼。而當他腳掌落地，實心岩石出現裂縫，瞬間擴大。接著，在震耳欲聾的崩裂聲中，一整塊岩架就此坍塌。凱姆沙墜落前高舉雙手，然後就消失在滾入深淵的山崩之中。

四個巫師若有所思地看著岩架的新斷崖，接著突然轉身。被山崩震倒在地的科南拉著雅絲敏娜奮力起身。他的動作似乎跟腦中的思緒一樣緩慢。他頭昏眼花，視線朦朧。他知道自己必須盡快把黛維放到馬背上，像風一樣逃離現場，但一股難以言喻的倦意拖垮了他的思緒和動作。

如今巫師轉而面對他；他們高舉手臂，他神色震驚地看著他們輪廓模糊，逐漸陰暗，化爲朦朧不清的霧氣，一道紅煙自他們的腳底捲起，逐漸攀升。他們讓突然出現的紅雲遮蔽——接著他發現自己也被紅霧籠罩——他聽見雅絲敏娜驚叫，公馬也像痛苦的女人般嘶鳴。黛維被扯離他的手臂，他盲目揮舞匕首，一股宛如狂風的力量吹得他撞上岩石。他茫然目眩地看著圓錐紅霧離地而起，衝上山坡。雅絲敏娜不見了，四個黑衣男也一樣。岩架上就只剩下他和飽受驚嚇的馬。

07—上延沙

紅霧在一陣強風中消逝，科南腦中的蛛網也隨之消失。他破口大罵，跳上馬鞍，公馬立起身，在他胯下嘶鳴。他看向眼前的陡坡，遲疑片刻，然後轉向凱姆沙出現前本來要走的山道。但如今他不再控制馬速。他放鬆轠繩，公馬勢如奔雷，彷彿要透過劇烈運動抒發歇斯底里的情緒。他們速度飛快地離開岩架，繞過山壁，順著窄道穿越陡坡。窄道依著巨岩起落，漫無止盡地在層層峭壁間蜿蜒而下，路過其中一段山道時，科南在深谷中瞥見適才墜落的岩架——一大堆碎石巨岩躺在峭壁底部。

他在距離谷底尚遠處來到一條離開這面陡坡的高聳山脊。他轉上山脊，兩側都是深谷。他可以順著這條路走，然後自左側迴轉抵達河床。他暗自咒罵必須繞這麼多路，但就是只能這麼走。他不可能直接從這裡下坡。只有鳥能在不摔斷脖子的情況下直接抵達河床。

於是他驅使疲憊的馬奔走，直到聽見下方傳來清脆的馬蹄聲。他立刻停止狂奔，拉轠走到懸崖邊，凝望山脊底部的河床。溪谷中有一群服裝迴異的人騎馬趕路——大鬍子男人，半野狂馬，總數超過五百，有武器。科南湊出懸崖，從三百呎高的位置大聲喊叫。

他們聽到叫聲，拉轠停馬，五百張大鬍子臉抬頭看他；峽谷中迴蕩著低沉洪亮的叫聲。科南毫不浪費唇舌。

「我要去高爾！」他吼道。「我沒想到會在山道上遇到你們這些狗。盡快跟上來！我要去延沙——」

「叛徒！」

這聲吼叫彷彿在他臉上灑冰水。

「什麼？」他低頭看他們，不知如何回應。他看見狂野的目光逼視自己，憤怒的神情，揮動武器的手。

「叛徒！」他們齊聲怒吼。「關在佩許克豪利的七個酋長呢？」

「怎麼，在城主的監獄裡，我猜。」他回答。

上百個喉嚨齊聲發出嗜血的吶喊，加上揮動武器等雜音，他根本聽不懂他們在講什麼。他以公牛般的吼聲蓋過喧囂，大聲道：「現在到底是怎樣？派個代表說話，不然我聽不懂！」

一個瘦弱老酋長自命代表，先是甩甩他的曲刀，然後指控他：「你不讓我們趕去佩許克豪利解救我們族人！」

「不准，蠢蛋！」辛梅利亞人怒道。「就算攻破城牆，而你們不太可能攻破，他們也會在你們救到人前吊死他們。」

「而你就獨自前去跟城主交易！」阿富古利人口沫橫飛地怒道。

「怎樣？」

「七個酋長在哪裡？」老酋長問，把曲刀在頭上甩成光環。「他們人呢？死了！」

「什麼？」科南大吃一驚，差點墜馬。

「對，死了！」五百個嗜血的嗓音告訴他。

老酋長甩甩手臂，再度發言。「不是被吊死的！」他尖聲道。「隔壁囚室的瓦蘇里人看著他們死的。城主派巫師去用巫術處死他們！」

「肯定是謊言，」科南說。「城主才不敢。我昨晚跟他談——」

承認此事十分不智。仇恨與指控的吼叫聲響徹天際。

「對！你獨自去找他！背叛我們！不是謊言。瓦蘇里人從巫師闖入的門離開，在塞巴隘口將此事告知我們的斥候。因爲你沒回來，我們派斥候去搜尋你的下落。當他們聽說瓦蘇里人的說詞，立刻趕回高爾，我們當即整裝備馬！」

「那你們這群笨蛋想幹嘛？」辛梅利亞人問。

「幫我們族人報仇！」他們大吼。「殺光克沙崔亞人！殺了他，弟兄們，他是叛徒！」

羽箭在他身邊落下。科南站在馬鐙上，試圖蓋過人聲喧嘩，接著，在摻雜了憤怒、挑釁、厭惡的吼叫聲中，他轉身沿著山道往回騎。阿富古利人在他身後和下方展開攻擊，放聲怒吼，氣到完全忘記要抵達科南所在的高度必須前往河床另外一邊，轉一個大彎，然後沿著蜿蜒的山道爬上山脊。等他們想起這一點，並轉回正確的方向時，跟他們恩斷義絕的酋長已經快要抵達山脊跟峭壁交會處。

到了峭壁，他沒有走剛剛下坡而來的路，而是轉向另一條山道，沿斷層而行，馬小心慎選落腳處。他還沒騎多遠，那匹馬就在地上躺著的東西前噴息後退。科南看著地上的人形物體，肢體殘破，衣衫破碎，血肉模糊，口齒不清唸唸有詞。

不知道為什麼，科南下馬，低頭看著那條可怕的身影，心知自己目睹了一場違背自然的奇蹟。羅剎抬起染血的腦袋，那雙充滿痛楚、瀕臨死亡的怪眼認出科南。

「他們呢？」他的聲音嘶啞，完全不像發自人口。

「回他們延沙山上的邪惡城堡去了。」科南嘟噥道。「他們帶走了黛維。」

「我要去！」男人喃喃說道。「我要追他們！他們殺了吉塔拉；我要殺了他們——那些侍祭、黑環四人眾，還有大先知本人？殺——殺光他們！」他使勁拖著殘破的身軀前進，但就連他不屈不撓的意志也沒辦法繼續移動血肉模糊的殘軀，骨頭全靠碎肉和裂開的組織連結在一起。

「追！」凱姆沙說，嘴角垂下血涎。「追！」

「我會追，」科南吼道。「我本來要去找我的阿富古利人，但他們背叛了我。我會獨上延沙山。我會救回黛維，就算要徒手挖空那座天殺的山。我沒想到城主膽敢在黛維被我擄走時殺害我那些族人，但看來他敢。我要血債血償。如今她已經失去擔任人質的價值，但——」

「伊習爾詛咒他們！」凱姆殺喘道。「去！我要死了。等等——帶我的腰帶去。」他伸出爛手翻自己破爛的衣衫，科南知道他想幹嘛，於是彎下腰去，從血淋淋的腰部取下外形奇特的腰帶。

「跟隨金脈絡穿越深淵。」凱姆沙嘟噥道。「戴上腰帶。那是斯堤及亞祭司給我的。腰帶可以幫你，雖然它最後沒能保護我。用四顆金石榴打碎水晶球。小心大師的變形術——我要去找吉塔拉——她在地獄等我——艾伊，亞史克羅斯亞！」

然後他就死了。

科南低頭看著腰帶。材質不是馬毛。他認爲那是用女人漆黑的秀髮編織而成。厚網眼間鑲了他沒見過的小寶石。腰帶釦造型奇特，狀似黃金蛇頭，扁平、楔形、表面有鱗片圖案。科南把它拿在手上就忍不住抖了一抖，於是轉身想把腰帶丟下山崖；接著他遲疑，終於把腰帶繫上腰際，他自己的巴克哈利略腰帶下方。然後他上馬趕路。

太陽已經落在峭壁之後。他在宛如斗篷般覆蓋谷地和山脊的陰影中爬上峭壁。在距離山峰不遠，轉過一處山肩時，他聽到前方傳來馬蹄聲。他沒有掉頭。事實上，山道實在太窄，身軀龐大的馬也沒辦法掉頭。他繞過巨岩，來到一段較寬的山道。他聽見有人出聲威脅，而他的馬把另一匹嚇壞的馬撞上岩石，科南則出手緊扣騎師的手臂，擋下舉在空中的劍。

「可林沙！」科南嘟噥道，眼中紅光閃動。突倫人沒有掙扎；他們幾乎胸抵著胸坐在各自的馬上，科南的手指扣住對方持劍的手臂。可林沙身後有一排騎瘦馬的伊拉克塞人。他們目光如狼，手握弓箭和匕首，但因爲山道太窄、萬丈深淵近在咫尺而不確定該不該動手。

「黛維在哪裡？」可林沙問。

「問這幹嘛，你這個希爾卡尼亞間諜？」

「我知道她在你手上，」可林沙回道。「我跟部落民往北走，在夏利沙隘口遭受敵人伏擊。我折損了不少部下，剩下的人像豺狼般穿越丘陵。擊退追兵後，我們轉向西行，前往阿米爾傑宏隘口，今天早上遇上了一個在丘陵遊蕩的瓦蘇里人。他發瘋了，但我在他死前的胡言亂語中問出端倪。我知道他是追殺一個阿富古利酋長跟克沙崔亞女俘虜進入庫魯姆村後山谷的隊伍唯一的倖存者。他提到一個被阿富古利人的馬撞倒的綠頭巾男人，但瓦蘇里追兵攻擊他時，那傢伙卻使出沒見過的法術，好像強風吹起大火燒光蝗蟲般把他們通通殺光。」

「我不知道他是怎麼逃出生天的，他也不知道；但我從他胡言亂語中得知高爾的科南曾帶著他的皇家俘虜出現在庫魯姆。在我們穿越丘陵的路程中，我們遇上了一個裸體打水的加爾塞女人，告訴我們有個高大的外地人，身穿阿富古利酋長服裝，扒光她的衣服，洗劫她，還把她的衣服給隨行的梵迪亞女人穿。他說你們騎馬往西走。」

可林沙認為沒必要解釋他在遇上敵對部族人前本來要去跟塞庫德倫部隊會合。穿越夏利沙隘口前往古拉夏谷的路比繞道阿米爾傑宏隘口還遠，但後者會經過阿富古利領地，而可林沙打算避開那裡，直到跟部隊會合。然而，夏利沙隘口的路被封住了，他只好轉向這條禁忌之路，直到聽說科南尚未帶俘虜抵達阿富古利斯坦，他才又轉而南下，拚命趕路，希望能在丘陵追上辛梅利亞人。

「你最好告訴我黛維在哪裡，」可林沙建議。「我們人多勢眾——」

「只要你手下的狗敢拉弓搭箭，我就把你丟下山崖。」科南保證。「無論如何，殺了我對你都沒好處。有五百個阿富古利人在追我，如果他們發現你騙了他們，他們會把你生吞活剝。

反正黛維也不在我手上。她被延沙山的黑先知抓去了。」

「塔林呀！」可林沙輕聲詛咒，首度忘記要虛張聲勢。「凱姆沙——」

「凱姆沙死了。」科南嘟噥道。「他的主人製造山崩把他送入地獄。現在給我讓開。我有時間的話很樂意殺光你們，但我要趕去延沙山。」

「我跟你去。」突倫人突然說。

科南笑他。「你以爲我信任你，希爾卡尼亞狗？」

「我不會要求你信任我，」可林沙回道。「我們都想搶黛維。你知道我的理由；葉斯迪傑王渴望把她的王國收入帝國領地，也想把她收入後宮。而我從你在科薩克草原當將軍的時候就認識你了；所以我知道你的野心就是洗劫財物。你想要掠奪梵迪亞，拿雅絲敏娜換大筆贖金。好了，讓我們在彼此不抱任何幻想的情況下暫時聯手，從先知手中奪回黛維。如果我們成功，還活下來了，我們再打一場，看看她歸誰。」

科南瞇起眼睛打量對方片刻，然後點頭，放開突倫人的手臂。「同意；你手下怎麼說？」

可林沙轉向默不作聲的伊拉克塞人，簡短說了幾句話：「這位酋長跟我要去延沙山對付巫師。你們願意跟我們去，還是待在這裡讓追殺此人的阿富古利人屠殺？」

他們以一種不得不認命的陰森目光看他。他們死定了，他們很清楚——自從在達荷塞遭遇突襲響箭，把他們趕回夏利沙隘口後就知道了。下塞巴的部族跟山谷部族彼此間存在太多世仇。他們人數太少，要是沒有足智多謀的突倫人指引，絕不可能殺出山丘，回到邊境村落。他們早就把自己當成死人了，於是他們做出只有死人會做的回應：「我們跟你們去延沙山送死。」

「以克羅姆之名，我們出發。」科南嘟噥道，不耐煩地開始走向暮光下的藍色深淵。「我的狼落後我幾個小時，但我們已經浪費很多時間了。」

可林沙拉馬從黑馬和懸崖間退開，還劍入鞘，小心翼翼地調轉馬頭。片刻過後，隊伍開始以情況容許下最快的速度在山道上魚貫奔行。他們從凱姆沙阻擋科南和黛維的位置東側一里外抵達山峰。他們走的這條山道很危險，即使對丘陵人來說也一樣，科南出於這個理由沒有帶雅絲敏娜走這條路，但追蹤他的可林沙卻以爲辛梅利亞人會走這條路所以選了它。當他們的馬爬上最後一道山緣時，就連科南都鬆了口氣。他們就像一群幽靈騎士穿越充滿黑影的魔法國度。他們路過時發出皮革格格作響和鋼鐵敲擊聲，然後黑暗山坡再度赤裸死寂地躺在星空下。

08 雅絲敏娜了解赤裸的恐懼

雅絲敏娜感覺自己捲入紅霧，被強大的力量撕離守護者懷抱時只有時間發出一聲尖叫。叫了一聲後，她就沒氣再叫了。她看不見、聽不見、說不出、最後被四周強烈的氣流弄到感官盡失。她依稀意識到難以想像的高度和麻痺一切的高速，自然知覺徹底瘋狂的困惑感，然後頭暈目眩，失去意識。

逐漸恢復意識時，那些感官都只剩下些微殘渣還留在她身上；於是她放聲大叫，出手亂抓，彷彿企圖阻止一段違逆本願的高速飛行。她的手指握住柔軟的布料，心中浮現穩定輕鬆的感覺。她開始打量周遭環境。

她躺在一座鋪有黑絨布的台座上。台座位於陰暗的大房間裡，牆上掛著蒙塵的掛毯，其上繡著栩栩如生到令人厭惡的巨龍。高聳天花板上黑影飄動，與牆角的幻影融爲一體。牆上似乎沒窗戶也沒門，不然就是用陰暗的掛毯遮蔽起來。雅絲敏娜無從判斷昏暗的光線發自何處。這個大房間乃是由謎團或黑影組成的空間，她無法肯定有在黑影中看到動靜，但黑影就是透過昏暗無形的恐懼入侵她心靈。

但她的目光集中在一個實質存在的物品上。有個男人盤腿坐在數呎外另一張較小的煤玉台座上，若有深意地凝視著她。他身穿繡金花紋的黑絨長袍，寬寬大大地垂在身邊，遮蔽他的身形。他雙手縮在衣袖中。頭上戴著絨布帽。他表情寧靜祥和，容貌還算英俊，雙眼有神，微微傾斜。他動也不動地坐著看她，發現她醒來時神情也毫無變化。

雅絲敏娜感覺恐懼化成冰水沿著背脊流下。她以手肘撐起自己，神色擔憂地看向對方。

「你是誰？」她問。她的嗓音聽來有氣無力。

「我是延沙山大先知。」對方的聲音渾厚響亮，彷彿神廟大鐘豐潤的音調。

「你帶來我這裡做什麼？」她問。

「妳不是在找我嗎？」

「如果你是黑先知之一，沒錯！」她不顧後果地回答，因爲她認定對方可以讀取她的心聲。

他輕笑，她再度感到毛骨悚然。

「妳打算慫恿丘陵野人對抗延沙先知！」他微笑。「我讀過妳的心了，黛維。你那軟弱的人類心智，充滿仇恨與復仇的蠢夢。」

「你殺了我哥！」突然湧現的怒氣蓋過她的恐懼；她緊握雙手，柔軟的身軀僵直。「你爲什麼要害他？他又沒傷害過你。祭司說先知不會干擾凡間的事務。你爲什麼要殺害梵迪亞王？」

「凡人怎麼可能了解先知的動機？」大先知冷冷說道。「我在突倫神廟中的侍祭，隱身塔林祭司之後的祭司，勸我幫助葉斯迪傑。基於自己的理由，我答應了。我怎麼可能對妳渺小的心靈解釋我高深莫測的理由？妳不可能了解的。」

「我了解一點：我哥死了！」傷心和憤怒的淚水撼動她的嗓音。她跪起身來，瞪大雙眼瞪視他，那一瞬間宛如母豹般敏捷危險。

「因爲葉斯迪傑要求，」大先知冷冷說道。「我本來有心繼續擴張他的野心。」

「葉斯迪傑是你的手下？」雅絲敏娜努力保持自己的語調。她感覺膝蓋壓到絨布下某樣堅硬對稱的東西。她偷偷移動位置，手掌伸到絨布下。

「在神廟庭院中舔內臟的狗能算是神的手下嗎？」大先知回道。

他似乎沒注意到她的動作。絨布下，她的手指握著一支肯定是匕首刀柄的東西。她側頭掩飾眼中勝利的神色。

「我厭倦了葉斯迪傑。」大先知說。「我的興趣轉移到其他東西上——哈！」

雅絲敏娜嘶吼一聲，宛如叢林貓般撲上前去，狠狠刺出。接著她摔倒在地板上，神速畏縮，看著台座上的男人。他沒有動；臉上依然帶著神祕莫測的笑容。她渾身顫抖，揚起手掌，瞳孔放大。她手中沒有匕首；她的手指握著金蓮花莖，壓扁的蓮花垂在擦傷的莖上。

她拋下蓮花，彷彿那是條毒蛇，連滾帶爬地遠離折磨她的人。她回到自己的台座上，因爲那樣至少比趴在巫師腳邊符合女王的尊嚴，皺眉看他，等他報復。

但大先知沒有採取任何行動。

「對掌握宇宙奧祕之人而言，所有物質都是一樣的。」他高深莫測地說。「對內行人而言，沒有東西亙古不變。我能憑藉意志，在無名花園中培育鋼鐵蓮花，或在月光下反光的蓮花劍。」

「你是魔鬼。」她哽咽道。

「我不是！」他大笑。「我是在這顆星球上出生的，很久以前。我曾經是個普通人，也不曾在無盡歲月中失去所有人類的特質。沉浸在黑暗魔法中的凡人遠比魔鬼強大。我本是凡人，但卻統領惡魔。妳已經見過黑環大君了——如果知道我是從哪個遙遠國度召喚他們而來，又是在什麼末日前用困惑水晶和金蛇守護他們的話，妳肯定會靈魂炸裂的。」

「但只有我能領導他們。愚蠢的凱姆沙自以爲有多偉大——可憐的笨蛋，突破物質門戶，帶著他的女人穿梭空中，在山丘之間遊蕩！如果他沒死的話，說不定有朝一日能跟我一樣強大。」

他再度大笑。「至於妳，可憐、愚蠢的小傢伙。竟然想找長毛丘陵酋長攻打延沙山！如果早點想到的話，我也會陰謀策劃讓妳落入他的手中。我在妳幼稚的心靈中看出妳打算利用美色引誘他幫助妳。」

「但不管有多愚蠢，妳都是個賞心悅目的美女。我打算讓妳成爲我的奴隸。」

這話令上千名高傲皇帝的後裔羞愧又憤怒地倒抽一口涼氣。

「你敢！」

他嘲弄的笑聲宛如皮鞭般抽打在她裸露的肩膀之間。

「國王會不敢踩扁路上的小蟲嗎？小笨蛋，妳難道沒發現妳的皇室尊嚴就跟風中的稻草般毫無意義嗎？我，曾親吻過地獄女王之人！妳見過我對付叛徒的手段！」

懼怕與敬畏之中，女孩蜷伏在台座上。光線更加昏暗，如鬼似魅。大先知的五官陰暗難辨。他的嗓音多了命令的語調。

「我永遠不會臣服於你！」她語帶恐懼，但卻十分堅決。

「妳會的，」他的語氣充滿恐怖的信念。「畏懼和折磨會逼妳就範。我將以恐懼和痛苦鞭打妳，消磨妳所有意志，直到妳變成熔蠟，在我掌心中自由塑型。妳會比凡間所有女子更守規矩，直到我隨口下達的命令變成諸神不容質疑的意志。首先，爲了讓妳學會謙卑，妳要回到古老的年代裡，見識妳所有前世的型態。艾伊，伊爾拉克沙！」

咒語唸完，陰暗的房間在雅絲敏娜驚恐的眼中劇烈搖晃。她的髮根刺痛頭皮，舌頭黏住上顎。某處傳來雄渾不祥的鑼聲。掛毯上的龍宛如藍焰般發光，隨即消失。台座上的大先知變成無形的黑影。昏暗的光線轉爲柔和濃密的黑暗，幾乎具有實體，隨著奇怪的光芒鼓動。她已經看不見大先知了。她什麼都看不見。她有一種奇特感覺，彷彿天花板和牆壁都已退到無限遠的地方。

接著黑暗中出現一個光點，像是明暗規律的螢火蟲。光點擴張成一顆金球，亮度也愈來愈強烈，宛如白焰。光球突然爆發，在黑暗中灑落白色火星，不過沒有照亮黑暗。然而就像在黑暗中留下的印象，她隱約看到一片光影，自陰暗地板朝上延伸的纖細光痕。在女孩撐大的瞳孔前，光痕擴張，取得形體；長莖和闊葉出現，漆黑的大毒花聳立在她面前，嚇得她縮在絨布上。一股淡香瀰漫空氣之中。在她眼前成長茁壯的是黑蓮花的恐怖形體，而黑蓮花則是長在齊丹陰森的禁忌叢林中。

寬大的蓮葉散發邪惡的氣息。蓮花宛如有感知的生物般朝她垂擺，在壓低的莖上像蛇般點頭。花鑲在無法穿透的柔和黑暗中，聳立於她面前，體型巨大，透過某種瘋狂的感官黑到能夠看見。迷幻的花香令她天旋地轉，讓她想要爬離台座。接著她抱緊台座，因爲台座突然間劇烈傾斜。她嚇得大吼大叫，抓緊絨布，但手指彷彿被人無情地剝開。她感覺所有理性和穩定分崩離析。她化爲一顆有感知的顫慄原子，在震耳欲聾的狂風驅使下穿越漆黑、吵雜、冰冷的虛無，威脅著要像暴風吹襲燭火般消滅她微不足道的生命之光。

接下來四周出現了盲目的刺激與劇烈移動，她這顆原子開始跟其他於存在的混亂沼澤中出生的原子交流互動，在構造的力量下塑型，終於再度成爲有意識的個體，於無止盡的生命螺旋中盤旋而下。

恐懼迷霧中，她重新體驗了所有前世的存在，辨識出並再度取得之前的軀體，帶著她的自我穿越不斷變動的年代。她在身後通往遠古過往的漫長疲憊道路上踏傷雙腳。時間的陰暗黎明中，她顫抖地蜷伏於原始叢林裡，遭受飢腸轆轆的野獸獵殺。她身穿獸皮，在深及大腿的稻穀沼澤中跋涉，與聒噪的水鳥爭奪寶貴的穀物。她驅趕公牛，拖著尖木樁劃開堅硬的土壤，永無止盡地縮身在平民小屋遮蔭下。

她看見築牆的城市陷入火海，在屠城者面前驚叫逃竄。她赤身裸體，於灼熱的沙地上轉身，在奴隸販子的馬鐙下拖行，蠕動的身軀被火熱粗暴的手抓住，感受暴力淫慾帶來的羞恥與痛苦。她在鞭笞下慘叫，肢刑架上呻吟；她怕得發狂，奮力抵抗著將她的頭壓在染血斷頭台上的雙手。

她體驗生孩子的劇痛、愛情遭受背叛的苦澀。她承受億萬年間所有男人加諸女人身上的災難、罪孽及暴行；她也忍受所有女人加諸女人的惡意與怨毒。整個過程中，她對自己黛維身分的認同都像條皮鞭狠狠抽打她。她是所有前世女人的總合，但她又十分清楚自己就是雅絲敏娜。輪迴轉世的痛苦並沒有令她迷失自我。她同時身為在鞭笞下卑躬屈膝的裸體奴隸和高傲的梵迪亞黛維。她不只在承受女奴隸的痛苦，那些鞭子宛如白熱烙鐵般折磨著雅絲敏娜的尊嚴。

一段一段的前世在飛逝的混亂中上演，每段前世都帶著獨特的災難、恥辱和痛苦，直到她隱約聽見自己發出難以忍受的尖叫，宛如壓抑許久的苦難在無盡歲月中迴蕩。

接著她在神祕房間的絨布台座上醒來。

陰森灰光中，她再度看見附近台座及其上的神祕長袍身影。兜帽低垂，高聳肩膀在模糊的陰暗中依稀可見。她看不清楚任何細節，但對方本來是絨布帽的兜帽在她體內掀起一股莫名的不安。她凝視對方，心中逐漸浮現難以形容的恐懼，將她的舌頭凍結在上顎——有股默不吭聲坐在台座上的並非大先知的感覺。

接著對方動作，站起身來，聳立在她面前。它彎腰向前，長手臂在寬敞的黑袖子中摟住她的身體。她嚇得說不出話，奮力反抗，驚訝發現對方的手又細又硬。戴兜帽的腦袋朝她偏開的臉伸去。她尖叫，接著在極度驚恐和厭惡中再度尖叫。骨瘦如柴的雙臂抱起她柔軟的嬌軀，兜帽中露出彷彿死亡和腐敗的容顏——五官宛如在骷髏頭外覆蓋一層腐敗羊皮紙。

她又尖叫一聲，接著就在那對看似在咀嚼獰笑的大嘴湊近她的嘴唇時失去意識。

09——巫師城堡

太陽已經高掛在西梅里亞雪白山峰上。一群人在一道長坡腳下停馬，抬頭凝望。高處的山坡上有座石塔。石塔後方聳立著高大堡壘的圍牆，就在延沙山頂的雪線附近。整個景象看起來有點不眞實——紫色的山坡向上延伸到奇幻城堡，在此距離下看來彷彿玩具，上方的白峰撐起冰冷的藍天。

「我們把馬留在這裡。」科南喃喃說道。「那道陡坡徒步比較安全。再說，馬已經累癱了。」

他跳下站立不穩、腦袋低垂的黑馬。他們一個晚上拚命趕路，吃著鞍袋裡剩下的食物，只有在必要時停下來讓馬休息。

「看守第一座塔的是黑先知侍祭，」科南說。「至少我是這麼聽說的；主人的看門狗——低階巫師。他們不會坐視我們爬上去的。」

可林沙仰望山峰，然後回頭去看來時的路；他們已經身處延沙山上，下方有許多低矮山峰和峭壁。在群山迷宮中，突倫人徒勞無功地搜尋任何追兵的跡象。顯然追殺酋長的阿富古利人已經在昨晚錯過了酋長的足跡。

「那我們就上吧。」他們把疲憊的馬匹綁在檉柳樹叢中，沒有多說什麼，轉身開始爬坡。

山坡上沒有任何掩護。就是一片光禿禿的陡坡，坡面上散布遮不住人的石塊。不過卻有遮住其他東西。

隊伍還沒走出五十步，岩石後就跳出一隻在低吼的野獸。那是肆虐丘陵村落的野狗，雙眼綻放紅光，嘴裡冒出白沫。科南走在最前面，但它沒攻擊他。他衝過科南，撲向可林沙。突倫人閃向一旁，大狗撲倒他身後的伊拉克塞人。男人大叫，揚起手臂，被野狗的利齒咬得血肉模糊，向後倒下，接著就有十幾把曲刀砍向野狗。野狗在慘遭分屍之前都沒有停止攻擊。

可林沙幫受傷的戰士包紮傷口，瞇起眼睛看他，然後二話不說地走開。他回到科南身邊，所有人繼續默默爬山。

片刻過後，可林沙說：「村莊狗不常出現在這種地方。」

「這裡沒有食物。」科南嘟噥道。

他們同時回頭看向隨夥伴一起跟在他們身後的傷者。他滿頭大汗，嘴唇後翻，神色痛楚。接著他們再度轉回上方的石塔。

一股宛如催眠般的死寂瀰漫在整座山坡上。石塔死氣沉沉，其後的怪異金字塔型建築物也一樣。但是奮力上山的人全都緊繃得像是走在火山口般。可林沙取下射程五百步的強力突倫弓，伊拉克塞人則看著他們殺傷力較差的輕弓。

但他們尚未進入石塔的射程範圍，已經有東西毫無預警地從天而降。對方自足以感受翅膀震動的距離掠過科南，不過跌撞倒地的是個伊拉克塞人，傷口噴出大量鮮血。翅膀宛如鋼鐵的老鷹再度升空，彎刀般的鳥喙滴落鮮血，在可林沙弓弦彈動時身形一晃。它疾墜而下，不過沒人看見它掉在哪裡。

科南彎腰打量老鷹攻擊的人，不過對方已經死去。沒人說話；討論從來沒有老鷹俯衝攻擊人類的事實沒有意義。血紅的怒氣開始蓋過伊拉克塞人狂野靈魂中認命的無力感。長毛手指拉弓搭箭，復仇的目光緊盯透過寂靜嘲弄他們的石塔。

但對方立刻展開下一波攻擊。他們全都看見了——一團白煙翻過塔緣，朝他們襲捲而來。更多白煙緊跟而上。它們看起來並不危險，就是幾團看起來類似羊毛的煙球，但科南側步避開第一團白煙。他身後有個伊拉克塞人出刀砍入虛實不定球體內。一聲巨響立刻撼動山坡。一道刺眼的火光竄起，煙球消失，好奇的戰士就只剩下一堆焦黑的骷髏。酥脆的手掌依然握著象牙刀柄，但刀身已經消失——在恐怖的高溫中融化殆盡。然而他身邊的人都沒有受傷，只有被突如其來的強光照得頭暈眼花。

「鋼鐵會引爆它，」科南嘟噥道。「小心——來了！」

如今上方的山坡幾乎布滿了那種煙球。可林沙拉彎他的弓，一箭竄入煙球之中，被箭碰到的煙球立刻化爲烈焰。他的手下依樣照做，接下來一段時間，山坡彷彿遭受雷暴肆虐，電光四射，火焰翻飛。塵埃落定後，弓箭手的箭筒中都只剩下幾支箭。

他們冷酷地繼續前進，踏著焦黑的地面，好幾處岩石都讓惡魔炸彈炸成岩漿。

如今他們幾乎已經進入死寂石塔的射程範圍，他們散開陣形，神經緊繃，準備面對任何可怕的攻勢。

石塔上出現一條身影，舉起十呎長的銅號角。刺耳的吹號聲迴蕩山坡，宛如宣判審判日的到來。接著四周開始出現恐怖的回應。入侵者腳下的地面震動，地底下傳來愈來愈響亮的崩裂聲。

伊拉克塞人尖叫，彷彿醉漢般在天搖地動中東倒西歪，科南目光堅定，不顧一切往上衝，手握匕首，直奔塔牆上的大門。大銅號角在上方殘酷地嘲弄他。接著可林沙弓弦拉到耳際，放箭。

只有突倫人射得出這一箭。吹號聲剎然而止，取而代之的是沒有那麼渾厚的尖叫聲。塔上的綠袍身影搖晃，抓住胸前抖動的箭柄，接著翻落胸牆。大銅號角垂落城垛，搖搖欲墜，另一條長袍身影驚恐大叫，衝上去接住它。突倫人再度發箭，死亡慘叫再度回應。第二個侍祭墜落時手肘撞上號角，號角摔出胸牆，在牆下的岩石上撞成碎片。

科南速度飛快，在號角撞爛的聲響尚未停歇前來到塔下，出刀砍門。野蠻的本能警告他後退，避開了上方灑落的熔鉛。但他立刻又回到門前，怒氣倍增地猛砍門板。看到敵人使用世俗武器令他信心大增。侍祭的巫術受限。他們的魔力多半已經耗盡。

可林沙迅速衝上斜坡，丘陵人在他身後形成凌亂的新月陣形。他們邊跑邊放箭，有些箭在牆上粉碎，有些則掠過胸牆。

沉重的柚木塔門抵擋不住辛梅利亞人的攻勢，他謹慎探頭進去，準備應付任何攻擊。他眼前是個圓形石室，一道階梯蜿蜒而上。對面有扇開啓的門，門後又是山坡——還有六名綠袍人逃命的背影。

科南吶喊，踏入石塔，接著與生俱來的警覺拉他後退，一顆巨石砸落在他的腳剛剛所踏的位置。他對身後的人大叫，隨即繞到石塔另一側。

侍祭撤離了第一道防線。科南繞出石塔時，看見他們的綠袍在山坡上反光。他展開追逐，在嗜血的慾望中喘息，可林沙和伊拉克塞人緊跟在後，邊跑邊射，對逃跑的敵人發出狼群般的呼喊，勝利短暫蓋過他們死亡的宿命。

石塔位於一塊狹窄高地邊緣，地勢微微向上傾斜。數百碼外就是一道山下看不見的深淵。侍祭絲毫沒有放慢速度，直接跳入深淵之中。追他們的人只見綠袍一閃，他們就消失在懸崖之下。

片刻過後，追兵也來到阻隔他們和黑先知城堡的這條巨大護城河。這條宛如高牆的深溝彷佛無止盡地朝向左右延伸，顯然環繞整座山，約莫四百碼寬，五百呎深。深淵中瀰漫著半透明的霧氣橫跨兩岸，隱隱發光。

科南低頭一看，輕哼一聲。遙遠的下方，他在明亮如銀的谷底看見綠袍侍祭的身影。他們的輪廓模糊不清，彷彿深海中的影像。他們排成一排，走向對面山壁。

可林沙拉弓搭箭，射向谷底。但當箭接觸到瀰漫谷中的霧氣時，似乎當場失去衝勁及方向，偏離既有的路徑。

「既然他們跳下去了，我們也可以！」科南嘟噥說道，可林沙則神色驚奇地看著他的箭。

「我看到他們從這個位置跳下去——」

他凝神細看，發現下方谷底有類似金線的東西閃閃發光。侍祭似乎是跟著那些線條在走，接著他突然想起凱姆沙高深莫測的話——「跟隨金脈絡！」他在懸崖邊伏低身形，在自己手掌下發現一條稀薄的金光礦脈從裸露的礦石通往懸崖邊，向下一路延伸到銀色谷底。他還找到另一樣東西，之前因爲奇特的光線反射而沒看見的東西。金礦脈順著一道狹窄的坡道深入峽谷，其上有許多凹陷可供手腳支撐。

「他們是從這裡下去的。」他對可林沙低聲道。「他們不是能夠飄落深淵的高手！我們跟下去——」

就在此時，被瘋狗咬的男人發出恐怖的吼叫，撲向可林沙，張牙舞爪，口沫橫飛。突倫人快如大貓，閃向一旁，瘋子一頭栽入山谷。其他人衝到懸崖邊，神色訝異地看著他。瘋子沒有疾墜而下。他像是沉入水中般在玫瑰色的霧氣中緩緩飄落。他的四肢彷彿在游泳，五官脹紫抽搐，扭曲到超越他的瘋狂。最後他終於落在明亮的谷底，然後躺著不動。

「死亡存在於深淵之中。」可林沙喃喃說道，自腳邊閃閃發光的玫瑰迷霧前退開。「現在怎麼辦，科南？」

「繼續！」辛梅利亞人冷冷說道。「那些侍祭都是人；既然霧氣沒有殺死他們，自然也殺不了我。」

他拉拉自己的皮帶，碰到凱姆沙給他的腰帶；他皺眉，接著冷冷一笑。他早已忘記那條腰帶；但目前為止他已三度跟死亡擦身而過。

侍祭已經抵達對面山壁，開始好像大綠蒼蠅般朝上移動。他來到窄坡上，小心謹慎地往下爬。玫瑰迷霧湧上他的腳踝，隨著他下降而逐漸上升。霧氣淹沒他的膝蓋、大腿、腰際、腋下。他感覺像是在潮濕的夜晚深入濃霧。當霧氣覆蓋他的下巴時，他遲疑片刻，隨即沉入霧中。他立刻無法呼吸；四周完全沒有空氣，他的肋骨開始塌入內臟。他拚命往上移動，奮力逃生。他的頭浮出霧氣表面，深深吸了幾大口氣。

可林沙朝他伸手，對他說話，但科南沒聽見他，也沒理會他。辛梅利亞人固執地回想凱姆沙死前所說的話，抓向金礦脈，隨即發現他在向下的過程中遠離了礦脈。窄坡上有好幾排支撐處。他回到礦脈之上，再度開始往下爬。玫瑰迷霧湧了上來，將其呑沒。他的頭深入霧中，但還是能吸到正常空氣。他看見上方的夥伴低頭凝視他，五官都在頭上的霧氣後模糊不清。他比手勢要他們跟來，然後迅速往下爬，沒有等著看他們有沒有照做。

可林沙還劍入鞘，二話不說就跟了上去，至於伊拉克塞人，比起下方潛伏的危機，他們更怕落單，於是也跟著往下爬。所有人都依照科南的作法，緊貼著金礦脈。

他們沿著窄坡而下，來到谷底，穿越閃亮的平地，彷彿踏著繩索般跟隨金礦脈走。那感覺就像是他們在通過一條空氣流通的隱形通道。他們感覺到死亡在頭上和四周盤旋，但卻沒有虜獲他們。

礦脈沿著一道類似的窄坡朝對面山壁而上，侍祭便是從那裡消失的，他們精神緊繃地往上爬，不確定懸崖上的突岩後有什麼等著他們。

結果等他們的是那群綠袍侍祭，手持匕首。或許他們最遠就只能撤退到這裡。或許科南腰際的斯堤及亞腰帶就是他們如此虛弱，法力迅速耗盡的原因。或許是失敗就會死的規矩導致他們跳出岩石後，目露凶光，匕首閃爍，情急之下把希望寄託在世俗武器上。

懸崖上岩石間的戰鬥完全沒有牽扯巫術。那是刀劍混戰，真鋼真血，強壯的手臂直接砍斷抖動的血肉，倒地的人就會被激鬥雙方踩扁。

一名伊拉克塞人在岩石間流血致死，但所有侍祭都倒下了——被砍成碎片或是丟下山崖，緩緩飄落在下方深處發光的谷底。

接著勝利者甩開眼中的血汗，相互凝望。科南和可林沙屹立不搖，另外還有四個伊拉克塞人。

他們站在鋸齒般的懸崖邊，一條小徑蜿蜒通往一道寬敞的階梯，寬達一百呎，由類似翠玉的材質開鑿而成。階梯頂端是座以同等材質打造的寬敞高台或沒有屋頂的走廊，其後就是一層一層的黑先知城堡。城堡乍看之下彷彿是直接從山岩中開鑿出來的。外表完美無缺，但卻毫無裝飾。所有窗口都有欄杆，裡面還用窗簾遮蔽。整座城堡沒有任何生命跡象，朋友或敵人都沒有。

他們無聲無息地走上小徑，宛如穿越蛇窩般小心翼翼。伊拉克塞人一聲不吭，一副迎向死亡的模樣。就連可林沙也沒說話。只有科南似乎完全沒有意識到他們的入侵行動是在改變根深蒂固的想法，是史無前例的違反傳統。他不是東方人；他來自一個對抗魔鬼和巫師就跟對抗人類敵人一樣稀鬆平常的民族。

他踏上明亮的階梯，穿越寬敞的綠走廊，直接來到走廊盡頭的金邊柚木大門。他往聳立在眼前的金字塔型建築物看了一眼。他伸手去拉類似門把的銅槓——然後停止動作，面露微笑。門把的外形是條蛇，頸部彎曲，腦袋上揚；科南懷疑那顆金屬蛇頭會在他的手中突然活過來。

他一刀砍落門把，門把墜落玻璃地板的撞擊聲並沒有降低他的戒心。他用刀尖挑開門把，再度轉向大門。塔樓周遭一片死寂。下方的山坡淹沒在遠方的紫霧中。兩側的雪白山峰反射陽光。天上有隻禿鷹在冰藍的天際像顆黑點般逗留。但對禿鷹而言，金邊大門前的這群人就是唯一生命存在的證據，高山翠玉長廊上的幾條小身影，旁邊堆了許多高大的岩石。

雪地颳來一陣強風，吹起他們破爛的衣衫。科南的長匕首砍穿柚木門板，掀起驚人的回音。他一刀一刀砍落，砍穿磨光的木板和金屬鑲邊。透過砍爛的木頭，他以狼般的警覺及懷疑目光看向門後的景象。他看見寬敞石室，乾淨石牆上沒有掛毯，馬賽克地板上也沒鋪地毯。裡面的家具只有幾張四方的黑檀板凳和一座石台。石室裡沒人。對面牆上還有一扇門。

「留個人在門外守衛，」科南嘟噥道。「我要進去。」

可林沙指派一人負責守衛，對方退回室外長廊中央，手持弓箭。科南步入城堡，突倫人和剩下三名伊拉克塞人緊跟在後。門外的人吐口口水，大鬍鬚底下喃喃抱怨，接著在聽見嘲弄的笑聲時吃了一驚。

他抬起頭來，看見高處有條高高的黑袍身影，微微低頭看著他。他一副不懷好意的模樣，散發嘲弄的意味。伊拉克塞人快如閃電拉弓放箭，正中黑袍人胸口。嘲弄的笑容絲毫不減。先知拔出箭，朝弓箭手拋回，不像是在拋擲武器，而是一種瞧不起人的舉動。伊拉克塞人閃避，本能性舉起手臂。他的手指緊扣轉動的箭柄。

接著他尖叫。他手中的箭柄突然動了。堅硬的材質變軟，在他的指間融化。他試圖甩開它，但已經太遲了。他的裸掌握著一條活生生的蛇，此刻蛇已經纏住他的手腕，邪惡的楔形腦袋竄向他的手臂肌肉。他再度尖叫，雙眼圓睜，五官發紫。他劇烈發抖，跪倒在地，然後躺下，再也沒有動靜。

室內的人聽見他第一下叫聲就急忙轉身。科南快步衝向敞開的門廊，然後突然停步，神色困惑。在他身後的人看來，他彷彿是在跟空氣角力。但儘管他沒看見東西，他的掌心卻貼著某種光滑堅硬的表面，而他知道是有一塊水晶落下來擋住門廊。他透過水晶看見伊拉克塞人靜靜躺在光滑的走廊上，手臂上插著一支普通的箭。

科南揚起匕首，狠狠揮下，旁邊的人目瞪口呆地發現他的匕首停在半空中，彷彿擊中堅硬物體般發出金鐵交擊的聲響。他不再浪費力氣。他知道就連阿米爾庫魯姆的傳奇曲刀也沒辦法打碎這道隱形簾幕。

他簡短解釋給可林沙聽，突倫人聳肩道：「好吧，如果出口被封住了，就得另外找出口。

現在我們要往前走，是不是？」

科南嘟噥一聲，轉身走向對面的門，心中浮現跨越末日門檻的感覺。當他舉起匕首打算砍門時，門無聲無息地自動開啓。他步入一座大廳，兩旁都是高大的玻璃柱。門後一百呎外就是寬敞的翠綠台階，宛如金字塔身般通往塔頂。他看不出台階之後有什麼。但在他和明亮台階底端之間有座亮面黑玉打造的奇特祭壇。四條金蛇纏繞祭壇，豎起它們的楔形腦袋，面對羅盤的四個方向，彷彿看守寓言寶藏的魔法守護者。但祭壇上，四條蛇頭之間，有一顆充滿雲煙物質的水晶球，球中漂浮著四顆金石榴。

這副景象觸動他心中模糊的記憶；接著科南就不再理會祭壇，因爲下層階梯上站了四條黑袍身影。他沒看到他們是怎麼出現的。他們就這麼出現了，身材高瘦，四張禿鷹臉同時點頭，手腳都隱藏在飄逸的長袍中。

一名先知揚起手臂，衣袖褪下，露出他的手掌——根本不是手掌。科南在違背本願的情況下停止前進。他接觸到一股跟凱姆沙的催眠術略微不同的力量，他無法前進，但他知道自己願意的話可以後退。他的夥伴也一樣停步，而他們似乎比他更加無助，不論前後都無法動彈。

舉手的先知朝一名伊拉克塞人比畫手勢，對方神色恍惚地向他走去，目光集中在先知身上，匕首垂在鬆弛的手中。路過科南身旁時，辛梅利亞人伸手擋住他的胸口。科南遠比伊拉克塞人強壯，正常情況下可以扭斷他的脊椎。但如今粗壯的胳臂彷彿稻草般被推開，伊拉克塞人走向台階，動作突兀，很不自然。他抵達台階，僵硬下跪，獻出他的劍，垂低腦袋。先知接過那把劍，舉劍砍落。伊拉克塞人的腦袋滾落肩膀，重重撞上黑大理石地板。動脈斷口噴出血弧，屍體癱倒在地，雙臂撐開。

畸形的手掌再度揚起指示，另一名伊拉克塞人腳步生硬地迎向末日。可怕的畫面再度上演，另一具無頭屍體倒在第一具屍體旁。

第三名部落民經過科南，步向死亡時，辛梅利亞人腦側青筋鼓動，努力打破無形力量的藩籬，突然間意識到四周有一股友善的力量正在覺醒。這個發現毫無預警，但強烈到他毫不懷疑自己的本能。他的左手不由自主地滑到巴克哈利略腰帶下方，握住斯堤及亞腰帶。一握之下，他立刻感到全新的力量進入麻痺的肢體；生存的意志綻放白熱的火焰，跟他的怒火同樣炙烈。

第三名伊拉克塞人淪爲無頭屍體，邪惡的手指再度舉起時，科南感到隱形屏障崩潰。他不由自主怒吼一聲，壓抑許久的能量瞬間爆發。他左手抓住巫師的腰帶，彷彿溺水之人緊抱浮木，長匕首則在右手中化爲刀光。台階上的人沒有移動。他們冷眼旁觀，目光嘲弄；如果感到驚訝，他們也沒有表現出來。科南不讓自己思考進入攻擊範圍後會發生什麼事。他的血在腦側鼓動，眼中浮現紅霧。殺戮的慾望在體內燃燒——把匕首深深插入血骨之中，在內臟裡扭轉刀鋒。

距離神色輕蔑的惡魔所在處只剩下十幾步了。他深吸口氣，怒氣隨著衝勢愈來愈甚。衝過金蛇祭壇時，他心中突然閃過一個念頭，彷彿在他耳際述說般清晰無比，凱姆沙高深莫測的言語：「打碎水晶球。」

他想都不想就開始反應。臨時起意到就連最偉大的遠古巫師也沒時間讀取他的心思，預防他的行動。他橫衝直撞下突然轉身，舉起他的匕首砍向水晶。空氣中立刻盈滿一股恐懼之情，他無從得知是發自台階、祭壇、還是水晶本身。他耳邊嘶嘶作響，金蛇突然釋放邪惡的生命氣息，抖動身軀攻擊他。但他動作快如瘋虎。一陣鋼風砍穿竄向他的蛇軀，他一刀一刀砍在水晶球上。水晶球在宛如雷鳴的巨響中爆炸，碎片如雨般墜落在大理石上，突然獲釋的金石榴一飛沖天，就此消失。

瘋狂的尖叫聲，殘暴陰森，於大殿中迴蕩。四條黑袍身影在台階上扭曲，痛苦抽動，口吐白沫。接著在逐漸加強的非人吼叫聲中，他們肢體僵硬，癱倒不動，科南知道他們已經死了。他低頭凝望祭壇和水晶碎片。四條無頭蛇依然纏繞祭壇，但如今沒有外來生命驅動黯淡的金屬身軀。

可林沙緩緩跪起，臉色發白，彷彿遭受無形力量撞擊。他搖頭甩開耳中的嗚嗚聲。

「你有聽見打碎水晶球時的聲響嗎？球破時彷彿有一千根水晶條在城堡各處同時粉碎。那些金球裡難道囚禁了巫師的靈魂嗎？——哈！」

科南在可林沙拔劍前指時轉身。

另一條身影站在臺階頂端。他的長袍也是黑色的，但有絨布裝飾，頭上也戴著一頂絨帽。他神色寧靜，相貌英俊。

「你是什麼人？」科南問，抬頭凝視他，手握匕首。

「我是延沙大先知！」他的聲音宛如神廟樂鐘，但是帶有殘酷的歡愉意味。

「雅絲敏娜在哪裡？」可林沙問。

大先知哈哈大笑。

「告訴你又怎麼樣呢，死人？你難道這麼快就忘記了我曾經借給你的力量，竟敢回過頭來對付我，你這個可憐的笨蛋？我想我要挖出你的心，可林沙！」

他伸出手掌，彷彿要接什麼東西，突倫人突然大叫，彷彿劇痛難耐。他東倒西歪轉身，然後在骨頭碎裂、肌肉撕爛、鎖甲斷折聲中，他的胸口向外爆出血雨，恐怖的大洞裡噴出血肉模糊的物體，掠過空中，落在大先知伸長的手中，就像鐵被磁鐵吸過去般。突倫人垂倒在地板上，再也沒有動靜，大先知哈哈大笑，把手裡的東西丟到科南腳邊——一顆還在抖動的心臟。

科南大聲咒罵，衝上台階。凱姆沙的腰帶傳來力量和永無止盡的恨意，幫助他對抗在台階上攻擊他的恐怖魔力。空氣中瀰漫著閃閃發光的鋼霧，而他宛如泳者般跋涉而過，壓低腦袋，左臂擋在臉前，匕首握在右手。遮蔽的雙眼透過手肘瞥見上方那個可惡的先知，其輪廓宛如混水中的影像般扭曲變形。

他被難以理解的力量打得傷痕累累，但他感受到一股不屬於自己的力量驅使他繼續前進，抵抗巫師的魔力和他所承受的痛楚。

如今他抵達台階頂端，大先知的臉飄浮在眼前的鋼霧之中，神祕莫測的雙眼浮現奇特的恐懼。科南宛如破浪而行般穿越霧氣，匕首好像活物向上竄起。刀尖在大先知驚叫後退時刺穿長袍。接著巫師就在科南的眼前突然消失——如同泡沫破掉般無影無蹤，某樣波浪形的長條物體沿著平台側面的小台階竄向上方。

科南急起直追，從左邊的樓梯上去，不清楚剛剛爬上台階的是什麼東西，但狂暴狀態將噁心和恐懼化為意識角落的輕聲細語。

他衝入一條寬敞的走道，光滑的玉牆和玉地板上沒有掛毯或地毯，長條狀的物體還在他前方沿著走道逃竄，進入一扇有門簾的門內。房間裡傳出驚恐的叫聲。叫聲讓急奔的科南生出翅膀，穿越門簾，一頭闖入房間。

他看見一幅駭人的場景。雅絲敏娜縮在一張絨布台座的角落，發出厭惡與恐懼的叫聲，揚起手臂彷彿在抵擋攻擊，而她面前有顆巨大的蛇頭，明亮的蛇頸弓立在盤繞的漆黑身軀上。科南低呼一聲，擲出匕首。

怪物立刻轉身，彷彿狂風掠過高草般撲到他身上。長匕首在蛇頸上抖動，刀尖和一呎刀刃在一側，刀柄跟手掌寬的鋼鐵在另一側，但那似乎只有激怒這條巨型爬蟲。蛇頭聳立在面對它的男人腦袋上，接著向下竄出，撐大滴落毒液的大口。但科南又從腰帶上拔出一把匕首，在蛇頭下竄的同時朝上刺出。刀尖插入蛇下頜，釘住上頜，固定蛇口。巨蛇眼看毒牙派不上用場，於是施展最後一種攻擊方式，龐大的蛇身纏繞辛梅利亞人。

科南左手被蛇身纏住，但右手可以動。他站穩腳步，保持直立，伸出手掌，抓住蛇頸上的長匕首刀柄，在一陣血雨中拔出匕首。巨蛇彷彿以超乎野獸的智力扭動捲曲，企圖纏繞他的右臂。但長匕首迅速起落，切開巨蛇蛇身中央。

但在他再度出刀前，龐大柔軟的蛇身鬆開他的身體，怪物拖著殘軀穿越地板，傷口噴出大量鮮血。科南舉起匕首，緊追而上，但卻一刀劃空，因爲巨蛇一鼻子撞上檀香木牆板。其中一塊牆板向內轉開，粗蛇身一邊噴血一邊鑽入其中，就此消失。

科南立刻狂砍木牆。幾刀之後，牆板裂開，他查看其後的陰暗壁龕。沒有可怕的怪物盤據其中；大理石地板上有血，血跡通往一扇拱門。但那是男人的血腳印……

「科南！」他轉身面對石室，剛好接住衝過來撲到懷裡的梵迪亞黛維，雙臂使勁鉤住他的脖子，在恐懼、感激、和鬆懈中歇斯底里。

之前發生的一切讓他熱血沸騰。他一把摟住她，力量大到在其他狀況下肯定會擠痛她，一張嘴就吻了上去。她毫不反抗；黛維沉浸在原始的女性本能中。她閉上雙眼，飢渴地陶醉在他激情、火熱、目無法紀的熱吻中。他暫停下來喘口氣，低頭看著她嬌喘吁吁，癱躺在他強壯的懷抱中。

「我知道你會來救我。」她低聲道。「你不會把我丟在這個魔鬼巢穴裡。」

這話讓他突然想起此刻身處的環境。他抬起頭來，側耳傾聽。延沙城堡一片死寂，不過死寂之中瀰漫著凶險。危機潛伏在每個角落，埋伏在所有掛毯之後。

「我們最好趁有機會時離開。」他喃喃說道。「那幾刀足以殺死任何普通野獸——還有凡人——但巫師有十幾條命。打傷一條，他可以化身殘廢大蛇跑去魔法來源吸收新鮮的毒液。」

他提起女孩，像小孩一樣抱在手裡，大步走入玉石走廊，步下台階，神色警覺地留意任何動靜。

「我見過大先知，」她輕聲道，緊抱著他發抖。「他用魔法擊潰我的意志。最可怕的一次是有具腐敗的屍體抱著我——我嚇昏了，好像死人一樣躺下，不知道躺了多久。一段時間後，我恢復意識，聽見底下傳來打鬥聲，還有叫聲，然後那條大蛇游過門簾進來——啊！」恐怖的回憶令她劇烈顫抖。「我知道那不是幻覺，是眞蛇想要吃我。」

「肯定不是幻影，」科南回答得高深莫測。「他知道自己敗了，於是決定要殺了妳，不讓妳獲救。」

「你說『他』是什麼意思？」她不安問道，接著縮在他懷中，驚呼，忘記她的問題。她看到台階底下的屍體。先知的屍體慘不忍睹；他們死狀扭曲，手腳都露在外面，看得雅絲敏娜臉色發青，躲到科南強壯的肩膀下。

10 雅絲敏娜和科南

科南迅速穿越大廳，經過外側石室，抵達通往走道的門。接著他發現地板上布滿閃亮的小碎片。之前擋住大門的水晶板化為碎片，他想起打破水晶球後所聽見的巨響。他相信城堡裡所有水晶都在那一瞬間粉碎，而某種依稀湧現的本能或神祕傳言的記憶讓他把黑環大君跟金石榴聯想在一起。他後頸一陣毛骨悚然，連忙把這個想法拋到腦後。

踏上翠玉走廊時，他鬆了一大口氣。他還得要通過深淵，但至少他能看見雪白山峰反射陽光，長山坡消失在遠方的藍霧中。

伊拉克塞人躺在之前倒地的地方，淪為光滑地板上的醜陋污點。科南沿著蜿蜒的山道而行，驚訝地留意到太陽的位置。太陽尚未通過天頂；而他覺得自己闖入黑先知城堡已經是好幾個小時之前的事了。

他認為必須盡快離開，不是出於盲目的驚慌，而是一種身後愈來愈危險的本能。他沒有跟雅絲敏娜說，而她似乎只想縮在他的懷裡，感受他的鐵臂提供的安全感。他在山崖邊停頓片刻，皺眉看著下方。在山谷中翻騰的霧氣不再是玫瑰色，也沒有發光了。霧氣昏暗、混濁、陰森，就像受傷之人死氣沉沉的生命氣息。科南隱約猜到魔法師的法術跟他們的生命緊密連結，跟普通人做出動作產生的反應不太一樣。

但遙遠的深處，谷底依然保有黯淡的銀光，金脈絡的光澤也沒有消失。科南把雅絲敏娜揹到背上，等她乖乖趴好，開始往下爬。他迅速爬下陡坡，穿越回音不斷的谷底。他深信他們在跟時間賽跑，想要活命就得在受創的大先知恢復力量，再度朝他們施展致命魔法前通過恐怖深淵。

爬上對面山壁，抵達崖頂後，他終於鬆了口氣，放下雅絲敏娜。

「妳現在開始自己走，」他告訴她。「一路都是下坡。」

她看了懸崖對面的明亮金字塔一眼；城堡聳立在雪白山坡上，宛如寂靜與遠古邪惡的要塞。

「你是魔法師嗎，竟然能打倒延沙山的黑先知，高爾的科南？」她問，隨著科南走山道下山，他的粗胳臂摟著她的纖腰。

「魔法來自凱姆沙死前送給我的腰帶。」科南回答。「對，我在山道上遇上他。很奇特的腰帶，有時間再給妳看。對抗某些魔法效果不好，但其他魔法又很有用，而一把好匕首向來都是可靠的夥伴。」

「但如果腰帶幫你打倒大先知，」她質疑，「為什麼沒幫到凱姆沙？」

他搖頭。「誰知道？凱姆沙本來是大先知的奴隸；或許這個身分削弱了腰帶的魔力。他沒辦法像控制凱姆沙那樣控制我。但我也不確定眞的打倒他了。他逃了，而我有預感我們還會再遇上他。我想要盡可能遠離他的巢穴。」

發現他們的馬還綁在之前的檉柳樹叢時，他又鬆了一大口氣。他迅速解開馬繩，爬上黑馬，讓女孩坐在自己身前。其他馬精神飽滿，跟在他們身後。

「現在如何？」她問。「去阿富古利斯坦？」

「還不是時候！」他冷冷一笑。「有人——可能是城主——殺了我七個酋長。我那群蠢族人認定此事跟我有關，除非說服他們，不然他們會把我當成受傷的豺狼獵殺。」

「那我怎麼辦？如果酋長都死了，我對你而言就失去當人質的價值。你會爲了報仇殺我嗎？」

他低頭看她，目光炯炯，哈哈大笑。

「那我們就往邊境去。」她說。「過了邊境阿富古利人就動不了你——」

「對，我會上梵迪亞絞刑台。」

「我是梵迪亞女王。」她帶有皇家威嚴的語氣提醒他。「你救了我。我會獎勵你。」

她的本意並非如此，但這話令他十分不悅。

「把妳的獎金留給妳在城市中豢養的狗，黛維！如果妳是平原的女王，我就是山丘的酋長，我不會帶妳往邊境去！」

「但你在那邊會很安全——」她語氣困惑。

「而妳就會再度成爲黛維，」他插嘴。「不，女人；我喜歡現在的妳——有血有肉的女人，坐在我的鞍弓上。」

「但我不是你的！」她大叫。「你不能——」

「走著瞧！」他語氣冷酷。

「我會支付大筆贖金——」

「魔鬼才要妳的贖金！」他粗魯回應，環抱她的雙臂加強力道。「梵迪亞王國不能提供我想從妳身上得到的東西。我冒生命危險搶走妳；如果妳的朝臣想奪回妳，就讓他們通過塞巴隘口大戰一場。」

「但你現在又沒有手下！」她抗議。「他們在獵殺你！你要怎麼保住命，更別說是我的？」

「我在丘陵還有朋友。」他回答。「庫拉克塞有個酋長可以保妳安全，讓我去跟阿富古利人吵架。如果他們不肯聽我說，看在克羅姆的份上！我就帶妳往北去科薩克人的大草原。我南來之前曾在自由軍團當過將軍。我會讓妳在薩波羅斯卡河當女王。」

「我不幹！」她反對。「你不能挾持我——」

「如果妳這麼討厭我，」他問，「為什麼主動親我？」

「女王也是人，」她臉紅回答。「但正因為我是女王，我必須把王國放在心上。不要把我帶到其他國家去。跟我去梵迪亞！」

「妳會讓我當你的國王嗎？」他語氣諷刺。

「這個，有些習俗——」她結結巴巴，他大笑打斷她。

「沒錯，文明人那些不讓妳為所欲為的習俗。妳要嫁給平原上的老國王，而我就只能回想從妳嘴唇奪來的幾個吻。哈！」

「但我必須回歸我的王國！」她無助地重複自己的話。

「爲什麼？」他怒氣沖沖地問。「在金王座上擦傷妳的臀，聽那些虛情假意的絨裙笨蛋阿諛奉承？有什麼好處？聽著：我出身野蠻人的辛梅利亞丘陵。我曾當過傭兵、海盜、科薩克人、各式各樣的身分。世界上有哪個國王曾周遊列國、身經百戰、深愛女人、擁有我那麼多戰利品的？」

「我來古利斯坦是爲了組織部隊，掠奪南方國度——妳的國家也在其中。成爲阿富古利人的酋長只是開端。如果我能調解部落紛爭，一年之內就會有十幾個部落追隨我。但如果辦不到，我就會回大草原，跟科薩克人一起掠奪突倫邊境。妳要跟我走。別管妳的王國了；妳的人民在妳出生前也活得好好的。」

她躺在他懷中，抬頭看著他，心裡有股躍躍欲試的感覺，跟他一樣無法無天、無拘無束的衝動，在她體內灌注活力。但上千世代的統治觀念在她心裡根深蒂固。

「辦不到！我辦不到！」她無助地重複。

「妳別無選擇。」他保證。「妳——搞什麼！」

他們已經離開延沙山好幾里外，騎在一道兩側都是深谷的山脊上。他們剛剛騎上一道陡峰，可以俯瞰右側的山谷。谷中有人且戰且走。一陣強風吹過他們，讓打鬥聲遠離他們耳邊，即便如此，下方依然清楚傳來金鐵交擊和雷鳴般的馬蹄聲。

他們看見槍尖和角盔的反光。三千名鎖甲騎兵在追趕一群衣衫破爛的頭巾騎士，宛如驚慌逃命的狼群般邊打邊跑。

「突倫人，」科南喃喃說道。「來自塞庫德倫的部隊。他們在這裡幹嘛？」

「他們在追誰？」亞絲敏娜問。「他們爲什麼要邊打邊退？他們不可能打得過突倫軍。」

「五百名瘋狂的阿富古利人。」他吼道，皺眉看向深谷。「這是陷阱，他們很清楚。」

該山谷那個方向沒有出路。地勢愈來愈狹窄，最後會遇上峭壁，再過去是片圓形空地，被無法攀爬的高聳岩壁圍繞。

戴頭巾的騎士被迫入谷，因爲沒有別的路可走，於是他們在箭雨和兵器的驅趕下不情願地前進。戴頭盔的騎士緊追在後，不過沒有過度進逼。他們知道丘陵部落情急拚命有多可怕，也知道獵物已經進入無路可出的陷阱。他們認出這群丘陵人是阿富古利人，他們打算困住他們，逼他們投降。想要達到此行的目的，他們就需要人質。

他們的埃米爾果斷主動。當他抵達古拉夏山谷，發現沒有嚮導和密使在那裡等他，他就繼續前進，相信自己對這片土地的了解。打從離開塞庫德倫後，他們就一直在作戰，許多在峭壁上建村的部落民都跟他們動手過。他知道他跟手下很有可能再也沒機會返回塞庫德倫的城門，因爲此刻所有部族都已開始追殺他，但他打定主意要完成使命——不惜代價從阿富古利人手中奪走雅絲敏娜，帶回塞庫德倫，倘若遭遇難以擊敗的勢力，就在自己死前砍下她的腦袋。

當然，山脊上的旁觀者不可能知道這些。但科南感到緊張，坐立不安。

「他們怎麼會步入陷阱？」他自言自語。「我知道他們爲什麼會出現在這附近——他們在獵殺我，那群狗！在每座山谷中搜索——毫無所覺地步入陷阱。那群可憐的笨蛋！他們打算死守山谷，但撐不了多久。等突倫人把他們逼到空地，他們就能肆意屠殺他們。」

下方的打鬥聲愈來愈響亮也越激烈。阿富古利人在窄道上情急拚命，一時之間還能守住鎖甲騎士，對方沒辦法在這種地勢下全力進攻。

科南陰沉皺眉，躍躍欲試，把玩他的刀柄，終於開口直言：「黛維，我必須下去幫忙。我會找個地方讓妳躲藏，等我回來找妳。妳說妳要守護妳的王國——好吧，我不會假裝把底下那些長毛魔鬼當成我的子民，但再怎麼說，他們也是我的手下。酋長絕對不會遺棄手下，就算他們遺棄他在先。他們以爲趕走我是正確的作法——見鬼了，我才不會被人放逐！我依然是阿富古利酋長，我會證明這一點！我可以徒步入谷。」

「那我呢？」她問。「你以暴力從我的子民手中奪走我；現在你要把我獨自留在山丘上等死，好讓你下去平白無故自我犧牲？」

他在情緒衝突中血脈噴張。

「妳說得對，」他語氣無奈。「克羅姆知道我能幫得上什麼忙。」

她微微轉頭，美麗的容顏展現奇特的表情。接著：

「聽！」她大聲道。「聽！」

他們依稀聽見遠方傳來號角聲。他們凝望左側山谷深處，在對面看見鋼鐵的反光。一整排長槍和明亮的盔甲沿著谷地前進，在陽光下閃閃發光。

「梵迪亞騎兵！」她欣喜若狂。

「數以千計！」科南喃喃說道。「克沙崔亞軍隊已經很久沒有如此深入丘陵了。」

「他們在找我！」她喊道。「把馬交給我！我去找我的部隊！山脊左側不算太陡峭，我可以騎到谷底。我會率領我的騎兵自高處入谷，衝擊突倫軍！我們兩軍包抄，擊潰他們！快，科南！你願意爲了一己慾望犧牲你的手下嗎？」

他眼中冒出對大草原和寒冷森林的炙烈渴望，但他搖頭，翻身下馬，把韁繩交給她。

「妳贏了！」他嘟噥道。「像魔鬼一樣趕去吧！」

她調轉馬頭，衝下左側山坡，他則沿著山脊前進，抵達通往交戰處的狹長山道。他像猩猩一樣爬下崎嶇的山壁，依靠突岩和裂縫，最後終於雙腳著地，落在谷口激烈交戰處。武器在他四周交擊，馬匹立起踩步，盔飾在染血的頭巾之間搖擺。

落地時，他像狼一樣嚎叫，抓住一條金邊韁繩，避開一把彎刀，長匕首朝上刺穿騎士的要害。下一刻，他已經跨上馬鞍，大聲朝阿富古利人下達命令。他們表情愚蠢地凝視他片刻；隨即在看見他的武器於敵陣中掀起的騷亂後，再度展開行動，毫無異議地接受他指揮。在那刀劍飛舞、鮮血噴灑的煉獄中，沒人有時間提問或回答問題。

戴角盔穿鎖甲的騎士擋在谷口，連刺帶砍，狹窄的山道上擠滿馬和人，戰士胸口貼胸口，拿短刀互刺，有機會就揮劍。一旦倒地，絕對沒機會在馬蹄踐踏下起身。這裡是力量和重量主導的戰場，而阿富古利酋長一個人可抵十人之力。這種情況下，人非常仰賴習慣，而習慣看到科南當他們先鋒的人全都士氣大振，不管信不信任他。

但人數優勢也是一大重點。突倫騎士單靠人海壓力就能在曲刀刀尖下持續推進。阿富古利人一步一步後退，窄道上躺滿屍體，騎士則踐踏屍體。科南彷彿惡靈附身般狂劈猛砍，心中浮現一股可怕的疑慮——雅絲敏娜會信守承諾嗎？她會不會和部隊會合，轉而南向，把他和手下丟在這裡等死？

但終於，在彷彿浴血奮戰數百年後，外側的山谷傳來蓋過鋼鐵交擊和屠殺吶喊的聲響。接著是響徹雲霄的號角聲、天搖地動的衝鋒聲，五千名梵迪亞騎兵跟塞庫德倫部隊正面交鋒。

突倫軍分崩離析，散落山谷各地。轉眼間梵迪亞軍又退出山谷，雙方展開混亂激戰，騎士團團亂轉，有的各自爲陣，有的群起而攻，接著埃米爾被一把克沙崔亞長槍刺穿胸膛，角盔騎士轉向谷口，策馬狂奔，企圖在後方的敵陣中殺出一條血路。他們慌忙逃竄，獲勝方則趁勝追擊，山谷之中、山坡上、山峰附近到處都是殘兵和追兵。倖存下來的阿富古利人衝出山谷，加入追兵的行列，毫不質疑地接受從天而降的盟友，就像接受跟他們恩斷義絕的酋長。

太陽往遠方的峭壁沉落，科南衣衫破爛、鎖甲血跡斑斑，匕首滴落鮮血，刀柄上結滿血塊，邁步跨越屍體，走到山脊上一處斷崖附近的雅絲敏娜黛維及一眾貴族面前。

「妳信守承諾，黛維！」他高聲喊道。「看在克羅姆的份上，我在山谷裡幾度差點喪命——小心！」

天上竄下一隻體型巨大的禿鷹，翅膀宛若天雷般把人撞下馬。

彎刀般的鳥喙劃向黛維柔軟的頸部，但科南動作更快——奔跑片刻，勢若猛虎，狠狠出刀，禿鷹發出恐怖的人類嗓音，歪向一側，滾出懸崖，墜落千呎下的岩石河床。墜落同時，它的黑翅膀空中拍擊，外貌變化，不再是鳥，變成了一條黑袍男性身影，雙臂外張，撐開寬大黑袖。

科南轉向雅絲敏娜，手中依然握著紅匕首，粗壯的手臂和大腿滲出鮮血。

「妳又是黛維了，」他說，看著她在丘陵女裝外加披的金紗袍笑道，完全不把四周列隊整齊的騎兵看在眼裡。「我感謝妳解救了我約莫三百五十名惡棍的性命，至少他們現在相信我沒背叛他們了。妳再度把征服的韁繩放入我手中。」

「我還欠你一筆贖金。」她說，瞪大漆黑的雙眼看著他。「我要付你一萬枚金幣——」

他粗魯地比個不耐煩的手勢，甩開匕首上的血，插回刀鞘，在鎖甲上擦手。

「我會另外找時間用我自己的方式索取贖金，」他說。「我會去妳阿約提亞的皇宮裡拿，還會帶五萬人去確保勢均力敵。」

她大笑，握起她的韁繩。「我會帶十萬人去祖達河畔跟你對陣！」

他眼中綻放欣賞和愛慕的光芒，後退一步，彷彿國王般舉起手掌，表示沒人會阻擋她的去路。

〈黑環巫師會〉完

女巫降世

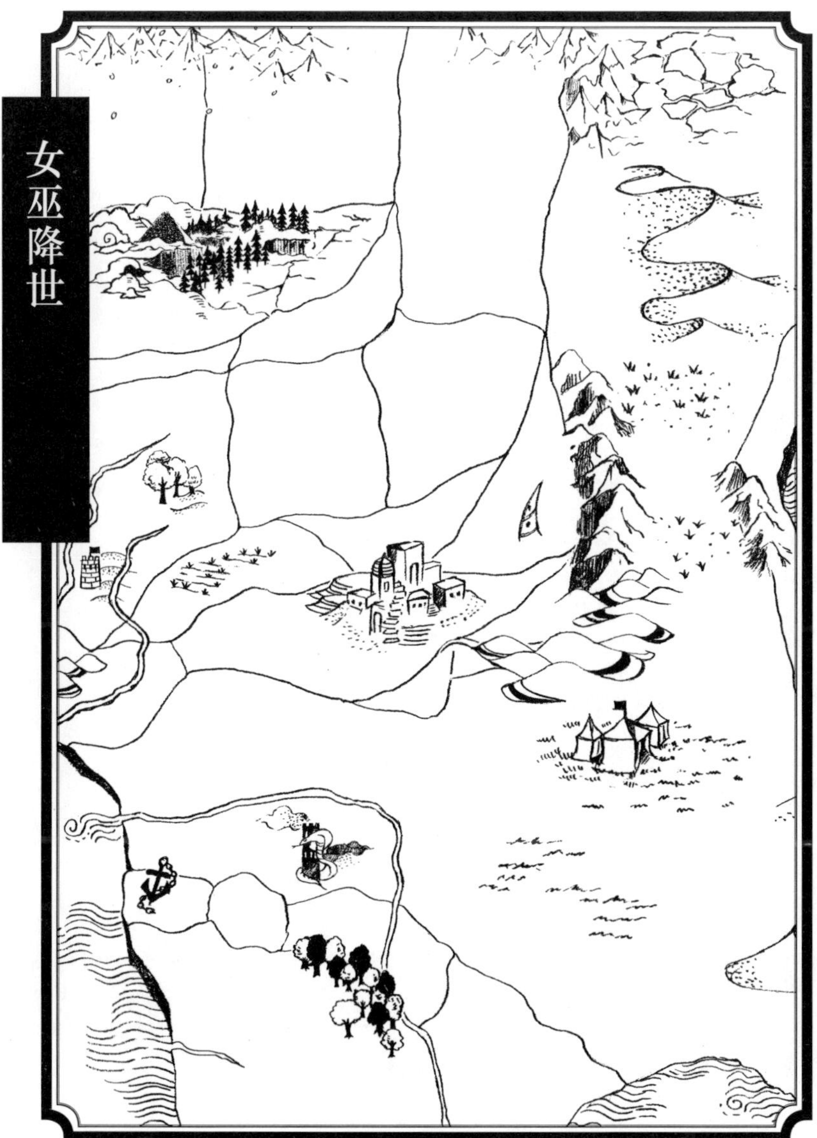

刊登於一九三四年十二月號《怪譚》雜誌。這篇的創作幕後十分有趣：《怪譚》主編萊特手邊已經沒有科南小說的存稿了，偏偏野蠻人英雄是雜誌的人氣角色和銷售保證，所以他拜託霍華趕緊生一篇出來。霍華只花了幾天時間就寫完〈女巫降世〉，萊特也二話不說直接採用，並作爲當期的封面故事。因爲下筆匆促，後世的研究者普遍認爲本篇完成度較低，有點草稿的性質。這篇和〈黑巨像〉一樣，本質上是（搬到了海伯里亞紀元）的「十字軍」歷史冒險故事。此外，〈女巫降世〉出現了科南故事中罕見的聖經象徵，例如壞女巫名叫「莎樂美」。科南被釘十字架則堪稱全系列最令人難忘的場面，但科南不是耶穌，霍華借用了布洛斯《泰山》的一個橋段，讓他即便手腳被釘住，依然展現超強的戰鬥意志，用牙齒咬傷來襲的禿鷹。這段情節後來也被拍進了一九八二年的電影版《王者之劍》。小說中的「女主角被雙胞胎頂替」的情節，很可能受到霍華喜愛的大仲馬作品《鐵面人》啓發。

——編者

01 — 血弦月

塔拉蜜絲，庫倫女王，於睡夢中驚醒，四周一片寂靜，類似墓穴中的死寂，而非寢室中正常的寧靜。她躺在床上，凝望黑暗，不明白金燭台上的蠟燭為何熄滅。閃爍的星光凸顯出金窗框的存在，但並沒有照亮房間內部。不過躺在床上的塔拉蜜絲開始意識到面前的黑暗中有一點光芒。她凝神細看，神色困惑。光芒逐漸擴大，愈來愈亮，飄在對面牆上的黑絨掛毯前，形成一個持續擴張的白光圓盤。塔拉蜜絲屏息以待，坐起身來。那道光圈中出現黑色的輪廓——一顆人頭。

突如其來的恐慌讓女王張開嘴巴，企圖傳喚侍女；接著她閉嘴。光愈來愈亮，頭也愈來愈清晰。那是顆女人頭，很小，很細緻，四平八穩，頂著一頭柔亮的黑髮。容貌在她眼前逐漸清晰——就是這張臉讓塔拉蜜絲叫不出聲。那是她自己的臉！感覺就像在看一面稍微修改她倒影的鏡子，給了她一雙如狼似虎的眼睛、心懷憤恨的翹唇。

「伊絲塔呀！」塔拉蜜絲驚呼。「我被詛咒了！」

令她毛骨悚然的幽靈開口了，它的聲音宛如甜蜜的毒液。

「詛咒？不，親愛的姊姊！這並非巫術。」

「姊姊？」女孩困惑地說。「我沒有妹妹。」

「妳沒有妹妹？」甜美又惡毒的嗓音嘲弄她道。「妳沒有皮膚跟妳一樣粉嫩的雙胞胎妹妹讓妳寵愛或傷害？」

「好吧，我以前有個妹妹，」塔拉蜜絲回道，依然堅信她受困在惡夢之中。「但她死了。」

光圈中美麗的容顏因爲憤怒而扭曲；她的表情惡毒到讓神色畏縮的塔拉蜜絲以爲那象牙般的白皙額頭上會有頭髮化身毒蛇扭動，嘶嘶作響。

「妳說謊！」憤怒的紅唇間吐出這句指控。「她才沒死！笨蛋！喔，我玩夠了！自己看——開開眼界吧！」

光線突然宛如火蛇般順著掛毯延伸，金燭台上的蠟燭也莫名其妙又點燃了。塔拉蜜絲蜷伏在絨布床上，修長的腿縮在身體下，瞪大眼睛看著眼前體態好似獵豹般的女人。那感覺就像在看另外一個塔拉蜜絲，五官和肢體的輪廓通通一模一樣，但卻散發出一股奇特又邪惡的氣息。這個陌生人的臉完全反映出跟女王截然不同的特質。閃閃發光的眼睛裡流露出淫慾與神祕，豐滿的紅唇滲透出殘暴的意味。她嬌柔的身軀一舉一動都充滿暗示。她的髮型跟女王一樣，腳上的鍍金涼鞋跟塔拉蜜絲在寢宮中穿的相同。無袖低領絲衫和金布腰帶模仿女王的睡衣。

「妳是誰？」塔拉蜜絲倒抽一口涼氣，背脊上浮現一股莫名其妙的寒意。「立刻解釋來意，不然我就叫侍女去找守衛！」

「妳就算叫到屋梁碎裂，」陌生人冷冷回應。「妳那些侍女也不會在天亮前醒來，就算皇宮失火也一樣。妳的守衛不會聽到妳的叫聲；他們奉令離開這座側廊。」

「什麼？」塔拉蜜絲大聲問道，氣到身體僵硬。「誰敢對我的守衛下達這種命令？」

「我呀，親愛的姐姐。」另一個女孩不屑地說。「就在剛剛，我進來前。他們以爲我是他們敬愛的女王。哈！我假扮得可眞高明！一點帝王氣勢，再加點女性的溫柔，我就讓那些穿盔甲戴頭盔的笨蛋跪在面前了！」

塔拉蜜絲覺得身邊有張困惑的硬網開始收網。

「妳是誰？」她不顧一切地吼道。「這是怎麼回事？妳到底來幹嘛？」

「我是誰？」輕聲細語之中透露出眼鏡蛇嘶嘶作響的怨念。女孩走到床前，手指粗魯地抓起女王雪白的肩膀，彎腰瞪視塔拉蜜絲驚恐的雙眼。在那道催眠般的目光下，女王將對方的髒手觸碰她高貴肌膚的粗魯舉動抛到腦後。

「笨蛋！」女人咬牙切齒道。「妳會不會問？會不會想？我是莎樂美！」

「莎樂美！」塔拉蜜絲輕聲說出這個名字，在一股不可能又肯定眞實的感覺中毛骨悚然。

「我以爲妳出生不到幾個小時就死了。」

「很多人都這麼想。」自稱莎樂美的女人回道。「他們把我抱去沙漠等死，可惡的傢伙！我，嗷嗷待哺的嬰兒，跟風中燭火一樣脆弱。你知道他們爲什麼要殺我？」

「我——我聽說過——」塔拉蜜絲語音顫抖。

莎樂美哈哈大笑，拍拍她胸口。低領衫露出她緊實的乳房上半部，雙乳之間有個奇特的標記——弦月，殷紅如血。

「女巫標記！」塔拉蜜絲畏縮叫道。

「對！」莎樂美充滿恨意的笑聲宛如匕首般鋒利。「庫倫國王的詛咒！對，市集之間流傳這個故事，說的人都語氣嘲弄，邊說邊翻白眼，那些虛僞的蠢蛋！他們說皇室血脈的第一任皇后跟來自黑暗的惡魔私通，生下一個女兒，時至今日依然活在邪惡的傳說中。每隔百年，阿斯卡利安王朝就會誕生一名胸口有著血紅半月的女嬰，象徵了她的命運。」

「『每個世紀都會誕生一個女巫。』遠古詛咒如此說。一直以來都是如此。有些女巫一出生就被殺了，就像他們試圖殺我一樣。有些成爲女巫，遊走世間，乃是驕傲的庫倫之女，白皙的胸口燃燒地獄之月。每個女巫都叫莎樂美。我也是莎樂美。女巫一直以來都是莎樂美。從今而後永遠都是女巫莎樂美，就算極地的冰山襲捲世界，摧毀文明，而新世界在灰燼中重生——即使到了那個地步，還是會有莎樂美降世，利用巫術囚禁人心，在全世界的國王面前跳舞，動念之間砍下智者的腦袋。」

「但——但妳——」塔拉蜜絲結巴道。

「我？」閃亮的眼珠燃燒神祕的黑火。「他們把我抱去遠離城市的沙漠，赤裸裸地放在艷陽烤炙的熱沙上。然後他們騎馬離開，把我留給豺狼、禿鷹和沙漠狼。」

「但我的生命遠比普通人強大，因爲它摻雜了來自人類視野範圍外黑色深淵中的能量精華。時間一點一滴過去，陽光宛如地獄之火照射在我身上，但我沒死——對，我還記得當時所受的折磨，印象模糊，遙不可及，就像是隱約記得虛無飄渺的夢境。然後我看到駱駝，還有一群身穿絲袍、語言奇特的黃種人。他們遠離商路，路過近處，領頭的人看到我，認出我胸口的紅弦月。他抱起我，給我人生。」

「他是來自遙遠齊丹的魔法師，當時正從斯堤及亞返回自己的國家。他帶我回到紫色大城艾剛，尖塔聳立在藤蔓肆虐的竹林之中，我在他的教育下長大成人。歲月讓他沉浸在黑色的智慧中，並未削弱他的邪惡力量。他教導我許多知識——」

她停頓，高深莫測地笑了笑，黑眼中綻放神祕的邪光。接著她抬頭。

「他終於把我趕走，說不管怎麼教我，我都只是個普通女巫，沒有能力運用他能教我的巫術。他本來可以讓我成爲世界女王，然後透過我來統治世界，他說，但我只是個黑暗妓女。那又怎樣？反正我也不能忍受獨居於金塔之中，整天盯著水晶球看，唸誦用處女之血寫在蛇皮上的咒語，閱讀以世間遺忘的語言書寫的蒙塵典籍。

「他說我只是個凡塵之靈，完全不懂更深層的宇宙巫術。好吧，這個世界上就有所有我渴望的事物——權力、財富、華麗的榮景、俊男、爲我的情人及奴隸準備的柔弱女子。他把我的身分告訴我，那個詛咒和我的血緣。我這次回來就是要奪回我跟妳一樣有權繼承的權力。如今妳擁有的一切都將歸我所有。」

「什麼意思？」塔拉蜜絲站起身來，面對她妹，擺脫了她的困惑和恐懼。「你以爲給我幾個侍女下藥，騙倒我幾個守衛，妳就可以奪走庫倫王座？別忘了我才是庫倫女王！我可以賜予妳榮譽頭銜，當我的妹妹，但——」

莎樂美笑聲中充滿憎恨。

「妳眞是太大方了，親愛的姐姐！但在妳讓我認清身分之前——或許妳可以告訴我在城外平原上紮營的部隊是什麼人？」

「康士坦提斯指揮的閃姆傭兵，自由軍團的科斯總督。」

「他們在庫倫做什麼？」莎樂美輕聲問。

塔拉蜜絲覺得對方在嘲弄她，但她還是用所存無幾的尊嚴語調回應。

「康士坦提斯要求通過庫倫邊境前往突倫。只要他們還在我們的領土上，他就不會亂來。」

「那康士坦提斯，」莎樂美繼續問。「他今天沒有向你求婚嗎？」

「妳怎麼知道？」

對方聳聳裸露的肩膀作爲回應。

「妳拒絕了，親愛的姐姐？」

「我當然拒絕！」塔拉蜜絲怒道。「身爲阿斯卡利安公主，妳認爲庫倫女王除了不屑還有可能做出其他反應嗎？跟兩手血腥的冒險者結婚，一個因爲犯罪遭受本身國家放逐的男人，聚眾掠奪和受僱殺人的集團領導者？

「我根本就不該放他那群黑鬍子屠夫進入突倫。但他基本上就是南塔裡的囚犯，在我的守衛看管下。我打算明天要他命令他的部隊離開庫倫。在他們離開國境之前，他都要充當俘虜。此時此刻，我的士兵守護城牆，我也警告過他不得騷擾城外的村民和牧羊人。」

「他軟禁在南塔裡？」莎樂美問。

「我是這麼說的。問這幹嘛？」

莎樂美的回應是拍拍手掌，揚起音量，以帶有殘酷的歡愉語調大聲道：「女王願意接見你，獵鷹！」

一扇金花紋門開啓，一個高個子男人步入寢室，塔拉蜜絲一看到他，立刻驚訝又生氣地大叫。

「康士坦提斯！你竟敢進我房間！」

「如你所見，女王陛下！」他嘲弄式地低下老鷹般的黑頭。

康士坦提斯，人稱獵鷹，是個高個子、寬肩膀、細腰、宛如韌鋼般輕盈強壯的人。他外表冷酷，堪稱英俊。他的皮膚讓太陽曬黑，額頭很高，頭髮宛如渡鴉般漆黑。他的黑眼目光銳利，神色警覺，冷硬的薄唇並沒有因爲小鬍子而增添和善。他的靴子是柯達瓦皮的，他的衣褲都是素色黑絲，因爲營地生活和護甲生鏽而顯得老舊。

他小鬍子抽動，肆無忌憚地打量神色畏縮的女王。

「看在伊絲塔的份上，塔拉蜜絲，」他的嗓音宛如絲綢般柔順，「妳穿睡袍比女王打扮要性感多了。說實話，這眞是個幸運的夜晚！」

女王的黑眼中流露恐懼之意。她不是笨蛋；她知道康士坦提斯如果沒有把握，絕對沒膽子說出如此踰矩的話。

「你瘋了！」她說。「就算我在這個房間裡受制於你，你也沒辦法控制我的子民，膽敢動我，他們就會把你碎屍萬段。想活命就立刻給我滾。」

兩人大聲嘲笑她，莎樂美比劃不耐煩的手勢。

「裝模作樣夠了；進入這齣喜劇的下一幕吧。聽著，親愛的姐姐：是我派康士坦提斯來此的。當我決定要奪取庫倫王座時，我四下尋訪能幫助我的人，最後選擇了獵鷹，因爲他缺乏所有世人稱之爲善的特質。」

「我受寵若驚，公主，」康士坦提斯語氣諷刺地深深鞠躬。

「我派他來庫倫，然後，等他的部隊在城外平原上紮營，而他身處皇宮內時，我就從西牆的小門入城——守門的笨蛋還以爲是妳晚上出去花天酒地回來——」

「妳這隻地獄貓！」塔拉蜜絲臉頰冒火，怒氣蓋過高貴的儀態。

莎樂美冷笑。

「他們有適當地表達震驚，但還是毫不質疑地讓我進門。我以同樣的方式進入皇宮，命令驚訝的守衛離開崗哨，南塔看守康士坦提斯的守衛也一樣。然後我來這裡，順手解決了外面的侍女。」

塔拉蜜絲手指握拳，臉色發白。

「好吧，然後呢？」她語音顫抖地問。

「聽！」莎樂美側頭傾聽。窗外依稀傳來全副武裝的部隊行軍的聲響；粗啞的嗓音高叫著陌生的語言，其中還參雜了警覺的吶喊。

「人民醒來，開始害怕。」康士坦提斯語帶諷刺。「妳最好去安撫他們，莎樂美！」

「叫我塔拉蜜絲。」莎樂美回道。「我們必須習慣這個名字。」

「你們做了什麼？」塔拉蜜絲問。「你們做了什麼？」

「我去城門，下令守軍開門。」莎樂美回答。「他們很驚訝，但還是奉命行事。妳聽到的是獵鷹的部隊入城的聲音。」

「妳這個魔鬼！」塔拉蜜絲喊道。「妳假裝我，背叛我的人民！妳讓我淪爲叛徒！喔，我要去找他們——」

莎樂美笑聲殘酷，抓住她的手腕，拉她回來。輕盈柔弱的女王無法對抗支撐莎樂美纖細手臂的怨毒力量。

「你知道怎麼從皇宮前往地牢嗎，康士坦提斯？」女巫問。「很好。把這個脾氣火爆的女人鎖到最堅固的牢房去。獄卒全都睡死了。我已經處理過了。在他們醒來前派人去割斷他們的喉嚨。今晚發生的事情絕不能讓任何人察覺。從今而後，我就是塔拉蜜絲，塔拉蜜絲是隱密地牢中的無名囚犯。」

康士坦提斯露出小鬍子下的潔白牙齒笑道：「很好；妳不會不讓我先——啊——嚐點甜頭

吧？」

「別找我！喜歡的話就跟這個瞧不起人的蕩婦玩。」莎樂美斜嘴一笑，把姐姐推到科斯人的懷裡，轉身走出通往走廊的門。

塔拉蜜絲美麗的眼中浮現恐懼，柔軟的身軀僵硬，奮力對抗康士坦提斯的擁抱。在強暴的威脅下，她忘記街道上的部隊，忘記女王的怒火。她忘記所有情緒，只剩下恐懼和羞愧，面對康士坦提斯強烈的嘲弄目光，感覺他堅硬的手臂壓陷自己蠕動的身軀。

莎樂美，快步走在外面的走廊上，笑容惡毒地聽著痛苦與絕望的尖叫聲撼動皇宮。

02—死亡之樹

年輕士兵的衣褲上沾滿血塊、汗水和塵土。大腿、胸口及肩膀上的傷口滲出鮮血。蒼白的臉上汗水淋漓，手指緊握此刻所躺的床單。儘管如此，他話中反映出的心靈折磨遠大於肉體承受的痛楚。

「她一定是瘋了！」他不斷重複這句話，彷彿依然為了難以置信的事震撼不已。「簡直是場惡夢！塔拉蜜絲，全庫倫人民愛戴的女王，竟然把她的人民出賣給科斯來的魔鬼！喔，伊絲塔呀，我為什麼沒死？我寧願死也不願看到我們的女王變成叛徒和妓女！」

「躺著別動，瓦勒利斯，」雙手顫抖幫他清洗包紮傷口的女孩哀求道。「喔，拜託躺著別動，親愛的！這樣傷勢會惡化。我不敢找醫生——」

「不，」受傷的年輕人說。「康士坦提斯的藍鬍子魔鬼會在城裡搜查受傷的庫倫人；他們會吊死所有膽敢反抗他們的人。喔，塔拉蜜絲，妳怎麼能背叛崇拜妳的人民？」他在劇痛下抖動，流下憤怒和羞愧的淚水，害怕的女孩緊抱著他，把他奮力轉動的腦袋塞在自己胸口，強迫他安靜。

「死掉也比活下來面對庫倫人今日承受的恥辱要好。」他呻吟道。「妳有看到嗎，伊芙佳？」

「沒，瓦勒利斯。」她柔軟靈活的手指再度動作，輕輕清理縫合傷口。「我是被街上的打鬥聲吵醒的——我從窗口看到閃姆人在砍殺城裡的人；沒多久我就聽見你在後門小聲叫我。」

「我已經到極限了。」他喃喃說道。「我在巷子裡摔倒，再也爬不起來。我知道繼續躺在那裡，很快就會被他們發現——我殺了三個藍鬍子野獸，看在伊絲塔的份上！他們永遠不能大搖大擺走在庫倫街道上，以諸神之名！那些惡魔在地獄裡挖心！」

發抖的女孩輕聲安撫他，彷彿在安撫受傷的小孩，用自己冰涼香甜的嘴唇封住他氣喘吁吁的嘴。但燃燒靈魂的怒火不允許他默默躺著。

「閃姆人進城時，我不在城牆上。」他脫口道。「我在軍營裡睡覺，跟其他沒在執勤的人一起。黎明前，我們隊長進來，頭盔之下臉色蒼白。『閃姆人進城了，』他說。『女王跑去南城門，下令放他們進城。她命令打從康士坦提斯入城後就一直放哨的衛士下牆。我不了解，其他人也不懂，但我聽見她親口下令，於是我們就像往常一樣奉命行事。我們奉命在皇宮前的廣場集合。在軍營前列隊行軍過去——把武器和裝備留下。伊絲塔知道這是什麼意思，但女王已經下令了。』」

「好了，當我們抵達廣場，閃姆人全都站在皇宮對面，上萬名藍鬍子魔鬼，全副武裝，廣場四周的窗口都有人探頭出來看。通往廣場的街道上擠滿困惑的民眾。塔拉蜜絲站在皇宮階梯上，身旁只有康士坦提斯，站在那裡扯他的小鬍子，像隻剛剛吞了麻雀的大懶貓。不過他們下方站了五十個持弓的閃姆人。」

「那是女王守衛該在的位置，但他們全都站在台階底下，跟我們一樣不清楚狀況，不過他們全副武裝，無視女王的命令。」

「塔拉蜜絲開口說話，告訴我們她重新考慮康士坦提斯的求婚——爲什麼，她昨天還在宮廷上公開拒絕他！——她決定要讓他成爲她的皇室配偶。她沒有解釋爲什麼做出讓閃姆軍入城這種背叛的舉動。但她說既然康士坦提斯控制了一群專業戰士，她就不再需要庫倫軍了，所以她解散軍隊，安安靜靜回家。」

「服從女王是我們的第二天性，但我們全都呆在原地，無言以對。我們在自己毫無所覺下解散隊伍，完全不知所措。」

「但她命令皇宮守衛解除武裝，解散部隊時，守衛隊長，科南，卻出面抗議。有人說他昨晚沒有執勤，喝醉了。但他當時十分清醒。他大聲要求守衛待在原地，聽後他進一步指示——由於他律下甚嚴，部隊奉他號令，不顧女王的命令。他大步踏上皇宮台階，凝視塔拉蜜絲——然後吼道：『她不是女王！她不是塔拉蜜絲！是魔鬼假扮的！』」

「接著情況就一發不可收拾！我不知道究竟出了什麼事。我想是有個閃姆人攻擊科南，科南就殺了他。下一刻裡，廣場就淪爲戰場。閃姆人攻擊守衛，而他們的矛和箭刺倒了許多已經解散的士兵。

「有些人抓起地上的武器反擊。我們根本不知道在爲何而戰，但對手是康士坦提斯和他的魔鬼——不是塔拉蜜絲，我發誓！康士坦提斯下令砍死叛徒。我們不是叛徒！」他的聲音充滿絕望與困惑。女孩語氣同情地喃喃低語，完全不清楚狀況，只是對愛人的痛楚感同身受。

「人民不知道該站在哪一方。現場淪爲混亂迷惘的瘋人院。反抗的人根本沒有機會，我們沒有陣形、沒有防具、武器也不多。守衛全副武裝，在廣場集合，但他們只有五百人。他們被殲滅前殺了很多敵人，但這種戰局只有一種結果。儘管人民在她面前慘遭屠殺，塔拉蜜絲始終站在皇宮台階上，康士坦提斯的懷抱裡，像是冷酷無情的美麗魔鬼般哈哈大笑！天呀，瘋了——全都瘋了！」

「我從未見過科南那麼勇猛善戰的人。他背靠牆壁，打到身旁的屍體堆到大腿才被制服。但最後他們還是撲倒了他，一百個人對付他一個人。看見他倒下時，我覺得世界彷彿在我指間爆炸，只能拚命逃跑。我聽見康士坦提斯命令他的走狗活捉隊長——扯著他的小鬍子，臉上帶著可憎的笑容！」

□

同一時間，康士坦提斯嘴角再度掛上那個笑容。他坐在馬背上，圍在一群手下中間——有著卷曲藍鬍鬚和鷹勾鼻的高壯閃姆人；低垂的太陽照得他們的尖盔及銀鱗甲閃閃發光。後方約莫一里外，庫倫的城牆和塔樓聳立在遼闊的牧草地上。

商路旁插了一根沉重的十字架，而這座恐怖的架上掛著一個男人，以鐵釘釘穿手腳。他赤身裸體，只穿一條纏腰布，看起來像座高大的雕像，軀幹和四肢的肌肉鼓脹鮮明，許久之前就讓陽光曬成棕色。他的臉上和胸口冒出痛楚的汗水，但垂在寬額頭前的雜亂黑髮下則是一雙炙烈燃燒的藍眼。傷痕累累的手腳緩緩冒出鮮血。

康士坦提斯敬禮嘲弄他。

「很抱歉，隊長，」他說。「我不能留下來陪你最後一程，因爲我得趕回那座城市裡盡我的職責——我不能讓你秀色可餐的女王等！」他輕笑幾聲。「我把你留在這裡面對結局——還有那些美麗的傢伙！」他意有所指地指向在天上來回盤旋的黑影。

「要不是有它們，我猜你這種壯漢應該可以撐上好幾天。別幻想會有人來救你，只因爲我沒留人下來看守。我已經公告過了，任何人膽敢把你從十字架上放下來，不管你是死是活，那傢伙都會跟家人一起在廣場上剝皮處死。我已經在庫倫建立起名聲，我的命令就跟守衛部隊的命令一樣。我不留人看守，因爲只要附近有人，禿鷹就不會下來，而我不希望它們感到拘束。我也是基於同樣的原因把你弄到離城這麼遠的地方。太接近城牆，沙漠禿鷹就不會來。」

「好了，勇敢的隊長，永別了！一個小時內，塔拉蜜絲躺在我懷裡時，我會想起你的。」

科南緊握錘頭般的大拳頭，釘穿的掌心再度流血。粗壯的手臂上肌肉鼓脹，科南伸長脖子，朝康士坦提斯的臉吐口水。總督冷笑，擦拭頸甲上的唾液，調轉馬頭。

「禿鷹吃你的時候別忘了我。」他大聲嘲弄。「這些沙漠拾荒者特別貪吃。我見過才在十字架上掛幾個小時的人就已經沒有眼睛、沒有耳朵、沒有頭皮，尖銳的鳥喙已經開始吃他們的內臟。」

他頭也不回地騎馬回城，抬頭挺胸，馬步輕快，明亮盔甲閃閃發光，面無表情的大鬍鬚手下跟在他身旁慢跑前進。道上揚起塵土標示他們路過的痕跡。

掛在十字架上的男人就是傍晚這片了無人煙的荒蕪景象中唯一具有感知的生命。不到一里外的庫倫城就跟位於世界另一端差不多，還存在於另一個年代。

科南甩開眼中的汗水，冷冷凝視著熟悉的景象。城市兩側和後方乃是一望無際的肥沃牧地，遠方的田地和葡萄園中有牛隻漫步。西方和北方地平線上有幾座村落，在這種距離下看來很小。東南方不遠處的銀光出自一條河，河的對岸立刻就轉爲沙漠景象，一路延伸到地平線外。科南在夕陽中凝視黃褐色的空蕩荒地，宛如受困的老鷹凝視遼闊天空。他看到庫倫城內的明亮塔樓，心裡浮現一股厭惡感。那座城市背叛了他——讓他陷入最終導致他像釘在樹上的野兔般釘在木十字架上的處境。

復仇的慾望掃除了這個想法。男人嘴裡斷斷續續吐出詛咒言語。他的世界收縮、聚焦，專注在阻止他取得生命和自由的四根鐵釘上。他強大的肌肉抖動，彷彿鐵繩般打結。發灰的皮膚上開始出汗，他則努力想辦法找施力點，企圖拔出木頭中的鐵釘。徒勞無功。鐵釘釘得很深。接著他又嘗試把手掌拔出鐵釘，最後迫使他停止嘗試的並非劇痛難耐的撕裂感，而是因爲拔不出來。釘頭寬大沉重；他沒辦法讓它們貫穿傷口。人生中第一次，巨人感到強烈的無力感。他動也不動地掛著，腦袋垂在胸前，閉上眼睛對抗刺眼的陽光。

振翅聲令他睜開雙眼，剛好趕上一團羽毛黑影從天而降。鋒利的鳥喙刺向他的眼睛和臉頰，他連忙偏頭，不由自主地閉眼。他大叫，聲音嘶啞，語氣迫切，禿鷹轉向撤退，被他的叫聲嚇到。它們回到他頭上繼續謹慎盤旋。科南嘴角流下鮮血，他不由自主地舔了舔嘴唇，吐出一口鹹口水。

他非常渴。他昨天晚上喝了很多酒，打從黎明時分的廣場大戰前至今都沒喝過水。而殺戮是會很渴、流很多汗的事。他就像是被關在地獄的人隔著欄杆看外界般看著遠方的河流。他懷念自己挺胸跋涉過的潔白清流，在深及肩膀的液態玉中沐浴。他想起大角杯裡的麥酒泡沫、狂喝豪飲或灑在酒館地板上的紅酒。他緊咬嘴唇，阻止自己在難以忍受的痛楚中宛如飽受折磨的野獸般放聲叫喊。

太陽下山了，宛如翻騰血海中的火球。城市的塔樓在這片緋紅壁壘前彷彿夢幻般不眞實地漂浮。在他模糊的視線中，整片天空都染上了血色。他舔舔變黑的嘴唇，透過充血眼珠凝望遠方的河流。河流看起來也像血一樣紅，東方逐漸拉長的黑影則如黑檀木般漆黑。

他麻痺的耳朵中傳來響亮振翅聲。抬起頭來，他以孤狼般銳利目光凝視盤旋天空的黑影。他知道現在不能靠叫聲嚇跑它們了。一隻禿鷹下降——下降——越降越低。科南腦袋盡可能後仰，以強大的耐心靜靜等候。禿鷹迅速來襲。鳥喙突然竄出，在科南轉頭時劃破他的下巴；接著禿鷹飛離之前，科南的頭在強健的頸部肌肉加持下猛然上前，彷彿餓狼般張開大嘴，對準禿鷹的長脖子一口咬下。

禿鷹立刻大吼大叫，歇斯底里地拍打翅膀。猛揮羽翅遮蔽男人的視線，利爪撕裂他的胸口。但他毫不鬆口，下頷的肌肉暴起。拾荒動物的頸骨在強力的牙齒之前嘎吱作響。禿鷹猛拍翅膀，然後就軟癱不動了。科南鬆口，吐出嘴裡的鮮血。其他禿鷹都讓夥伴的命運嚇壞了，迅速飛向遠方一棵樹，宛如漆黑惡魔般停在樹上開會。

科南麻痺的腦中傳來勝利喜悅。他的血管裡充斥強大野蠻的活力。他依然有能力殺戮；他依然活著。任何一絲感覺，就算是痛苦，也都是在否定死亡。

「以密特拉之名！」要嘛就是有人說話，不然就是他開始出現幻覺。「我這輩子從未見過這種事！」

科南甩開眼中的血汗，看見四個人騎在馬上，於昏暗光線中凝望著他。其中三人很瘦，身穿白袍，貌似老鷹，毫無疑問是祖阿格族的人，河對岸的游牧民族。另一個人跟他們一樣身穿白色繫腰帶的卡拉特袍，頭戴飄逸頭巾，用三層駱駝毛頭環固定，垂在肩膀上。但他並非閃姆人。塵土還沒積那麼厚，科南的鷹眼也尚未模糊到無法辨識他人五官特徵的地步。

他跟科南一樣高，不過手腳沒那麼粗壯。他肩膀很寬，肢體硬如鋼鐵和鯨骨。黑短鬚無法掩飾突出的瘦下巴，灰眼散發冷酷鋒利的目光，彷彿頭巾的陰影下冒出閃亮的長劍。他手掌穩健地安撫焦躁的馬，開口說道：「以密特拉之名，我認得此人！」

「對！」祖阿格人以特有的喉音腔調說。「擔任女王護衛隊長的辛梅利亞人！」

「她肯定是在汰換所有之前寵信之人，」馬上的人喃喃說道。「誰會料到塔拉蜜絲女王會做這種事？我寧願她跟敵人來場漫長血腥的戰爭。那樣我們沙漠人還能趁機掠奪。現在這種情況，我們得跑到如此接近的城牆的地方才找到這匹馬」——他看向一個游牧人牽著的俊美閹馬——「還有這條垂死的狗。」

科南揚起鮮血淋漓的腦袋。

「如果我能離開這塊木頭，我就讓你變成垂死的狗，你這個薩波羅斯卡賊！」他透過黑嘴唇說。

「密特拉呀，這小子認得我！」對方大聲道。「小子，你怎麼會認得我？」

「這附近就只有你一個薩波羅斯卡人。」科南喃喃說道。「你是歐傑德・弗拉迪斯拉夫，亡命酋長。」

「對！我從前是薩波羅斯卡河的科薩克將軍，這你也猜到了。你想活下去嗎？」

「只有笨蛋才會問這個問題。」科南喘道。

「我是硬漢，」歐傑德說，「所以我只敬重硬漢。我要看看你是真男人，還是一條只有資格躺在這裡等死的狗。」

「放他下來的話，或許會被城牆上的人發現。」其中一個游牧人說。

歐傑德搖頭。

「天色夠暗了。來，拿這把斧頭，迪傑寶，從底部砍斷十字架。」

「如果往前倒會壓扁他，」迪傑寶抗議。「我可以砍得讓十字架往後倒，但倒地時的衝擊會震碎他的頭顱，撕裂他的內臟。」

「如果他夠格加入我，他就會活下來。」歐傑德冷靜地說。「不夠格，他就沒資格活下去。砍！」

戰斧第一下砍落導致十字架巨震，令科南腫大的手腳刺痛無比。斧頭一下接著一下，每一擊都震得他頭痛欲裂，神經顫抖。但他咬緊牙關，一聲不吭。斧頭砍穿了，十字架在粉碎的底端轉動，向後傾倒。科南讓全身變成鋼鐵般的實心肌肉，後腦緊貼著木架，不留任何空間。十字架重重落地，微微反彈。衝擊的力道撕裂他的傷口，令他頭昏眼花。他對抗突如其來的黑暗，噁心不已，但知道鐵肌肉守住了他的內臟，沒有受到永久性的傷害。

他完全沒有出聲，儘管鮮血滲出鼻孔，內臟噁心抖動。迪傑寶認同地哼了一聲，拿出把專拔馬蹄鐵釘的鉗子彎下腰去，抓起科南右手上的釘頭，扯裂皮膚卡入鉗子。這把鉗子太小了。迪傑寶扯得滿頭大汗，滿嘴髒話地跟頑固的釘子搏鬥，前後搖晃——連帶扯動腫大的血肉和木架。鮮血湧現，浸濕辛梅利亞人手指。他直挺挺地躺著，跟死了沒兩樣，除了胸口抽搐般起伏。釘子鬆了，迪傑寶神色滿足地舉起那根血紅的玩意兒，丟到旁邊，然後再度彎腰。

迪傑寶重複這個過程，然後又開始處理科南腳掌上的釘子。但辛梅利亞人奮力坐起，搶過他手中的鉗子，一把將其推開。科南的手掌幾乎腫到平常兩倍大。他的手指感覺像是畸形的大拇指，握拳的動作痛到令他緊咬的齒間冒血。但儘管雙手笨拙地握住鉗子，他還是有辦法拔出第一根釘子，接著又一根。這兩根釘子沒有釘得像另外兩根那麼深。

他僵硬起身，靠著傷痕累累的腫大腳掌站直，彷彿喝醉酒般搖搖晃晃，渾身流滿冷汗。他不停抽筋，緊閉嘴巴，對抗嘔吐的慾望。

歐傑德面無表情地看著他，比了比偷來的那匹馬。科南東倒西歪走過去，每一步都刺痛難耐，嘴冒血泡，宛如置身地獄。殘破的手掌緩緩搭上鞍弓，血淋淋的腳掌也終於踏上馬鐙。他咬緊牙關，翻身上馬，在半空中差點昏倒；但他跨上了馬鞍——在此同時，歐傑德揮鞭抽馬。受驚的馬立起了身，馬鞍上的男人搖晃下滑，差點落馬。科南在雙掌上纏繞韁繩，以拇指緊扣手中。他於搖晃中運用二頭肌的力量，迫使馬四肢著地；馬張口大叫，下頷差點脫臼。

一名閃姆人神色質疑地揚起水袋。

歐傑德搖頭。

「等我們回到營地再說。不過短短十里路。如果他適合在沙漠生存，他就可以不喝水撐過去。」

一行人宛如鬼魂般迅速趕往河邊；科南在馬鞍上搖晃，彷彿醉漢，眼珠充血，呆滯無神，口沫在漆黑的嘴唇邊乾枯。

03 — 給納米迪亞的信

學者阿斯崔斯，爲了尋訪知識而遊走東方，以其母語納米迪亞文寫了封信給他朋友，哲學家阿斯梅迪斯，信的內容基本上架構了當時西方國家對於永遠蒙著神祕面紗東方世界的整體理解。

節錄阿斯崔斯信中的內容：「親愛的老友，如我上封匆忙書寫的信中所述，自從塔拉蜜絲女王引入康士坦提斯及其傭兵以來，你幾乎無法想像這個小國家如今所處的狀況。七個月過去了，期間這個不幸的小國彷彿遭受魔鬼本人肆虐。塔拉蜜絲似乎瘋得厲害；之前她以美德著稱，公正而穩重，如今卻因完全相反的特質而惡名昭彰。她私生活淫亂——又或許稱不上是『私』生活，因爲女王完全不加掩飾宮廷之中肉慾橫流的事實。她隨時都在嘗試最縱情聲色的活動，還逼宮廷中不幸的貴族仕女參與其中，不管是年輕少婦還是處女。」

「她並沒有跟情夫康士坦提斯結婚，儘管他坐在王座旁，以皇室配偶的身分統治國家，而他手下的軍官有樣學樣，姦淫所有他們想要的女人，不管對方的身分地位。可憐的國民在高壓賦稅下哀號，農場都被搜刮殆盡，商人被稅務官榨乾後就只剩破爛衣衫。不，他們能毫髮無傷地脫身就已經很幸運了。」

「我知道你難以置信，好阿斯梅迪斯；你會擔心我對庫倫的處境誇大其詞。西方國家絕不可能出現這種情況，我承認。但你必須了解東方和西方之間存在極大的差異，特別是這部分的東方。首先，庫倫不是大國家，而是從前科斯帝國東部的眾多封邑之一，許久以前便獨立建國。這個地區就是由這些小國家所組成的，跟西方大國或更東邊的蘇丹王國相比微不足道，但因為它們控制了商路要道，十分富裕，所以具有一定的重要性。」

「庫倫位於這些小國中最東南的位置，鄰接東閃姆沙漠。該國唯一人口集中的城市就是庫倫城，分隔草原和沙漠的河流就在附近，感覺像是看守肥沃牧草地的衛哨塔。這裡的土壤肥沃到一年可以收成三、四次，城市北方和西方的平原上散布許多村落。對於習慣西方大農場、牧場的人而言，這些小農地和葡萄園看起來很奇怪；不過穀物和水果帶來的財富就跟豐饒角裡倒出來的一樣。村民是農夫，不事其他生產。以一個混種的原始民族而言，他們不好戰，無力保護自己，禁止持有武器。他們完全仰賴城裡的士兵保護，在當前的情況下無法自救。所以西方國家肯定會出現的農民起義絕不可能在這裡發生。」

「他們在康士坦提斯的鐵腕統治下怠慢工作，而他的黑鬍鬚閃姆人就每天跑去田裡，手持皮鞭，就像辛加拉南部農地中的黑奴督工。」

「城裡的人也不好過。他們的財產都被奪走，最美的女兒被抓去滿足康士坦提斯及其傭兵的淫慾。這些人完全沒有同情憐憫之心，充滿我們的軍隊在對抗閃姆和阿果斯聯軍時對他們感到厭惡的所有特質——不人道的殘暴、淫慾、獸行。城裡的人是庫倫的統治階級，主要是海伯里亞人，英勇善戰。但他們遭受女王背叛，落入壓迫者的手裡。閃姆人是庫倫境內唯一的武裝部隊，任何庫倫人膽敢私藏武器就會受到最嚴厲的懲罰。他們進行系統性地迫害，摧毀有能力使用武器的庫倫年輕人。很多年輕人慘遭無情屠殺，其他人則被當成奴隸賣給突倫人。數以千計的人逃出庫倫，有的服務其他統治者，有的成爲法外之徒，沿著國境組成許多盜賊團。」

「此刻他們還可能面臨閃姆游牧部族入侵的問題。康士坦提斯的傭兵來自閃姆西部的城市，佩里許丁、阿納金、阿克哈林，祖阿格和其他游牧部族都很痛恨他們。你也知道，好阿斯梅迪斯，這些野蠻人的國家瓜分了一路延伸到遠方海洋的西部大草原，於其上建立許多城市，還有東方沙漠，掌握在精瘦的游牧部族手中；城市居民和沙漠部族之間始終征戰不休。」

「祖阿格部族已經跟庫倫交戰數百年，儘管不曾戰勝，但他們還是不樂見西方的表親征服庫倫。據說女王的前任護衛隊長在搧動雙方之間的對立，康士坦提斯把他釘上十字架，也不知道他是怎麼逃去游牧部族那裡的。他名叫科南，本身也是野蠻人，那些陰沉的辛梅利亞人之一，我們的士兵不只一次付出慘痛的代價得知他們有多勇猛善戰。據說他已經成爲歐傑德・弗拉迪斯拉夫的左右手，自北方大草原南下，成爲一支祖阿格部族酋長的科薩克冒險者。謠傳這支部族在過去幾個月內迅速擴張，而歐傑德在辛梅利亞人的搧動下甚至在考慮掠奪庫倫。」

「他們頂多就只能掠奪，因爲祖阿格人缺乏攻城器具，也沒有攻城的相關知識，歷史反覆證實了游牧民族鬆散的陣形，或說缺乏陣形的作戰方式，在近戰時不會是紀律嚴明、全副武裝的閃姆城市部隊的對手。庫倫本地人或許會期待被對方征服，因爲游牧部落不可能比當前統治者更糟，就算慘遭全面屠城也比現況更好。但他們實在太害怕、太無助了，沒有能力支援入侵者。」

「他們深陷最艱困的處境。塔拉蜜絲顯然被惡魔附身了，完全沒有底線。她禁止崇拜伊絲塔，把神廟改成偶像崇拜的聖壇。她摧毀了這些東方海伯里亞人崇拜的象牙女神像（儘管伊絲塔比不上我們西方國家承認的密特拉信仰，但還是遠比閃姆人的惡魔崇拜強），在伊絲塔神廟中擺滿各式各樣的淫穢神像——黑夜的男神和女神，做出各種猥褻變態的姿勢，擁有各種墮落腦袋想像出來的噁心特徵。許多神像都是來自閃姆、突倫、梵迪亞、和齊丹人的邪惡神祇，但剩下的卻是出自遠古歲月的邪神，除了最隱晦的傳說外完全遭世間遺忘的污穢形象。我不敢想像女王是從哪裡得知那些知識的。」

「她舉行活人獻祭，打從她跟康士坦提斯交合開始，至少有五百個男人、女人和小孩淪爲祭品。有些人死在她在神廟中架設的祭壇上，由她親手握持祭祀匕首，但大部分祭品的遭遇都更淒慘。」

「塔拉蜜絲在神廟地窖中豢養某種怪物。是什麼怪物，什麼時候出現的，沒人知道。但鎮壓自己的守衛反抗康士坦提斯的叛變後沒多久，她獨自一人待在褻瀆神廟中一晚，外加十二名五花大綁的俘虜，然後戰慄的人民看見神廟圓頂上冒出惡臭的濃煙，聽著瘋狂的女王唸誦一整晚咒語，還有俘虜痛苦的慘叫聲；直到黎明時分，他們聽見有另外一個聲音混入那些聲響——刺耳非人的嘶啞叫聲，令所有聽見的人血液凝結。」

「旭日東升，塔拉蜜絲搖搖晃晃走出神廟，雙眼綻放宛如惡魔般的勝利目光。再也沒人見過那群俘虜，也沒有聽過那個嘶啞叫聲。但神廟有個沒人去過的房間，只有女王會拖著人類祭品進去。而祭品再也沒有出來過。所有人都知道那個恐怖房間裡住著某種來自古老黑夜的怪物，吞噬所有在慘叫聲中被塔拉蜜絲拖進去的人。」

「我已經不能把她視爲凡人，只能當成瘋狂的女惡魔，窩在血肉模糊，堆滿骸骨的巢穴裡，揮舞著利爪和血紅的手指。想到諸神竟然允許她追求這條恐怖的道路幾乎撼動了我對善良正義懷抱的信仰。」

「相對於七個月前，我剛到庫倫時女王的作爲，我不禁感到無比困惑，幾乎傾向於相信許多人民的想法——有惡魔附身在塔拉蜜絲的肉身上。一個名叫瓦勒利斯的年輕士兵抱有不同的看法。他相信是女巫化身爲庫倫人敬重的統治者。他相信塔拉蜜絲於夜間遇襲，被囚禁在地牢裡，如今統治庫倫的是個女巫。他發誓要找出眞正的女王，如果她還活著，但我擔心他早就成爲康士坦提斯暴行下的犧牲者。他受到皇宮守衛叛變牽連，躲藏了一段時間，堅持不肯逃往外國，我就是在這段時期遇上了他，得知他的想法。」

「但他失蹤了，很多人都失蹤了，沒人膽敢猜測他們的命運，我擔心他已經落入康士坦提斯間諜的手中。」

「但我必須爲這封信收尾，掛上信鴿，送去我購買信鴿的科斯邊境貿易站。然後這封信會經由信差或駱駝商隊送到你的手裡。我必須盡快，在黎明前完成。天色已晚，明亮星光照在庫倫的花園屋頂上。城內陷入一片令人戰慄的死寂，而我在死寂中聽見遠方神廟傳來的陰森鼓音。我毫不懷疑塔拉蜜絲在那裡，施展更多巫術。」

但學者對於他稱之為塔拉蜜絲的女人此刻身在何處推測錯誤。世人認定為庫倫女王的女人站在地牢中，附近唯一的火把在她五官上撒落光影，於美麗容顏中刻劃出惡魔般的暴戾之氣。

她面前的石板地上蜷伏著一條衣不蔽體的身影。莎樂美神色輕蔑地用鍍金涼鞋前端的腳趾頂她，在對方縮身閃避時露出惡毒的笑容。

「妳不喜歡我的關懷，親愛的姐姐？」

塔拉蜜絲依然美麗，儘管衣衫破爛，過了七個月飽受虐待的囚禁生活。她沒有回應妹妹的挑釁，只是低下頭去，彷彿早已習慣嘲弄。

莎樂美不喜歡她這種認命的表現。她咬咬紅唇，腳趾輕扣石板，皺眉看著順從的囚犯。莎樂美身穿蘇宣女人的粗野華服。鍍金涼鞋、金胸兜及固定胸兜鎖鏈上的珠寶在火光下閃閃發光。金踝環在她移動時叮噹作響，手臂上的珠寶手環看來十分沉重。她留著閃姆女人的高髮型，兩耳金環上掛著玉墜飾，隨著她高傲腦袋每個不耐煩的動作閃閃發光。鑲滿寶石的腰帶固定透明到根本是用來嘲笑傳統的絲衫。

她肩膀上披著一襲深紅色的斗篷，斗篷蓋住臂彎，遮蔽她手臂夾著的一包東西。

莎樂美突然彎腰，伸出空手抓住姐姐凌亂的頭髮，把她腦袋往後拉，逼她正視她的雙眼。塔拉蜜絲毫不畏懼地面對那雙宛如猛虎的目光。

「妳不像之前那麼愛哭了，親愛的姐姐。」女巫喃喃說道。

「妳沒辦法再從我身上榨出任何眼淚，」塔拉蜜絲回答。「妳太常陶醉在庫倫女王哭著討饒的景象中。我知道妳不殺我純粹是爲了折磨我；這就是妳折磨我時堅決不傷害性命和永久毀容的原因。但我已經不怕妳了；妳已經榨乾了我體內最後一絲希望、恐懼、與羞愧。殺了我，了結一切，因爲妳不會再看到我落淚，妳這個地獄來的女惡魔！」

「妳太看得起自己了，親愛的姐姐，」莎樂美語氣慵懶。「目前爲止，我只有折磨妳美麗的肉體，只有壓碎妳的驕傲和自尊。妳忘記了妳跟我不同，心靈上的折磨也對妳有效。我透過跟妳提起對付某些愚蠢子民的手段就看出來了。但這一次，我帶了那些蠢事的明確證據前來。妳知道克拉來迪斯，妳忠心耿耿的顧問，偷偷從突倫溜回來，然後被捕了嗎？」

塔拉蜜絲臉色發白。

「妳——妳把他怎麼了？」

莎樂美的回應就是從斗篷下拿出那包神祕的東西。她甩開包裹其上的絲布，高高舉起——一顆年輕人的頭顱，五官猙獰糾結，彷彿死前承受非人的痛楚。

塔拉蜜絲有如被人一刀刺入心臟般大叫。

「喔，伊絲塔呀！克拉來迪斯！」

「對！他企圖煽動人民對付我，可憐的笨蛋，告訴他們科南說我不是塔拉蜜絲是眞的。人民要怎麼起身對抗獵鷹的閃姆兵？用木棒和石頭嗎？去！野狗在市集上啃食他的無頭屍體，而這顆臭頭會被丟到下水道去腐爛。」

「怎麼樣呀，姊姊！」她停頓，對著囚犯微笑。「妳有沒有發現其實淚水還沒流光呀？很好！我把心靈折磨留到最後。今後我還會拿更多——這種東西來給妳看！」

她手提斷頭，站在燭光中，看起來一點也不像是女人生下來的東西，儘管擁有無比的美貌。塔拉蜜絲沒有抬頭。她臉朝下趴在黏黏的地板上，瘦削的身軀在痛苦啜泣中顫抖，雙拳緊握，捶打石板。莎樂美悠閒地走向門口，踝環隨著她的腳步交擊，耳墜在火把光芒下閃爍。

片刻過後，她走出拱門，進入庭院，來到一條蜿蜒巷道中。站在那裡的男人轉身面對她——高大的閃姆人，目光嚴峻，肩如蠻牛，大黑鬍鬚垂在銀鎖甲胸膛上。

「她哭了？」他的嗓音宛如公牛，低沉粗暴。他是傭兵將軍，康士坦提斯的手下中少數知道庫倫女王祕密的人之一。

「有，庫班尼蓋許。她的感性中有一大塊我至今尚未觸及。當長期折磨讓一種感官遲鈍，我就會找出更新、更強烈的痛楚——過來，你這條狗！」一個步履蹣跚、衣衫破爛、頭髮和身體都很骯髒的人走過來，他是睡在巷子和開放庭院中的乞丐。莎樂美把斷頭丟給他。「來吧，聾子；把頭丟到附近的下水道去——跟他比手語，庫班尼蓋許。他聽不到。」

將軍照做，乞丐點點頭髮凌亂的腦袋，痛苦地轉身離開。

「妳為什麼還要假扮女王？」庫班尼蓋許問。「妳已經坐穩王位，沒人可以推翻妳。就算那些庫倫笨蛋得知眞相又怎麼樣？他們什麼都不能做。揭露妳的眞實身分！讓他們看看他們愛戴的前任女王——然後在廣場上公開斬首！」

「還不到時候，庫班尼蓋許——」

拱門在莎樂美冷酷的語調和庫班尼蓋許暴風般的回音中關閉。一言不發的乞丐蜷伏在庭院裡，沒人看見抱著斷頭的手在激動顫抖——肌肉發達的棕色手掌，跟破爛衣衫和佝僂身形極不搭調。

「我就知道！」乞丐激動低語，幾乎細不可聞。「她還活著！喔，克拉來迪斯，你並沒有白白犧牲！他們把她鎖在地牢裡！喔，伊絲塔呀，如果妳愛真正的男人，現在就幫我吧！」

04—沙漠之狼

歐傑德・弗拉迪斯拉夫拿金酒壺在珠寶酒杯中倒滿紅酒，把酒杯推過黑檀木桌，放到辛梅利亞人科南面前。歐傑德身上的華服足以滿足任何薩波羅斯卡將軍的虛榮心。

他的卡拉特袍是白絲的，胸口繡有許多珍珠。腰間繫著巴克哈利略腰帶，下半身往上摺，露出寬鬆絲褲，褲管塞入軟綠皮短靴，繡以金線。他頭上戴著綠絲頭巾，纏在鑲金尖頂頭盔外。他唯一的武器是把插在象牙刀鞘中的喬基斯彎匕首，依科薩克習慣掛在左腰上。歐傑德身體後仰，翹起老鷹圖案鍍金椅，雙腳靴子攤在身前，咕嚕咕嚕喝下亮晶晶的紅酒。

坐在對面的高大辛梅利亞人跟他雍容華貴的打扮形成強烈對比，齊整的黑髮，棕色的刀疤臉和炯炯有神的藍眼睛。他身穿黑鎖網甲，身上唯一反光的東西是腰帶上的金釦環，用以固定插在舊皮鞘中的劍。

他們兩人待在絲布帳篷中，布牆前掛著鍍金掛毯，地上鋪了厚地毯，擺著絨布座墊，從商隊搶來的。帳外持續傳來低沉的交談聲，只要有一群男人聚集就是如此，不管是在營地還是哪裡。三不五時會颳來一陣沙漠風，令棕櫚葉搖晃不已。

「今天在黑影中，明天在陽光下。」歐傑德說，放鬆他的紅腰帶，再度伸手去拿酒壺。

「那是生活之道。我曾在薩波羅斯卡當將軍；如今我是沙漠酋長。七個月前你給釘在庫倫城外的十字架上。如今你是突倫和西方草原間最強大強盜團第二把交椅。你該感謝我！」

「因爲你知道我的用處有多大？」科南笑著舉起酒壺。「當你提拔某人，大家都知道他的晉升肯定對你有利。我擁有的一切都是我應得的，用血汗換來的。」他看了掌心的傷痕一眼。他身上也有傷痕，七個月前沒有的傷痕。

「你作戰可比一整支魔鬼軍團，」歐傑德同意。「但不要以爲最近大量新人跑來加盟是你的功勞。那是因爲我們經常掠奪成功，是我的機智領導吸引他們加入的。這些游牧人一直在尋找成功的領導者追隨，而他們對外來者的信心比自己人高。

「我們的成就沒有極限！我們現在有一萬一千人了。再過一年，我們的人數會超過三倍。目前爲止，我們都滿足於掠奪突倫前哨站和西方城市國度。有了三、四萬人，我們就不需要繼續掠奪。我們可以入侵並征服國家，自己來當統治者。我可以當閃姆全境的皇帝，你可以當我的宰相，只要你不再質疑我的命令。那之前，我想我們應該東進，突襲維塞克的突倫前哨站，搶奪商隊的過路費。」

科南搖頭。「我不這麼認爲。」

歐傑德瞪他，脾氣立刻就上來了。

「你說不這麼認爲是什麼意思？這支部隊要照我的想法辦事！」

「部隊的人數已足以達成我的目的。」辛梅利亞人回道。「我已經等夠了。我有仇要報。」

「喔！」歐傑德皺起眉頭，喝口酒，然後微笑。「還對那座十字架耿耿於懷，呃？好了，我喜歡有仇必報的人。但那個可以等。」

「你說過要幫我奪下庫倫。」科南說。

「對，但那是在我發現我們的實力可以壯大到什麼地步前的事。」歐傑德回道。「我只有在考慮那座城裡有多少利潤。我不想浪費戰力在無利可圖的地方。庫倫城太堅固了，我們不容易攻陷。或許再過一年——」

「本週內，」科南說，肯定的語氣令科薩克人動容。

「聽著，」歐傑德說，「就算我願意把戰力消耗在這種輕率的行動上——你期待什麼戰果？你以爲這些狼有辦法攻下庫倫這種城市嗎？」

「我們不攻城，」辛梅利亞人說。「我知道怎麼把康士坦提斯引到平原上。」

「然後呢？」歐傑德咒罵一聲。「在弓箭交戰時我們就會折損大量騎兵，因爲他們的阿蘇利護甲比我們的好，而等到近戰肉搏時，他們訓練有素的緊密陣形也會擊潰我們鬆散的陣線，彷彿風中塵土般把我們吹散各地。」

「只要有三千名不顧一切的海伯里亞騎兵，跟隨我指導，呈楔形陣作戰就不會。」科南回答。

「那你要上哪去找三千個海伯里亞人？」歐傑德語氣諷刺。「你要平空召喚他們嗎？」

「已經有了。」辛梅利亞人冷冷回道。「三千個庫倫人在阿克瑞綠洲紮營，等候我的命令。」

「什麼？」歐傑德目光宛如受驚的狼。

「對。逃出康士坦提斯暴政的人。大部分都在庫倫東方的沙漠過著亡命之徒的生活，就像吃人老虎般削瘦堅強、不顧死活。他們一個可抵三個精壯的傭兵。壓迫和艱困的生活可以強化男人的勇氣，在他們的肌肉裡灌注地獄火。他們分散成許多盜賊團；就只差個領導人。他們相信我派信差去傳達的話，於是在綠洲集結，聽候我的號令。」

「你背著我幹這些事？」歐傑德眼中冒出野獸般的目光。他手伸向武器腰帶。

「他們想追隨的人是我，不是你。」

「你承諾這些被放逐的傢伙什麼，換來他們效忠？」歐傑德語氣帶有危險的意圖。

「我告訴他們我會利用這群沙漠之狼去幫助他們摧毀康士坦提斯，讓庫倫回歸人民手中。」

「你這個笨蛋！」歐傑德低聲道。「你已經把自己當成酋長了嗎？」

兩個男人站起身來，隔著黑檀木桌對看，歐傑德的冷灰眼中綻放魔鬼般的目光，辛梅利亞人嘴角揚起殘酷的笑容。

「我要把你綁在四棵棕櫚樹上分屍。」科薩克人冷冷說道。

「叫人進來命令他們！」科南挑釁道。「看他們聽不聽你的！」

歐傑德露牙嘶吼，舉起手掌——隨即停頓。辛梅利亞人陰沉的臉上帶有一股令他不安的自信。他的雙眼開始燃放野狼般的目光。

「你這個西方丘陵來的垃圾，」他喃喃說道，「你膽敢藐視我的權威？」

「我沒必要這麼做，」科南說。「你說新人加入與我無關根本是說謊。新人加入完全是因爲我的關係。他們接受你的號令，但卻是爲我而戰。祖阿格部族容不下兩名酋長。他們知道我比你強。我比你了解他們，他們也比你了解我；因爲我也是野蠻人。」

「那等你要求他們幫庫倫人作戰時，他們會怎麼說？」歐傑德語帶諷刺。

「他們會跟隨我。我會承諾他們能從皇宮中取走一駱駝隊的黃金。庫倫人會樂意支付，作爲趕走康士坦提斯的報酬。之後，我會率領他們對付突倫人，繼續你的計畫。他們要搶錢，他們會跟任何人一樣起身對抗康士坦提斯。」

歐傑德眼中流露挫敗的神情。他沉浸在帝國紅夢裡，忽略了身邊的情況。許多在此之前似乎毫無意義的狀況和事件開始浮上心頭，並解開了它們所代表的意義，讓他了解科南不是在虛言恐嚇。他面前的黑鎖甲壯漢乃是祖阿格部族眞正的酋長。

「只要你死了就好！」歐傑德嘟噥道，手掌竄向他的刀柄。但科南動作快如大貓，手臂伸過桌面，手指扣住歐傑德前臂。就聽見斷骨聲響，一時之間兩人僵在原地：兩兩相對，宛如畫像般毫無動靜，歐傑德額頭上開始流落汗水。科南輕笑，手掌始終握著對方的斷臂。

「你有資格活下去嗎，歐傑德？」

他保持笑容，前臂上的肌肉根根抽動，手指陷入科薩克人顫抖的肉裡。一陣斷骨摩擦的聲音傳來，歐傑德面如死灰；咬緊牙根，嘴角滲血，但始終一聲不吭。

科南笑著放手，退開，科薩克人搖搖晃晃，沒斷的手扶住桌腳，穩定身形。

「我把你的命給你，歐傑德，正如你把我的命給我。」科南冷冷說道，「雖然你把我從十字架放下來是出於一己私心。你當時給我的試煉十分嚴峻；你不可能承受得了，其他人也不能，除非是西方野蠻人。」

「牽你的馬離開。馬就拴在帳篷後，鞍袋裡有食物和水。不會有人發現你離開，但你給我快點走。沙漠中容不下失勢的酋長。如果讓戰士發現你手斷了，還被我拉下台，他們不會讓你生離營地。」

歐傑德沒有回應。他一言不發，慢慢轉身走過帳篷，穿越門簾。他默默爬上綁在棕櫚樹蔭下的大白馬馬鞍；然後默默將斷臂塞入卡拉特袍胸襟，掉轉馬頭，往東騎向沙漠，離開祖阿格人的生活。

帳篷內，科南喝光酒壺裡的酒，津津有味地舔舔嘴唇。他把空酒壺丟到角落，拉緊腰帶，從帳篷前簾出帳，停頓片刻，目光掃過面前眾多駱駝毛帳篷，及在帳篷之間走動的白袍人影，爭吵、歌唱、修補馬勒、磨曲刀。

他提高音量，聲如雷鳴，傳到營區最遠的角落：「好了，你們這群狗，豎起耳朵聽好！集合。我有話要跟你們說。」

05 — 水晶裡的聲音

在城牆附近一座塔樓的房間中，有群人聚精會神地聽著其中一人說話。他們都是年輕人，體格壯健，散發出在逆境中歷練的絕望氣息。他們身穿鎖甲上衣和舊皮甲；腰帶上掛著劍。

「我就知道科南說她不是塔拉蜜絲時說得是眞的！」說話的人大聲道。「過去幾個月我都在皇宮外圍遊蕩，假裝是耳聾乞丐。我終於聽見了我所相信的事——我們的女王淪爲鄰近皇宮地牢中的囚犯。我等候機會，抓了一個閃姆獄卒——趁他深夜離開庭院時把他打昏——拖入附近的地窖拷問。他死前透露了我剛剛告訴各位的事，證實我們長久以來的懷疑——統治庫倫的是個女巫：莎樂美。他說塔拉蜜絲被囚禁在地牢最底層。」

「祖阿格入侵爲我們帶來機會。我不知道科南打算幹什麼。或許他只想找康士坦提斯報仇。或許他打算掠奪並摧毀庫倫城。他是野蠻人，沒人知道他們在想什麼。」

「但此事我們非做不可：趁雙方交戰時救出塔拉蜜絲！康士坦提斯會出城到平原上應戰。此刻他們的部隊已經在備馬了。他這麼做是因爲城內沒有足夠的食物應付圍城。科南突然衝出沙漠，他們沒有時間進行補給。而辛梅利亞人已經做好攻城的準備。斥候回報祖阿格人有帶攻城器具，顯然是依據科南的指示建造的，他則是從西方國家那邊學來的戰爭技術。」

「康士坦提斯不打算應付長期圍城；所以他會帶部隊前進平原，期待在那裡一舉衝散科南的部隊。他只會留幾百人在城裡，而他們會待在城牆和控制城門的塔樓上。」

「監獄不會有人看守。等我們救出塔拉蜜絲，下一步得要見機行事。如果科南戰勝，我們就讓塔拉蜜絲公開現身，搧動人民起義——他們會挺身而出！喔，他們會！就算赤手空拳，他們也足以擊敗留守城內的閃姆人，關閉城門，阻擋傭兵和游牧部族進城！然後我們跟科南談判。他一向忠於塔拉蜜絲。如果他知道眞相，她又親自出面，我相信他會饒過庫倫城。可能性較大的情況是康士坦提斯獲勝，科南潰敗，那我們就必須帶著女王偷偷出城，尋找安全的地方藏身。」

「清楚了嗎？」

他們異口同聲回答。

「那就鬆開劍鞘，把我們的命獻給伊絲塔，往監獄前進，因爲傭兵已經開始從南城門出城了。」

他說得沒錯。曙光灑落在騎戰馬魚貫通過寬拱門的傭兵尖頭盔上。這是一場騎兵戰役，這種作戰方式只可能發生在東方平原上。騎兵宛如鋼鐵河流般湧出城門——身穿黑色和銀色鎖甲的冷酷身影，卷鬍鬚和鷹勾鼻，無情的眼中流露該族人的致命特質——完全欠缺疑慮或慈悲。

街道和城牆上都擠滿民眾，無聲無息地看著這群外族戰士出城守護他們的城市。他們一聲不吭，沒精打采，面無表情地看著，形容憔悴、衣衫破爛的人民，手裡握著他們的帽子。

□

在俯瞰通往南城門寬敞街道的一座塔樓上，莎樂美懶洋洋地躺在絨布床上，冷冷看著康士坦提斯繫好闊劍腰帶，戴上他的護甲手套。房間裡沒有其他人。鞍具有節奏的敲擊聲和馬蹄拖曳聲透過窗口的金欄杆傳入房內。

「天黑之前，」康士坦提斯邊說邊扯他的稀疏小鬍子，「妳就有俘虜可以拿去餵妳的神廟魔鬼。它不是吃膩鬆軟的城市人了嗎？或許它會喜歡比較有嚼勁的沙漠人。」

「小心別死在比掃格殘暴的怪物手下，」女人警告道。「別忘了率領這群沙漠畜生的傢伙是誰。」

「我不太可能忘記。」他回答。「那也是我必須出城去面對他的原因之一。那條狗曾在西方作戰，熟悉攻城的伎倆。我的斥候沒辦法接近他的部隊，因爲他的巡邏隊目光銳利如鷹；但他們確實有接近到足以看到駱駝拉的車上運送的攻城器具——投石器、攻城槌、石弩、拋石機——伊絲塔呀！他肯定命令上萬人日以繼夜建造了一整個月。我不知道他是從哪裡弄來那些材料的。或許他跟突倫人取得協議，從他們那邊獲得補給。」

「無論如何，那些東西都派不上用場。我以前對付過這群沙漠之狼——只要互射幾輪弓箭，而我的戰士不怕弓箭——再加一輪衝鋒，我的部隊就能衝垮游牧部族鬆散的陣形，掉頭過來再衝一次，他們就會四下逃竄。我黃昏之前就能從南門凱旋而歸，馬尾後拖著幾百個裸體俘虜。我們今晚在大廣場舉辦宴會。我的士兵喜歡活剝敵人的皮——我們來個大規模剝皮，逼那些懦弱的人民看。至於科南，如果活捉他，我會很高興把他插在皇宮台階前的木樁上。」

「愛剝多少皮隨便你，」莎樂美漫不經心地說。「我想來套人皮禮服。但你至少要給我一百個俘虜——用來獻祭，還要餵掃格。」

「沒問題。」康士坦提斯回道，伸出戴護甲的手撩開太陽曬黑的額頭上稀疏的頭髮。「爲了勝利和塔拉蜜絲的榮耀！」他語氣諷刺地說，隨即將面罩頭盔夾在手上，伸手敬禮，哐啷哐啷地走出房間。他的聲音飄回來，對手下軍官下達命令。

莎樂美靠在床上，打呵欠，像隻慵懶的大貓般伸展四肢，然後叫道：「贊格！」

一個輕手輕腳的祭司，五官像是套在頭骨上的羊皮紙，無聲無息地走進來。

莎樂美轉向放有兩顆水晶球的象牙台座，拿起小顆水晶球，把明亮的球體交給祭司。

「跟著康士坦提斯，」她說。「回報戰場狀況。去！」

骷髏臉祭司深深鞠躬，把水晶球藏在黑斗篷下，快步離開房間。

室外了無聲息，除了馬蹄聲和一段時間過後城門關閉的聲音。莎樂美走上寬敞的大理石階梯，來到有頂蓋的大理石城垛屋頂。她站在比城裡其他建築還高的位置。街道上空無一人，皇宮前大廣場也空蕩蕩地。正常情況下人民會避開廣場對面的陰森神廟，但如今整座城市都淪爲死城。只有南城牆和能夠俯瞰城牆的屋頂上還有生命跡象。那裡聚集了很多人。他們沒有表態，不知道該期待康士坦提斯戰勝或戰敗。戰勝表示他們必須繼續忍受他的統治；戰敗可能表示掠奪和屠殺。科南沒有傳來訊息。他們不知道他會怎麼做。他們記得他是野蠻人。

傭兵部隊朝平原行軍而去。遠方，河道這一側，其他漆黑的人群聚集，依稀看得出來是騎在馬上的人。對岸散布了高大的物體；科南尚未把攻城器具運過河，顯然擔心在渡河過程中遭受攻擊。但他的騎兵已經全部渡河了。太陽升起，在漆黑的人影上增添火光。城市的部隊開始急馳；低沉的戰呼傳入城牆上的人耳裡。

雙方部隊展開交鋒，合而為一；在這種距離下，就是一片混亂，看不出任何端倪。沒人知道是誰在衝鋒，誰在反衝鋒。平原在馬蹄踐踏下塵土飛揚，遮蔽視線。騎兵在團團塵土中奔走，消失又出現，反射矛頭的光芒。

莎樂美聳聳肩膀，步下階梯。皇宮一片死寂。所有奴隸都擠在城牆上，跟市民一起徒勞無功地凝望南方。

她回到剛剛跟康士坦提斯交談的房間，走向台座，發現水晶球裡一片朦朧，充滿血紅色的線條。她彎腰到水晶球上，低聲咒罵。

「贊格！」她喊。「贊格！」

水晶球中霧氣旋轉，形成翻騰不休的塵土，隱約可見面容難辨的身影；鋼鐵宛如閃電般在黑暗中發光。接著贊格的臉突然清晰；彷彿瞪大雙眼在看莎樂美。骷髏般的頭上流下血痕，皮膚因為沾滿灰塵的汗水而變成灰色。嘴唇張開，扭動；對莎樂美以外的人而言，就是水晶球裡的人在無聲吶喊。但死灰般的嘴唇所發出的聲音在她耳中聽來就像祭司此刻跟他待在同一個房間裡，而不是相隔數里，對著小水晶大吼大叫。只有黑暗諸神知道兩顆明亮水晶球之間是透過什麼看不見得魔法連結。

「莎樂美！」血淋淋的頭顱大叫。「莎樂美！」

「我聽見了！」她喊道。「說話！戰況如何？」

「我們死定了！」骷髏臉尖叫。「庫倫戰敗了！艾伊，我的馬倒了，我離不開戰場！四周都有人倒下！他們像蒼蠅一樣死去，死在銀鎖甲裡！」

「別抱怨，告訴我怎麼回事！」她嘶吼道。

「我們迎向沙漠狗，他們主動上來交鋒！」祭司吼道。「雙方箭如雨下，游牧部落挫敗。康士坦提斯下令衝鋒。我們陣形整齊，以雷霆萬鈞之勢攻擊他們。

「接著他們的主力部隊分向兩側，中央闖出三千名完全在意料之外的海伯里亞騎兵。庫倫人，恨意十足，怒火中燒！全副武裝、腳跨巨馬的壯漢！他們採用楔形陣，像閃電般擊潰我們。他們趁我們尚未清楚狀況前衝散我們的陣形，然後側翼的沙漠人就擁上來混戰。」

「他們撕裂我們的隊伍，打得我們四下逃竄！那個魔鬼科南使奸耍詐！攻城器具都是假的——只是用棕櫚樹幹和彩絲打造的空殼，欺騙我們遠距離觀察的斥候。那是引誘我們出城，迎向末日的計謀！我們的戰士逃了！庫班尼蓋許死了——科南殺的。我沒看到康士坦提斯。庫倫人宛如嗜血雄獅般衝破我們的陣線，沙漠人用箭射殺我們。我——啊！」

球裡出現一陣宛如閃電或鋼鐵的閃光，接著鮮血噴灑——然後影像突然消失，彷彿泡泡破碎，莎樂美眼前的水晶球面就只剩下她自己憤怒的神情。

她動也不動地站立片刻，身體僵直，目光空洞。接著她拍拍手掌，另一個骷髏般的祭司走進房裡，跟之前那個一樣死寂冷酷。

「康士坦提斯戰敗。」她輕快說道。「我們完了。科南一小時內就會開始攻城。如果他抓到我，我對之後的遭遇不抱任何幻想。但首先我要確保我那天殺的姐姐沒機會回歸王座。跟我來！無論如何，我們都要讓掃格大吃一頓。」

步下階梯，走在皇宮走道上時，她聽見遠方城牆依稀傳來耳語。那裡的人開始發現戰況對康士坦提斯不利了。塵土之間出現了騎兵部隊的身影，開始朝庫倫城逼近。

皇宮和監獄以一長條封閉走廊連結，走廊高聳，深入陰暗的拱頂。假女王和奴隸快步沿著走廊前進，穿越一扇沉重的門，進入陰暗隱密的監獄。他們來到一條寬敞的拱廊，旁邊是道深入黑暗的石階。

莎樂美突然神色畏縮，冷汗直流。走廊陰暗處躺著一個動也不動的人——閃姆獄卒，腦袋掛在砍斷一半的脖子上，短髫鬚指向天花板。石階下方傳來喘息的人聲，她連忙躲到一道拱柱後方的黑影中，把祭司推到身後，手掌握住腰帶。

06 禿鷹翅膀

火把昏暗的光芒將庫倫女王塔拉蜜絲從藉以遺忘煩惱的沉睡中驚醒。她伸手撐起自己，撩起凌亂的頭髮，眨眼看著上方，期待會看到莎樂美嘲弄的神情，充滿惡意，帶來全新的折磨。結果她聽見同情又驚恐的叫聲。

「塔拉蜜絲！喔，我的女王！」

這個嗓音聽起來太陌生，令她以爲自己還在作夢。如今她看到火把後的幾條身影，鋼鐵反光，然後是五張臉垂向她，不是深皮膚、鷹勾鼻的臉，而是瘦長的臉型，讓太陽曬成棕色。她衣衫不整，蜷伏在地，瞪大眼睛看著他們。

其中一人衝上前來，在她面前半跪而下，伸長雙臂作求懇貌。

「喔，塔拉蜜絲！感謝伊絲塔讓我們找到妳！妳不記得我了嗎，瓦勒利斯？妳曾在可維卡之役後親口稱讚過我。」

「瓦勒利斯！」她結巴說道。眼中突然湧出淚水。「喔，我在作夢！是莎樂美在施法折磨我！」

「不！」對方的叫聲充滿喜悅。「是妳忠誠的下屬前來營救妳了！但我們必須要快。康士坦提斯在平原上大戰率領祖阿格部族渡河而來的科南，但城裡還有三百名閃姆兵。我們殺了獄卒，搶走鑰匙，還沒遇上其他守衛。但我們必須離開。來！」

女王絆了一跤，不是因爲虛弱，而是出於激動的反應。瓦勒利斯把她當小孩一樣抱起，然後跟著拿火把的人踏上濕黏石階離開地牢。石階似乎沒有盡頭，但沒多久他們來到走廊。

通過一道拱柱時，火把突然熄滅，拿火把的人劇痛下大叫。黑暗的走廊中噴出一道藍焰，短暫照亮莎樂美憤怒的容顏，而她身旁蜷伏著一條宛如猛獸的身影——接著旁觀眾人都讓刺眼火光照得無法視物。

瓦勒利斯試圖帶女王沿走廊跌撞前進；頭昏眼花間聽見兵刃狠狠陷入血肉中的聲響，緊接著是死亡喘息聲和野獸呼嚕聲。然後女王被人強行奪走，他的頭盔遭受猛擊，整個人摔倒在地。

他咬牙起身，奮力搖頭，甩開眼前飛舞的藍焰眩目效果。視線再度清晰時，他發現走廊上只剩他一個人——除了屍體。他四個夥伴全部倒在血泊裡，腦漿併裂，肚破腸流。他們被地獄藍焰弄得頭暈目眩，在毫無機會防守下死去。女王不見了。

瓦勒利斯咒罵一聲，撿起他的劍，扯下破損的頭盔，丟到地上；頭皮一道傷口冒出的鮮血順著他的臉頰流下。

他東倒西歪，情緒激動，聽見有人語氣急迫地叫他名字：「瓦勒利斯！瓦勒利斯！」

他轉向聲音傳來的方向，繞過一個轉角，剛好抱住一條朝他撲上的柔軟身軀。

「伊芙佳！妳瘋了！」

「我非來不可！」她啜泣道。「我跟蹤你——躲在外院的拱道中。片刻前我看見她跟個扛著女人的壯漢離開。我知道那是塔拉蜜絲，也知道你們失敗了！喔，你受傷了！」

「擦傷！」他推開抱他的手。「快，伊芙佳，告訴我他們往哪裡走！」

「他們穿越廣場，往神廟去了。」

他臉色發白。「伊絲塔呀！喔，那頭惡魔！她要把塔拉蜜絲餵給她崇拜的魔鬼吃！快，伊芙佳！去人群聚集的南城牆！告訴他們找到眞正的女王了——冒牌貨把女王抓去神廟！快去！」

女孩一邊啜泣一邊跑開，輕涼鞋在石板地上啪啪作響，瓦勒利斯則穿越庭院，衝入街道，奔向鄰接的廣場，迎向對面的巨大建築。

他幾乎足不點地掠過大理石，爬上寬台階，穿越柱廊。顯然對方的囚犯有給他們添麻煩。塔拉蜜絲察覺到即將面對的末日，以其美妙的身軀能夠使出最大的力量竭力反抗。她曾一度掙脫殘暴祭司，不過立刻又被撲倒。

他們一行人此刻位於神廟寬敞中殿中央，對面有張陰森的祭壇，祭壇後是扇大金屬門，門上刻有淫穢的圖案，很多人都進過這扇門，但只有莎樂美進去又出來過。塔拉蜜絲呼吸急促；她破爛的衣衫在掙扎中被扯掉。她在貌似猩猩的祭司手中蠕動掙扎，彷彿被羊男抓走的寧芙仙子。莎樂美冷眼旁觀，不過有點不耐煩，走向雕刻大門，黑暗中高聳的牆壁上眾多淫穢神祇和石像鬼斜眼凝望，彷彿充滿猥褻的生命。

瓦勒利斯怒不可抑，衝過大殿，手持長劍。莎樂美大喊一聲，骷髏臉祭司抬頭看，放開塔拉蜜絲，拔出沉重的匕首，其上已經沾染血跡，衝向迎上來的庫倫人。

但是砍殺因爲莎樂美釋放地獄火而目不視物的人跟對付身強體壯、怒火中燒的海伯里亞年輕人可不一樣。

祭司刺出滴血的匕首，但還沒刺中目標，瓦勒利斯的利刃已經凌空劈來，祭司握住匕首的手掌在血雨中飛離手腕。瓦勒利斯陷入狂暴狀態，在對方一蹶不振倒地之前連砍好幾劍。劍刃砍穿血肉和骨頭。骷髏般的腦袋落向一方，連著半截胸膛的身軀倒向另一方。

瓦勒利斯踮腳轉身，宛如叢林貓般迅捷威猛，尋找莎樂美的蹤跡。她肯定是在監獄裡就用光了火粉。此刻她彎腰湊在塔拉蜜絲身上，一手抓起她姊的黑髮，另一手舉起匕首。接著瓦勒利斯大吼一聲，長劍插入她胸口，在怒氣的驅使下，劍尖從她肩胛骨中間爆出。女巫淒厲慘叫，軟癱倒地，蠕動抽搐，喘氣看著對方抽回冒煙滴血的劍刃。她的眼睛不像人；憑藉體內超乎常人的活力，阻止生命自雪白酥胸上殷紅傷口流失。她蜷伏在地，痛苦地抓咬裸石地板。

瓦勒利斯看得噁心，躬身抱起半昏迷的女王。他轉身背對縮在地上扭曲的身影，匆匆忙忙奔向門口。他跌跌撞撞地跑上柱廊，在台階頂端停步。廣場上擠滿了人。有些是聽到伊芙佳上氣不接下氣的喊叫聲來的；其他人則是擔心沙漠部族攻城而逃離城牆，毫無理性地往城市中央逃竄。麻痺認命的表情消失了。群眾激動推擠，尖叫吶喊。街上某處傳來石頭和木材粉碎的聲響。

一隊神色猙獰的閃姆人推開人群——北城門的守衛，匆忙趕往南城門支援那裡的同件。他們拉韁停馬，看著台階上抱著裸體女子的年輕人。群眾也紛紛轉頭看向神廟；有人開始驚呼，原先已經很亂的人心變得更加困惑。

「你們的女王在這裡！」瓦勒利斯大叫，努力蓋過人聲喧嘩。人群中傳來困惑的吶喊。他們不了解狀況，瓦勒利斯沒辦法讓大家聽見他的聲音。閃姆人朝神廟台階騎去，用長矛毆打民眾開路。

接著混亂的場面再添變數。瓦勒利斯身後的神廟陰影中出現一條搖搖晃晃的白皙身影，身上染血。群眾尖叫；瓦勒利斯手上抱著他們以為是女王的女人；但神廟門口搖搖晃晃站著另一個女人，彷彿是女王的倒影。他們頭昏眼花。瓦勒利斯看向搖晃的女巫，感覺血液凝結。他的劍刺穿她了，插爛她的心臟。她應該死了才對：根據所有自然法則都該死了才對。但她偏偏站在這裡，搖搖晃晃，說什麼也不肯死去。

「掃格！」她大叫，轉向門廊。「掃格！」神廟中一聲雷鳴般的吼叫回應她可怕的召喚，接著是木頭和金屬斷裂的聲響。

「她是女王！」閃姆隊長大喊，舉起弓。「射那個男人和女人！」

但人群發出狩獵狼群般的怒吼；他們終於猜出真相了，了解瓦勒利斯迫切想要表達的事，知道癱在他懷裡的女人是真正的女王。他們發出撼動靈魂的叫聲，湧向閃姆兵，在長期絕望壓抑的怒火驅使下，以牙齒、指甲、和拳頭攻擊撕裂對手。莎樂美站立不穩，摔下台階，終於死去。

瓦勒利斯在飛箭中回頭衝向柱廊的石柱，用自己的身體保護女王。馬上的閃姆兵連射帶砍，只能在瘋狂的群眾間保護自己。瓦勒利斯衝向神廟門——一腳跨過門檻，立刻跳了回來，叫聲中充滿驚恐與絕望。

大殿對面的陰影中爬出一條巨大的陰暗身影——宛如青蛙跳躍般朝他迅速逼近。他看見恐怖的巨眼及撩牙和利爪上的反光。他退回門外，耳邊破風聲起，飛掠的箭柄警告他身後也不安全。他不顧一切地轉身。四、五名閃姆兵在群眾間殺開一條血路，策馬奔上台階，舉起弓箭瞄準他。他衝到一根石柱後，箭擊中石柱粉碎。塔拉蜜絲昏倒了。她像死人般癱在他懷裡。

閃姆人再度放箭前，神廟門廊冒出了一條巨大的身影。傭兵驚慌大叫，轉身又往人群衝去，而人群也在突如其來的強烈恐懼下慌忙逃竄。

但怪物似乎在觀察瓦勒利斯和女王。龐大不穩定的身軀擠出門廊，怪物在他衝下台階時一撲而上。他感覺到它聳立在身後，一頭高大黑暗的怪物，宛如從黑夜之心挖出的自然仿作，漆黑無定型的龐然大物，只有雙眼和發光利齒清晰可見。

遠處傳來一陣雷鳴般的馬蹄聲；一群逃竄的閃姆兵，血跡斑斑、裝備殘破，從南方穿越廣場，目中無人地撞倒擁擠的人潮。緊跟在後的是以熟悉的語言吼叫、揮舞紅劍的騎兵——放逐者回來了！五十個黑鬍鬚沙漠騎兵跟他們一起來，領頭的是身穿黑鎖甲的壯漢。

「科南！」瓦勒利斯叫道。「科南！」

壯漢發號司令。沙漠人沒有勒韁減速，而是取出弓來，拉弓放箭。一朵箭雲飛越廣場，掠過萬頭鑽動的人群，插入黑怪物體內，剩下箭羽留在外面。怪物停頓，搖晃，轉身，彷彿大理石柱間的黑色污點。箭霧再起，怪物再度中箭，當場摔倒，滾落台階，跟從遠古黑夜中召喚它來的女巫一樣死透了。

科南在廊柱旁拉韁停馬，跳下馬背。瓦勒利斯把女王放在大理石地板上，筋疲力竭地癱在她身邊。人群擁上來，擠在旁邊圍觀。辛梅利亞人大聲喝令他們退下，抬起她的黑腦袋，靠在他的鎖甲肩膀上。

「看在克羅姆的份上，這是怎麼回事？真正的塔拉蜜絲！那邊那個冒牌貨是誰？」

「化身成她的惡魔。」瓦勒利斯喘道。

科南由衷地咒罵一聲。從士兵身上扯下斗篷，裹住赤身裸體的女王。她又黑又長的睫毛抖動；她睜開雙眼，難以置信地凝望辛梅利亞人布滿疤痕的臉。

「科南！」她柔軟的手指抓住他。「這是夢嗎？她跟我說你死了——」

「才沒有！」他冷冷一笑。「妳不是在作夢。妳如今又是庫倫女王了。我在河邊擊敗康士坦提斯。他手下那群狗大部分都沒有活著抵達城牆，因為我下令不活捉戰俘——除了康士坦提斯。守衛在我們面前關閉城門，但我們在馬鞍上掛攻城槌，順利突破城門。我把我的狼都留在城外，只帶了五十個人進來。我擔心他們入城會亂來，而這些庫倫人對付城門守軍綽綽有餘。」

「這是一場惡夢！」她啜泣道。「喔，我可憐的人民！你一定要幫我彌補他們承受的苦難，科南，今後你不但是守衛隊長，還是我的顧問。」

科南大笑，不過搖頭。他起身，扶女王站好，然後招來幾名沒去追殺閃姆兵的庫倫騎兵。他們翻身下馬，迫不及待要聽新女王號令。

「不，女王，已經結束了。我現在是祖阿格酋長，承諾過要率領他們掠奪突倫人。這個小夥子，瓦勒利斯，比我更適任守衛隊長。反正我天性不適合待在大理石城牆裡。但我現在必須離開妳，為我起頭之事做個了結。庫倫裡還有閃姆人。」

瓦勒利斯跟著塔拉蜜絲穿越廣場，走向皇宮，經過熱情歡呼的群眾中央讓開的窄道，突然感覺有隻柔軟的小手羞澀滑入他強而有力的指間，於是轉身將嬌小的伊芙佳湧入懷中。他緊抱著她，暢飲她的熱吻，像經歷苦難和風暴後終於得以休息的戰士般心存感激。

但並非所有人都想要休息和平靜；有些人生下來血液裡就有著風暴之靈，是暴力和血腥不得安寧的先鋒，從不挑選其他道路……

□

太陽緩緩升起。古老商路上滿是白袍騎兵，從庫倫城牆一路深入平原。辛梅利亞人科南坐在隊伍最前面，一根橫木不平整的末端。他旁邊豎起了一根沉重的十字架，有個男人被釘穿手腳，掛在十字架上。

「七個月前，康士坦提斯，」科南說，「是我被掛在這裡，而你坐在這裡。」

康士坦提斯沒有回應；他舔舔發灰的嘴唇，雙眼因爲痛楚和恐懼而呆滯。全身肌肉宛如繩索般緊繃抽動。

「你比較擅長折磨別人，不擅長承受折磨。」科南冷冷說道。「我跟你一樣被釘在十字架上，而我活下來了，感謝機緣巧合和野蠻人特有的耐力。但你們這些文明人很懦弱；你們的性命不像我們這樣釘死在脊椎上。你們的毅力主要耗費在施加折磨上，不是承受折磨。太陽下山前，你就會死去。所以，沙漠獵鷹，我就把你留給另外一種沙漠鳥作伴。」

他比向在他們抬頭的同時黑影掠過沙地的禿鷹。康士坦提斯嘴裡發出絕望和恐懼的非人叫聲。

科南揚起韁繩，騎向在晨曦中反射銀光的河面。白袍騎士跟著他慢步前進；每個人在經過特定位置時，都會漫不經心地以沙漠人缺乏憐憫的目光轉向十字架和掛在上面的憔悴身軀，背對陽光，一片漆黑。他們的馬蹄在沙地上踏出宛如喪鐘的聲響。飢餓的禿鷹越飛越低。

〈女巫降世〉完

《蠻王科南 II》完

國家圖書館出版品預行編目資料

蠻王科南. II, 黑海岸女王 / 勞勃・霍華（Robert E. Howard）著 ;
戚建邦譯. -- 初版. -- 台北市 : 蓋亞文化, 2023.02
冊 ; 公分. --（Fever ; FR082）
譯自 : Conan the barbarian : queen of the black coast
978-986-319-742-3（平裝）

874.57　　111022201

Fever 082

蠻王科南II：黑海岸女王

作　　者　勞勃・霍華（Robert E. Howard）
譯　　者　戚建邦
企　　劃　譚光磊
封面插畫　布克
封面設計　莊謹銘
責任編輯　盧韻亘
總 編 輯　沈育如
發 行 人　陳常智
出 版 社　蓋亞文化有限公司
地址：台北市 103 承德路二段 75 巷 35 號 1 樓
電話：02-2558-5438　傳眞：02-2558-5439
電子信箱：gaea@gaeabooks.com.tw
投稿信箱：editor@gaeabooks.com.tw
郵撥帳號 19769541　戶名：蓋亞文化有限公司
法律顧問　宇達經貿法律事務所
總 經 銷　聯合發行股份有限公司
地址：新北市新店區寶橋路二三五巷六弄六號二樓
電話：02-2917-8022　傳眞：02-2915-6275
港澳地區　一代匯集
地址：九龍旺角塘尾道 64 號龍駒企業大廈 10 樓 B&D 室
電話：+852-2783-8102　傳眞：+852-2396-0050
初版一刷　2023年02月
定　　價　新台幣 360 元
Published and printed in Taiwan

ISBN／978-986-319-742-3

Gaea

GAEA